Antonio

I MISTERI DI

HALLOWBRIDGE

Ci sono luoghi che trattengono
ciò che il tempo vorrebbe cancellare.
E anime che non smettono di cercare,
anche quando non sanno più cosa...

CAPITOLO 1

OMBRE DEL PASSATO

Brooklyn, primavera 2024

Il ronzio incessante del traffico notturno penetrava attraverso le spesse tende di velluto nero dell'appartamento di Mark, un angolo di lusso decadente nel cuore di Brooklyn. L'edificio, un vecchio stabile di mattoni rossi, raccontava una storia di eleganza sfiorita e declino, dove il passato brillante cedeva il passo alle crepe del presente.

I mobili di design, una volta considerati simboli di successo e stile, ora erano segnati dal tempo e sporchi, ricoperti da uno strato sottile di polvere. Sembravano abbandonati, come reliquie di un'epoca ormai svanita.

Pile di libri, riviste ingiallite e indumenti si accumulavano su ogni superficie, testimoni silenziosi di una vita schiacciata da un lavoro opprimente e relazioni superficiali.

Avvolto nella sua vestaglia di seta ormai logora, cercava di ignorare il freddo che sembrava penetrargli fino alle ossa. Lo stabile, costruito negli anni '50, era stato dotato di riscaldamento centralizzato, che all'epoca aveva reso l'edificio uno dei più

1

confortevoli del quartiere. Tuttavia, quella notte, il sistema aveva deciso di prendersi una pausa. Si alzò dal letto, si avvicinò alla finestra e guardò fuori, verso l'oscurità della città. Le luci di Manhattan brillavano in lontananza, ma non riuscivano a scacciare il senso di oppressione che si respirava nell'appartamento.

Un bip improvviso dallo smartphone lo fece sobbalzare. Era un messaggio in una chat di gruppo che aveva abbandonato anni prima.

Con gli occhi ancora appesantiti dal sonno, afferrò il telefono e aprì la notifica, senza sapere cosa aspettarsi. Lesse le parole sullo schermo e un brivido gli corse lungo la schiena.

"Ragazzi, dobbiamo rivederci. È successo di nuovo. Appuntamento al The White Queen, domani sera alle otto. È importante. David"

Mark si lasciò cadere sul letto, incredulo. *"Il The White Queen?"* pensò, dubbioso, consapevole che era il pub di Hallowbridge, il suo paese natale.

Come poteva un luogo così lontano e così diverso dalla sua vita frenetica a New York tornare prepotentemente nei suoi pensieri?

Scorrendo i vecchi messaggi della chat, i fantasmi del passato iniziarono a tormentarlo. Un periodo della sua vita che aveva cercato di seppellire sotto una montagna di lavoro, avventure di una sola notte e amicizie di facciata.

Tutto era cambiato con la scomparsa di Lisa, vent'anni prima. Da allora, gli incubi lo avevano tormentato senza sosta e, poco a poco, ogni speranza di trovare risposte si era dissolta. Anche il tentativo, vano e frustrante, di scoprire la verità su Camila Lith, dieci anni dopo la sparizione di Lisa, aveva lasciato un segno indelebile, un peso che non riusciva a scrollarsi di dosso.

Come Lisa, anche Camila era una giovane ragazza svanita nel nulla senza lasciare traccia, un altro pezzo di un puzzle oscuro in quella maledetta città.

Ora, un messaggio lo invitava a tornare a Hallowbridge.

Nel profondo del suo cuore, sentiva che qualcosa di oscuro e pericoloso stava accadendo, qualcosa che non poteva ignorare.

«Perché ora? Perché ancora?» ripeté a voce alta, come se l'universo gli dovesse una risposta. Il desiderio di ignorare il messaggio era forte, ma la necessità di trovare un senso in tutto ciò che era successo lo spinse ad affrontare la realtà senza tirarsi indietro.

Come un condannato a morte che percorre il suo ultimo miglio, si avvicinò all'armadio. Afferrò alcuni vestiti senza pensarci troppo e li lanciò nella valigia che teneva sempre pronta per i viaggi di lavoro. Con mani tremanti e un'ansia crescente, chiuse la valigia e la lasciò cadere pesantemente sul letto.

Si fermò un istante a guardarla mentre un senso di incredulità lo assaliva. Era assurdo, quasi ridicolo, che un messaggio arrivato nel cuore della notte, in una chat dimenticata da tempo, lo stesse spingendo a compiere un'azione tanto sconsiderata.

Ma David, l'ex compagno di scuola, sapeva bene che né lui né gli altri avrebbero ignorato quell'invito.

Con un sorriso amaro che gli increspò il viso, si vestì con i primi abiti comodi che trovò e afferrò il telefono per chiamare un taxi. Mentre aspettava, si avvicinò allo specchio. Quello che vide lo colpì. L'uomo riflesso era pallido, con occhi incavati e un'espressione che tradiva un peso insostenibile. Sembrava invecchiato di vent'anni con quel volto segnato da segreti e verità mai rivelate.

Il taxi arrivò presto, una vecchia berlina gialla che dava l'impressione di essere prossima alla sua ultima corsa. Il tassista, un uomo corpulento evidentemente assonnato, gli rivolse la parola solo per domandare la destinazione. Poi con un'espressione cupa, mentre caricava la valigia nel bagagliaio, lo fissò quasi ad invitarlo a salire velocemente sul veicolo. Mark evitò di corrispondere lo sguardo, preferendo salire sul sedile posteriore. Durante il tragitto verso l'aeroporto, i suoi occhi stanchi restarono puntati oltre il finestrino, persi in un vortice di pensieri.

Arrivato al John F. Kennedy di New York, si recò dritto ai controlli e poi al gate. In fondo, l'aeroporto negli ultimi anni era diventato una sorta di seconda casa per lui. I viaggi di lavoro gli avevano permesso di disconnettersi dalla realtà della sua vita, consentendogli di fantasticare sulla vita degli altri passeggeri, immaginandoli felici, miseri, persi.

Una volta decollato, guardò fuori e vide la città di New York allontanarsi lentamente, scintillante e caotica come sempre. In fondo, pensò, quelle luci e quel trambusto, fino a quel momento, erano stati il suo rifugio. Un luogo dove la sua mente non aveva avuto né il tempo né il modo di pensare al passato. Ora, invece, una sensazione di sconforto e disagio cominciava a pervaderlo.

Atterrato all'aeroporto di Salt Lake City, si ritrovò in un ambiente quasi familiare, un labirinto di corridoi illuminati da luci a LED e affollati da viaggiatori indaffarati. Sentirsi piccolo e insignificante gli dava, in un modo strano, un certo conforto. Ma il viaggio era ancora lontano dall' essere concluso. Per arrivare alla sua destinazione, avrebbe dovuto prendere anche un treno.

«Quella dannata città non ha neanche un aeroporto» borbottò tra sé, con un tono di irritazione che gli sfuggì senza nemmeno accorgersene.

In quel momento iniziò a odiare sé stesso per non aver ignorato il messaggio arrivato qualche ora prima. Ma ormai era lì e sapeva, in

4

fondo al cuore, che desiderava risposte, qualcosa che desse un senso a ciò che rimaneva della sua vita.

L'attesa per il treno sembrò interminabile. Si sedette in un angolo appartato, osservando i passeggeri che andavano e venivano. Il bigliettaio alla stazione aveva un aspetto ordinario ma trasandato. I capelli erano disordinati mentre gli occhiali gli scivolavano spesso sul naso ogni volta che faceva un movimento. Indossava una giacca sporca con qualche macchia visibile e il suo sguardo sembrava perennemente distratto, come se ogni giornata fosse solo un altro turno da sopportare.

Quando alzò gli occhi e lo notò, borbottò senza alzare la voce.

«Hallowbridge? Non ci vado da anni. Dicono che sia cambiata molto.»

«In peggio, suppongo,» rispose Mark con un sorriso amaro.

Il treno per Hallowbridge era un relitto arrugginito, un rottame che sembrava sul punto di crollare a pezzi. Gli interni erano scuri e polverosi e i sedili scomodi e consumati. Si sistemò in un angolo e chiuse gli occhi, cercando di dormire. Quando il treno giunse finalmente a destinazione, l'alba iniziava appena a tingere l'orizzonte.

La stazione, una costruzione fatiscente ormai in disuso e con evidente assenza di manutenzione, appariva come un luogo dimenticato dal tempo.

Mark scese, guardandosi intorno. «Cambiata molto?» si domandò in tono ironico. Era un posto che sembrava uscito da un incubo, un luogo dove il tempo si era fermato.

Si avviò verso l'uscita e vide il taxi che lo aspettava fuori dalla stazione. Era l'unico passeggero sceso in quella fermata. Le probabilità che il conducente stesse aspettando qualcun altro erano praticamente nulle.

Il tassista, un uomo anziano con un cappello di lana che gli arrivava fino agli occhi, lo osservò con curiosità. Non erano molti i viaggiatori che arrivavano a visitare la città e ancora meno arrivavano via treno.

«Dove la porto a quest'ora?» domandò il vecchio tassista.

«The White Queen,» rispose Mark quasi con un sussurro.

L'uomo accese il motore del taxi e si avviarono lungo una strada sterrata. Lo sguardo di Mark fu attirato inesorabilmente dal bosco che si estendeva all'orizzonte.

Un'ombra minacciosa che incombeva sulla città.

CAPITOLO 2

THE WHITE QUEEN

Quando Mark varcò la soglia del *The White Queen*, un'ondata di ricordi lo colpì, riportandolo a un passato che aveva cercato di seppellire in un angolo oscuro della sua mente.

Il locale, sebbene ristrutturato, conservava un'atmosfera familiare. Il vecchio jukebox, che una volta faceva da colonna sonora alle serate del pub, era stato sostituito da un imponente TV 80 pollici dove probabilmente ora venivano trasmesse le partite di calcio e l'ambiente sembrava più elegante, ma meno accogliente.

Il nome del pub, The White Queen, era abbastanza recente e a quanto pare aveva suscitato reazioni miste tra i clienti abituali. Alcuni lo trovavano affascinante e misterioso, mentre altri sorridevano ironicamente, chiedendosi se il proprietario avesse sviluppato una passione improvvisa per gli scacchi o le monarchie.

Anche il precedente nome, *"The Sea Mood"* era stato oggetto di profonde discussioni fra gli avventori. Esso si distingueva per essere piuttosto inappropriato per una cittadina dell'entroterra come Hallowbridge, priva di accessi diretti al mare o di una tradizione marinara. Probabilmente il fondatore era un ex marinaio con una passione inestinguibile per il mare. Solo un vero fanatico avrebbe potuto scegliere un nome così evocativo e fuori contesto per un pub lontano dalle onde e dalla brezza marina.

Ad un tratto una voce inconfondibile lo riportò alla realtà. «Mark!» urlò David, alzandosi di scatto e agitando una mano. «Finalmente! Pensavo fossi scappato a metà strada.»

Notò che l'amico si era avvicinato al tavolo di sempre, quello che frequentavano da ragazzi. Sarah e Steve erano già lì, seduti in silenzio. Lo salutarono appena, con un cenno rapido del capo, freddo, come se il tempo trascorso avesse scavato una distanza che nessuno osava colmare.

Mark sorrise appena, un'espressione fugace e distorta che si dissolse in un soffio. *"Se solo avessi avuto una scusa migliore..."* pensò. Scosse la testa lasciando cadere la valigia con un tonfo secco. «Ehi ragazzi, non avrei mai pensato di tornare qui.»

«E invece eccoci,» ribatté David, battendo la mano sul tavolo con un sorriso ironico. «Per fortuna sei arrivato. Questi due sono rigidi come delle statue.»

Sarah lo fulminò con lo sguardo, mentre Steve si limitò a sollevare un sopracciglio. Nessuno dei due si prese la briga di ribattere. Per un istante, calò un silenzio carico di tensione, spezzato solo dal crepitio sinistro del fuoco nel camino.

L'odore di legna bruciata e birra versata si mescolava a una sensazione di umidità stagnante. Le ombre sulle pareti sembravano danzare assumendo forme contorte e minacciose. Sopra il camino, un ritratto antico, impolverato e con i bordi anneriti dal tempo attirò lo sguardo di Mark. La luce tremolante del fuoco sembrava dar vita agli occhi del soggetto, che brillavano di un rosso inquietante, seguendolo con insistenza e facendogli correre un brivido lungo la schiena.

Sarah spezzò il silenzio imbarazzato, indicando il ritratto con una mano che tremava leggermente. «Quel quadro... mi ha sempre inquietato. C'è qualcosa di sinistro in quegli occhi, quasi come se ci osservassero.»

Mark, che aveva sempre provato una strana repulsione per quel dipinto, trovò un certo sollievo nelle parole dell'amica. Non era il solo a pensarla così.

«Non possiamo più far finta di niente,» disse David all'improvviso. «Questa storia... insomma, c'è qualcosa che non torna. Stavolta dobbiamo arrivare fino in fondo.»

Sarah fissò il fuoco, mentre il riflesso delle fiamme illuminava i suoi occhi. «Si raccontano strane storie su quel bosco, leggende, rituali... Lo sappiamo tutti. Ma io non credo a certe cose.»

Mark scosse la testa, lasciando affiorare un sorriso amaro. «Davvero vogliamo parlare di leggende? Suvvia, ragazzi. Dovremmo concentrarci su cose concrete, prove reali.»

Steve si inclinò in avanti con un sorriso tagliente che si fece strada sul suo volto. «Prove? E chi le ha mai cercate sul serio? A parte noi, ovviamente.» Fece una pausa, il suo sguardo si perse per un istante, come se stesse scegliendo con attenzione le parole. «Sapete tutti com'era Ralph Cattellan. Quel cretino bollava come allucinazioni qualsiasi cosa non riuscisse a spiegarsi.» Si fermò, il tono della voce si abbassò, carico di tensione. «E ora... c'è stata un'altra sparizione.»

Un silenzio pesante si posò sul tavolo, interrotto solo dal crepitio del fuoco. «Un'altra scomparsa?» mormorò Mark mentre si sentiva gelare il sangue nelle vene.

«Sì, un'altra ragazza è scomparsa,» disse David, fissandoli uno per uno. «Stessa età, stesso bosco. Non vi sembra... familiare?»

Mark lo fissò, irrigidendosi. «Che vuoi dire?»

«Lisa, Camila, e ora lei,» continuò David, con la voce più bassa. «2004, 2014, e adesso 2024. Tutte e tre... avevano diciassette anni.»

Fece una pausa cercando lo sguardo dei suoi amici. «Io non credo alle coincidenze. Non so voi.»

Le coincidenze erano diventate troppe per essere archiviate come semplici eventi casuali. C'era qualcosa di oscuro che legava quelle tre sparizioni. Eppure, ogni volta che il pensiero scivolava verso spiegazioni paranormali, si sentivano ridicoli. Non c'era mai stato un collegamento logico, solo quella strana inquietudine che non riuscivano a scrollarsi di dosso.

Mark si sfregò il viso con una mano, cercando di scacciare il ricordo di Lisa, la sua ex ragazza del liceo, e di quella sera in cui gli aveva raccontato una vecchia leggenda. Parlava di un'entità che viveva nel bosco, una creatura che si nutriva della paura. Allora aveva riso, deridendola per la sua credulone ria. Ora, quella storia gli si ripresentava davanti, insidiosa.

Inspirò a fondo, cercando di raccogliere i pensieri. «Ascoltate,» iniziò, con una nota di tensione nella voce. «Non possiamo far finta che tutto questo non significhi niente. Le sparizioni, le storie... è ovvio che c'è qualcosa che non va.»

«Qualcosa tipo cosa?» ribatté Steve, inclinando il capo con aria scettica. «Non dirmi che stai davvero iniziando a credere a quelle cavolate sul bosco.»

Mark scosse la testa, ma il suo tono rimase grave. «Non lo so. Non credo ai fantasmi, né ai mostri, ma... è chiaro che c'è qualcosa dietro tutto questo. Qualcosa che non abbiamo mai voluto vedere. O che qualcuno non voleva farci vedere.»

Sarah, seduta vicino al fuoco, strinse le braccia intorno al corpo come per scaldarsi. «Anche se fosse,» disse con voce incerta, «che cosa possiamo fare noi? Non siamo detective. Non siamo neanche sicuri di cosa stiamo cercando.»

Mark si voltò verso di lei, fissandola con sguardo intenso. «Lo so, per quello dico che continuare così non ha senso. Non possiamo andare avanti a fingere che sia tutto normale. E se...» fece una pausa, come se le parole gli bruciassero in gola, «e se scavare in questa storia peggiorasse le cose?»

«Cosa stai cercando di dire, Mark?» domandò Steve, stringendo gli occhi.

Mark lo guardò dritto negli occhi. «Che forse non saremmo mai dovuti tornare. Questo posto... non lo so... credo che dovremmo andarcene. Non possiamo cambiare il passato e restare significa solo rischiare di risvegliare ricordi che è meglio lasciare sepolti.»

David lo guardò, incredulo. «Ma che stai dicendo? Non puoi pensare di arrenderti ora. Non dopo tutto quello che è successo.»

Sarah intervenne, preoccupata. «Capisco che sia difficile, ma dobbiamo scoprire la verità. Non possiamo ignorare che questa nuova scomparsa sia troppo simile a quanto accaduto a Lisa e Camila.»

«Non capite?» replicò Mark, alzando la voce. «Ogni volta che torniamo a scavare in questo passato maledetto ci condanniamo a rivivere momenti che vorremmo solo scordare. Non voglio continuare a rivivere questi incubi.»

Steve posò una mano sulla sua spalla, cercando di calmarlo. «Mark, nessuno ci obbliga a fare nulla, ma se ci fermiamo ora, non sapremo mai cosa è realmente successo. E se ci fosse ancora qualcuno da salvare? Sei davvero pronto a convivere con questo dubbio per il resto della tua vita?»

Le parole dell'amico sembrarono incrinare la corazza di paura e rabbia che Mark si era costruito attorno. Sentiva il peso della responsabilità schiacciarlo, ma anche la forza della determinazione negli occhi dei suoi amici.

Dopo un lungo silenzio, sospirò profondamente, abbassando lo sguardo come se il peso dei suoi pensieri fosse insostenibile.

«Forse avete ragione,» mormorò infine, la voce appena percettibile. «Non possiamo continuare a fuggire, facendo finta che nulla sia successo.»

Un sorriso illuminò il volto di David, spezzando la tensione. «Ora sì che ti riconosco, vecchio mio!» esclamò, dandogli una pacca sulla spalla.

Mark sollevò lentamente lo sguardo, uno ad uno incontrò gli occhi dei suoi amici. C'era determinazione nei suoi, una scintilla che sembrava aver trovato nuova forza. Poi, con voce più ferma, dichiarò: «Mi avete convinto. Dobbiamo scoprire la verità. Non solo per Lisa... ma anche per Camila.»

Steve intervenne, con un tono basso ma deciso: «E per Amanda.»

Il brusio indistinto proveniente dall'esterno sembrava avvolgere il pub, come se la natura stessa ascoltasse in silenzio la loro conversazione. Mark si chiese se fosse solo la sua mente a giocargli scherzi, o se ci fosse qualcos'altro, qualcosa di più macabro e inquietante. Forse il bosco nascondeva davvero un segreto oscuro, un segreto che era pronto finalmente a svelare.

Il bosco di Hallowbridge lui lo ricordava fin troppo bene.

Erano passati molti anni da quando era ragazzo e ci aveva messo piede, ma il ricordo era vivido nella sua mente. Si districava come un labirinto di ombre, un luogo dove la luce sembrava temere di entrare. Gli alberi, contorti e nodosi, si protendevano verso il cielo come artigli affamati, creando un'atmosfera opprimente. Un sottile velo di nebbia avvolgeva tutto, attenuando i suoni e amplificando il senso di isolamento. L'odore di terra umida e foglie in decomposizione si mescolava a un'aura di putrefazione, creando un cocktail nauseabondo che inebriava i sensi. Un sentiero tortuoso all'inizio del bosco si inoltrava tra gli alberi, invitando gli avventurieri a perdersi nelle sue profondità. Si diceva che il bosco fosse abitato da creature fantastiche, spiriti maligni e presenze oscure, ma dalla scomparsa di Camila solo pochi curiosi e qualche ubriaco si era avventurato e tornato senza problemi. Fino ad oggi.

«Dovremmo parlare con il vecchio Thomas,» propose David, alzando la voce per farsi sentire sopra il vento che sibilava attorno alla pub. «In fondo è stato il guardiano del bosco per decenni e prima ancora il custode della scuola. Se qualcuno conosce quel bosco meglio di chiunque altro, è lui.»

Sarah si irrigidì e il disagio traspariva dal modo in cui incrociò le braccia, quasi a volersi proteggere. «Thomas? Quel vecchio matto? Non scherzare, David. Non ha mai avuto tutte le rotelle a posto e a me ha sempre dato i brividi.»

Steve si sporse in avanti, poggiando entrambe le mani sul tavolo e fissando Sarah con lo sguardo tagliente. «Brividi o no, lui sa cose che noi non sappiamo. È stato lì per tutta la vita.»

Sarah scosse la testa, stringendo i pugni chiusi lungo i fianchi. «No,» disse secca, quasi sibilando. «Non ci vado.»

«Oh, smettila,» intervenne David. «Non stiamo chiedendo la tua benedizione. È la nostra unica pista.»

Sarah si voltò, con aria infastidita, verso di lui. «Sai cosa mi ha detto, l'ultima volta che l'ho visto? Che conosceva cose di me... che nemmeno io sapevo. Era inquietante, ok?»

Mark si unì alla conversazione, cercando di mantenere la calma. «Sarah, capisco le tue preoccupazioni, ma abbiamo appena deciso di rimanere qui per indagare anche su un mucchio di leggende strampalate. Non possiamo tirarcene fuori ora. Thomas potrebbe essere l'unico ad avere una spiegazione, seppur poco plausibile, di cosa sta succedendo. E poi, non è diverso da quello che abbiamo sempre fatto. Noi cerchiamo risposte dove nessun altro ha voluto cercare.»

«Ha ragione Mark,» disse Steve, annuendo. «Non possiamo escludere nessuna possibilità.»

La donna sospirò, abbassando lo sguardo.

«D'accordo,» mormorò, visibilmente a disagio. «Andiamo da Thomas. Ma non aspettatevi che io parli molto con lui.»

«Va bene, prendiamo nota della tua osservazione.» borbottò Steve. «Visto che in qualche modo abbiamo preso una decisione proporrei di trovarci domani mattina alle otto qui davanti per iniziare le nostre indagini,» decretò. «Non abbiamo tempo da perdere e io devo tornare a casa e riprendere il mio lavoro.»

«Bravissimo Steve! Sagge parole.» David, con tono allegro e ironico, stemperò l'atmosfera.

«Visto che sei tu il ricco di questa allegra compagnia, oggi il conto è tutto tuo. Io sono troppo stanco per continuare. A domani amici miei! E mi raccomando, non divertitevi troppo in questa città.»

Con passo traballante, dovuto alle birre bevute di prima mattina come fossero acqua, si alzò e si diresse verso l'uscita.

Mark, Steve e Sarah rimasero ancora qualche minuto, scambiandosi sguardi significativi. Non avevano bisogno di parlare. Il peso di quel passato mai risolto li avvolgeva come un mantello oscuro e ora, forse, avevano un'ultima occasione per fare chiarezza.

Quando finalmente lasciarono il pub, l'aria fresca del giorno li accolse. Mark si avviò verso lo squallido hotel trovato all'ultimo momento, mentre le foglie cadute a terra frusciavano sotto i suoi passi e l'eco dei suoi pensieri sembrava perdersi in quel silenzio inquietante. Sapeva che l'indomani sarebbe stato solo l'inizio di un viaggio complesso e pericoloso. Ma era deciso. Doveva scoprire la verità, doveva chiudere con questa storia. Le ombre del passato stavano riemergendo e, questa volta, non si sarebbe fatto trovare impreparato.

CAPITOLO 3

IL GUARDIANO DEL BOSCO

La luce del giorno si faceva strada lentamente, tingendo il cielo di un grigio tenue. I quattro amici si erano raccolti all'esterno del pub, pronti a dirigersi verso la casa del guardiano del bosco. L'aria del mattino era gelida e ogni respiro si condensava in una nuvola di vapore.

Steve arrivò a bordo di una berlina blu, presa dal parco auto della fondazione che aveva istituito in memoria di sua madre. Sebbene avesse lasciato Hallowbridge, proprio come tutti gli altri, aveva scelto di mantenere un legame con la città, trovando nella fondazione una scusa per tornare a fare, periodicamente, una visita al cimitero. Dopo la morte di sua madre, aveva dedicato il suo tempo a questa organizzazione, che aiutava gli alcolisti e offriva sostegno ai più bisognosi.

Quando David vide l'auto sobria, non perse l'occasione per lanciare una frecciatina. «Ehi, Steve, che ti è successo? Ti hanno congelato i conti in banca, o stai solo cercando di fare il modesto con noi?»

Steve, abituato alle sue continue provocazioni, rispose con un tono svogliato, come chi è costretto a rispondere per forza. «Se non

16

ti piace, puoi sempre fartela a piedi. E comunque, per te e il tuo sedere, questa macchina è già fin troppo lussuosa.»

Mark e Sarah si scambiarono uno sguardo divertito, abituati a quei battibecchi che ormai facevano parte della loro routine.

La casa di Thomas si trovava ai margini del bosco, isolata e quasi nascosta tra gli alberi. La sua struttura era semplice ma solida, con una copertura di assi che sembravano ricavate nella stessa natura circostante. Mentre il gruppo si avvicinava, l'odore di legno umido e di muschio era palpabile e il silenzio era interrotto solo dal fruscio delle foglie al vento.

Thomas, con il suo volto rugoso e gli occhi di un blu intenso come il ghiaccio, sembrava un vecchio gufo saggio. I capelli grigi e arruffati gli incorniciavano il viso, mentre un'espressione burbera gli solcava le labbra. Sulla porta di casa, li accolse con uno sguardo che sembrava volerli giudicare. Indossava un vecchio cappotto di lana e portava con sé un bastone nodoso, che sembrava più una reliquia che uno strumento di sostegno. «Entrate,» disse con voce ruvida, «ma sappiate che non accetto ospiti facilmente.»

"Per fortuna Steve lo ha avvisato stamattina del nostro arrivo. Non so come o quando lo abbia conosciuto ma visto la premessa forse è un bene non sapere," pensò David.

L'interno della casa era immerso in un'atmosfera calda, quasi arcana. L'aria era satura del profumo di legna bruciata e di erbe secche. Gli scaffali, ricavati nel legno grezzo, traboccavano di oggetti curiosi: ossa sbiancate, amuleti scolpiti e frammenti di pietre che brillavano sotto la luce tremolante della lampada a olio. Una grande sedia di legno dominava la stanza, davanti a un caminetto spento.

Mark, con uno sguardo deciso, si sedette di fronte a Thomas. Sarah e David si accomodarono accanto a lui, mentre Steve rimase in piedi vicino alla porta, come se si stesse preparando a qualsiasi evenienza.

«Thomas, abbiamo bisogno del tuo aiuto,» iniziò Mark con tono deciso, cercando di non mostrare l'ansia che sentiva crescere dentro di sé. «Stiamo indagando su alcune sparizioni avvenute nel bosco. Sappiamo che conosci ogni angolo di quel posto e probabilmente hai visto cose che gli altri non hanno visto.»

Thomas, con uno sguardo profondo e penetrante, lo fissò. Il suo volto, solcato dalle rughe e dalle esperienze, sembrava riflettere una saggezza antica e un'inquietudine profonda. «Il bosco non è un luogo che si lascia comprendere facilmente,» disse lentamente. «Ci sono cose che non sono fatte per essere spiegate, solo temute.»

Mark piegò, leggermente, di lato la testa e fissò a sua volta Thomas. «Cosa significa 'temute'? Siamo qui perché non vogliamo escludere nessuna pista e se le sparizioni sono legate a qualcosa di più oscuro ogni dettaglio potrebbe fare la differenza.»

«Oscuro?» Sul volto di Thomas apparve un sorrisetto stanco sul volto. Lentamente, si alzò dalla sedia e si avvicinò a una libreria. «Forse è la parola giusta,» mormorò, prendendo un tomo coperto di polvere e posandolo sul tavolo con un gesto che sembrava quasi un rito.

«Questo è il *Libro delle Leggende e dei Rituali del Bosco*,» spiegò con una voce gravata dalla responsabilità. «Mi è stato donato molti anni fa. L'ho studiato attentamente. Contiene storie dimenticate, ma non meno reali. Ogni pagina è un frammento di verità che pochi hanno il coraggio di affrontare.»

Sarah si chinò sul libro, sfiorando con cautela una mappa tracciata a mano, i cui bordi erano sbiaditi dal tempo. I dettagli intricati del bosco emergevano come un disegno vivente, mentre simboli arcani e inquietanti segnavano luoghi che sembravano invocare il mistero.

18

«Questi simboli... cosa significano?» chiese, con una voce che era quasi un sussurro.

Thomas fissò i simboli con uno sguardo grave. «Sono segni di antiche pratiche rituali. Alcuni dicono che il bosco sia abitato da spiriti antichi, esseri che si nutrono delle paure e dei desideri oscuri degli uomini. La leggenda narra di una creatura che vive nelle sue profondità, una presenza che può manipolare la realtà e trascinare le anime smarrite nei suoi meandri.»

Sarah non riuscì a trattenere un sorriso scettico. «Spiriti? Creature che manipolano la realtà? Suona più come una favola per spaventare i bambini,» disse con un tono sarcastico.

Il volto del vecchio si oscurò all'istante e l'aria nella stanza sembrò farsi più pesante. «Se non credi alle mie parole,» sibilò, stringendo il bastone con una forza sorprendente, «allora non hai motivo di stare qui. Andatevene tutti!»

Steve, fino a quel momento rimasto in silenzio, si fece avanti rapidamente. «Thomas, ti prego, calmati,» disse con voce ferma ma pacata. «Ci scusiamo, non intendevamo mancare di rispetto. Sarah, per favore, scusati.»

Sarah, colta di sorpresa dall'ira di Thomas e dalla reazione di Steve, abbassò lo sguardo e mormorò: «Mi scuso, non volevo essere irrispettosa. È solo difficile credere a certe cose...»

Mark, incurante della discussione appena avvenuta, era perso nei suoi pensieri e sentì riecheggiare le parole di Lisa nella sua testa. «E cosa sappiamo su questa creatura?» continuò a domandare come se nulla fosse accaduto.

«Si dice che non abbia un nome, perché i nomi danno potere,» rispose Thomas. «Ma gli anziani la chiamano '*Il Sussurratore*'. È una forza oscura che prospera nella paura e nel dolore. Le sparizioni che avete menzionato potrebbero essere collegate a questa presenza demoniaca.»

David si fece avanti, con un'espressione pensierosa. «E c'è un modo per fermarlo? O almeno per scoprire di più su di lui?»

L'anziano guardiano del bosco fissò il gruppo con un'espressione di compassione mista a preoccupazione. «Il Sussurratore non può essere fermato con mezzi convenzionali. Ma esistono antichi rituali e protezioni che possono tenere a bada la sua influenza, anche se non sono facili da eseguire e richiedono un grande coraggio.»

«Dove possiamo trovare informazioni su questi rituali?» chiese Mark, il suo tono era riflessivo e determinato.

Thomas annuì lentamente, chiudendo il libro e riponendolo con attenzione sul tavolo di legno. «Ci sono luoghi nel bosco dove la presenza del Sussurratore è più forte. Se cercate indizi, dovrete avventurarvi lì. Ma vi avverto, il bosco non è un luogo accogliente. Seguirlo può portarvi più vicino a ciò che temete.»

I quattro amici si scambiarono sguardi risoluti. Il compito che avevano davanti non sarebbe stato facile, ma la determinazione di scoprire la verità e di ottenere giustizia per Lisa, la loro amica sparita vent'anni prima, li spingeva avanti.

«E quali sono i luoghi che dobbiamo visitare?» chiese spazientito Mark.

«Purtroppo li dovrete trovare da soli» rispose seccamente Thomas posando sul tavolo una pergamena. «Questa vi aiuterà nella vostra ricerca. Ma vi avviso, una volta nel bosco dovrete cavarvela da soli.»

«Grazie, Thomas,» disse Mark, anche se il tono tradiva una sottile delusione. Avrebbe voluto una risposta diversa, ma sapeva di non poter fare altro. Si preparò a lasciare la casa insieme ai suoi amici. «Faremo del nostro meglio per affrontare ciò che ci aspetta.»

Mentre il gruppo si avviava verso l'uscita, Sarah rimase indietro per un istante, lanciando un'ultima occhiata al libro sul tavolo. Qualcosa attirò la sua attenzione: una pagina leggermente piegata, come se fosse stata sfogliata in fretta. I suoi occhi si strinsero, attenti.

Con un movimento calcolato, Sarah allungò la mano tremante verso il libro. Gli altri erano già vicini alla porta, distratti, e non si accorsero di nulla. Lei afferrò con delicatezza il bordo del foglio e lo strappò, facendo scivolare la pagina nella tasca della sua giacca.

La carta era decorata con simboli intricati e scritte antiche, misteriose quanto il libro stesso. Sarah sentiva il cuore battere all'impazzata mentre si univa di nuovo al gruppo. Non sapeva cosa avrebbe trovato su quella pagina, ma qualcosa dentro di lei le diceva che poteva contenere la chiave di cui avevano bisogno.

Mentre il gruppo si dirigeva verso il bosco, Sarah si avvicinò a Mark, appoggiando furtivamente una mano sulla sua. La sensazione di quel contatto fugace, quasi impercettibile, le evocò una miriade di ricordi e sensazioni, amplificando il peso della situazione e il legame che avevano condiviso in passato. Mark la guardò con un'espressione di sorpresa e confusione nei suoi occhi, ma non disse nulla. «Dobbiamo essere preparati a tutto,» disse Sarah a bassa voce. «Ho preso qualcosa che spero possa aiutarci.» Mark le lanciò uno sguardo curioso, ma non rispose. Sapeva che la situazione era delicata e che ogni piccolo indizio poteva fare la differenza.

David, incuriosito da tutto quello che era accaduto all'interno della casa, ne approfittò per avvicinarsi a Steve. «Come fai a conoscere Thomas?» gli chiese sottovoce. Steve lo guardò con un sorrisetto ironico. «Come pensi che un vecchio pazzo come lui si sia mantenuto in tutti questi anni? La mia fondazione gli fornisce cibo e vestiti. Quell'uomo è pazzo, sì, ma non è scemo. Sa riconoscere una mano che lo aiuta.» David rimase in silenzio per un attimo, assimilando le parole del suo amico. Poi annuì, comprendendo finalmente il motivo per cui Thomas aveva accettato di incontrarli.

Il vento continuava a soffiare tra gli alberi, portando con sé un senso di apprensione e mistero. Mentre Mark e il gruppo si addentravano nel bosco, sapevano che stavano per entrare in un territorio sconosciuto e potenzialmente pericoloso, dove ogni passo poteva rivelare qualcosa di nuovo, ma anche di terribile.

Sarah, con la pagina nascosta nella tasca, sentiva un misto di apprensione e speranza. Forse, quel frammento rubato avrebbe fornito un indizio cruciale per svelare il mistero che avvolgeva il bosco e le sparizioni.

CAPITOLO 4

BILL

Mark, Sarah, David e Steve si preparavano per la loro spedizione nel bosco. Sarah non aveva ancora mostrato agli altri la pagina che aveva rubato dal libro, ma sapeva che era un rischio che doveva correre.

«Abbiamo tutto ciò che ci serve?» chiese Mark, guardando il gruppo.

«Ho preso delle provviste e delle coperte,» rispose David. «Non sappiamo quanto tempo ci vorrà.»

«Ho portato la mappa del bosco,» disse Sarah, mostrando il documento antico che Thomas gli aveva consegnato il giorno prima.

«E io ho il mio vecchio zaino da escursionismo,» aggiunse Steve. «È robusto e ha spazio per tutto ciò che ci servirà.»

Mentre si addentravano nel bosco, il silenzio e l'oscurità li avvolgevano. Ogni passo sembrava amplificato, ogni ombra una minaccia. Ma sapevano che dovevano andare avanti, che dovevano scoprire la verità su Lisa e sulla nuova ragazza scomparsa.

Sarah si avvicinò a Mark, mostrandogli la pagina che aveva preso. «Ho trovato questa nel libro di Thomas,» disse a bassa voce. «Potrebbe essere importante.»

Mark prese la pagina, esaminandola attentamente. «Forse è un rituale,» mormorò. «Potrebbe aiutarci a proteggerci e forse a trovare il Sussurratore.»

David e Steve si avvicinarono, osservando la pagina con interesse. «Qualcuno sa in che lingua è scritto?» chiese David con un tono ironico. «Perché se non va letto ma solo lanciato contro la presenza maligna, direi che siamo al sicuro. Altrimenti, non mi sentirei così tranquillo,» concluse con un sorriso.

«Troveremo un modo,» disse Mark, con uno sguardo che tradiva più determinazione di quanta ne avesse davvero.

Con la mappa come guida e il rituale come speranza di risoluzione, il gruppo proseguì, sapendo che stavano per affrontare qualcosa di molto più grande e più pericoloso di quanto avessero mai immaginato. Mentre avanzavano, sentivano le ombre del passato risvegliarsi intorno a loro, pronte a svelare i segreti che il bosco nascondeva da troppo tempo.

Il sole stava lentamente calando e l'aria fresca portava con sé il profumo del muschio e del legno umido, mentre i quattro amici camminavano lungo un sentiero nel bosco. Il terreno era ricoperto di foglie secche che scricchiolavano sotto i loro passi, riempiendo l'atmosfera di un suono morbido e familiare.

Mark guidava il gruppo, il suo passo era deciso ma tranquillo. La sua figura, un tempo possente e sicura, ora sembrava portare il peso di anni di rimpianti e dolori. I suoi occhi, di un blu profondo e pieni di vita, avevano una sfumatura opaca, quasi grigia, come se portassero il peso di un segreto oscuro che nessuno poteva comprendere. I capelli scuri, folti e leggermente mossi, che gli cadevano sulla fronte con eleganza ora erano corti e striati di grigio. La sua mascella era forte e ben definita e la barba incolta aggiungeva anni al suo viso, rendendolo un uomo tormentato dal passato.

Accanto a lui camminava Sarah, i suoi soliti abiti eleganti sostituiti da un paio di shorts che mettevano in risalto le curve armoniose. Nonostante l'età aveva un fisico invidiabile, tonico come quello di una ventenne. La sua bellezza classica, con il décolleté generosamente scollato, prometteva segreti inconfessabili. A dargli maggior risalto indossava un pendente a forma di lacrima che brillava su di esso a ricordarle costantemente il suo passato tormentato. I suoi occhi verdi scintillanti osservavano attentamente il sentiero, ma di tanto in tanto si voltavano verso Mark, cercando forse una connessione che sembrava perduta.

Steve e David chiudevano la fila, camminando leggermente distaccati. Steve, con il suo aspetto impeccabile e il portamento elegante, sembrava fuori posto in quel contesto rustico. Il viso allungato e raffinato, con zigomi alti e una mascella ben definita. I suoi occhi blu-ghiaccio osservavano attentamente l'ambiente circostante, tradendo una tensione interiore e un'intelligenza acuta. I capelli scuri, leggermente ondulati, incorniciavano un volto che emanava un fascino enigmatico e misterioso. Gli abiti ben curati e l'aria da lord contrastavano con l'ambiente naturale, ma i suoi occhi tradivano un tumulto emotivo che cercava di nascondere dietro una maschera di perfezione. Dietro l'eleganza con cui si presentava, i suoi amici sapevano che Steve nascondeva un mondo interiore complesso, segnato da un'infanzia difficile, tra l'assenza del padre e la convivenza con una madre alcolista. Nonostante quelle ferite profonde, aveva sempre lottato per mantenere un'apparenza di normalità.

David, con il viso rotondo, leggermente paffuto e gli occhi nocciola che brillavano di una luce scherzosa, sembrava rilassato. La sua risata, che riecheggiava tra gli alberi, era contagiosa ma celava una mente complessa e un lato oscuro che pochi conoscevano. La sua corporatura robusta e il viso accogliente erano incorniciati da capelli castani corti, spesso disordinati, mentre una barba leggera aggiungeva un tocco casual al suo aspetto. Nonostante la sua figura piena, si muoveva con sorprendente agilità, mostrando una sicurezza radicata in sé stesso. Durante la camminata, lanciava occhiate furtive a Mark, un misto di ammirazione e una sfumatura più oscura che nessuno riusciva a decifrare.

«Ricordate quando saltavamo le lezioni per venire qui?» iniziò Mark, rompendo il silenzio. La sua voce era profonda e malinconica, come se i ricordi del passato lo ferissero ancora.

Sarah sorrise, il ricordo dei tempi passati illuminavano il suo volto. «Sì, ci sentivamo così ribelli. Ogni volta pensavo che ci avrebbero scoperti, ma non ci fermavamo mai.»

Steve annuì con lo sguardo rivolto verso il suolo. «Era l'unico momento in cui mi sentivo libero, lontano da tutto ciò che accadeva a casa.»

David scoppiò a ridere. «E quella volta che siamo finiti in quel fossato pieno di fango? Steve era così arrabbiato perché si era sporcato i pantaloni firmati. Ma poi tuo padre ti ha spedito due paia nuovi, vero?»

Steve sorrise amaramente, il ricordo era ancora vivido. «Già, mia madre era furiosa. Ma mio padre, ovviamente, mi ha spedito dei pantaloni dal suo ufficio di New York.»

Mark si fermò e si voltò verso gli amici, il suo sguardo era serio. «A volte penso che quei giorni siano stati i migliori della nostra vita. Eravamo giovani, spensierati e niente sembrava impossibile.»

Sarah annuì mentre il suo volto rifletteva la stessa nostalgia.

«Ma tutto è cambiato quella notte,» disse quasi con un sussurro. «La notte in cui abbiamo perso Lisa.»

Il silenzio calò sul gruppo, come un'ombra oscura.

Lisa era la loro guida, la persona che riusciva sempre a far luce nei momenti più bui. Era gentile e dolce, con un'intelligenza che colpiva chiunque la conoscesse. La sua bellezza era autentica, naturale, e non aveva bisogno di essere messa in mostra. Gli occhiali che portava coprivano solo in parte i suoi occhi verde smeraldo, pieni di calore e comprensione, mentre il suo sorriso aveva il potere di trasformare l'atmosfera di qualsiasi stanza.

Non era come Sarah, che amava abiti appariscenti e attirare l'attenzione. Lisa brillava per la sua semplicità, per quella sincerità disarmante che rendeva impossibile non volerle bene.

Gli amici sapevano poco della famiglia di Lisa. Viveva con gli zii proprio al confine della città, in una fattoria che sembrava uscita da un altro tempo. Quella fattoria era il suo rifugio, un luogo lontano dai problemi del mondo esterno, ma anche un luogo che nascondeva segreti che nessuno di loro aveva mai scoperto.

Mark serrò la mascella, il dolore era evidente nei suoi occhi. «Non ho mai smesso di pensare a lei,» ammise, con la voce rotta dall'emozione.

Steve guardò Sarah, il desiderio nascosto nel suo sguardo, lo tradì per un momento. «Lisa era speciale,» disse, cercando di mantenere il controllo. «Ma anche tu lo sei.»

David osservò la scena, il suo sorriso sfumava mentre guardava Mark con un'intensità inquietante. «Abbiamo tutti i nostri demoni,» disse piano, «e a volte sono quelli che ci definiscono.»

Lisa, con la sua gentilezza e dolcezza, rimaneva un'ombra costante nei loro cuori, un ricordo doloroso che non potevano dimenticare.

Il bosco si faceva sempre più fitto, l'oscurità avvolgeva i quattro amici in una morsa soffocante. Un gelido vento si incanalava tra gli alberi, portando con sé un'aria di mistero e inquietudine. Ombre danzavano tra i tronchi proiettandosi sulla terra battuta.

«Sentite?» sussurrò Sarah, la sua voce era appena percettibile. Stringeva la mappa tra le mani con le dita livide per la tensione, mentre un brivido gelido le attraversava la schiena.

«Potrebbero essere solo animali,» rispose David, cercando di nascondere la propria inquietudine. Ma anche lui non riusciva a scacciare un brivido.

«O qualcos'altro,» aggiunse Mark, guardandosi intorno con circospezione. L'idea che qualcosa di soprannaturale potesse nascondersi nel buio lo riempiva di terrore, anche se si sentiva sciocco solo a pensarci.

Mentre l'ultimo bagliore del sole scivolava dietro l'orizzonte, annunciando l'arrivo della sera un ramo scricchiolò fragorosamente dietro di loro. Si voltarono di scatto, pronti a fuggire, ma non videro nulla.

«C'è qualcuno lì fuori?!» gridò Steve, con la voce tremante.

«Tranquilli,» disse una voce bassa, quasi ipnotica. «Non c'è bisogno di agitarsi. Sono io.»

"Io chi?" pensò turbato David.

Dall'ombra degli alberi, un uomo alto e robusto, con un volto segnato da anni di fatiche e un'espressione composta, li osservava. Era Bill Evans, il vecchio compagno di scuola, l'ombra che da sempre li seguiva.

Un brivido percorse la schiena di Mark. Non aveva mai dimenticato l'incidente del cassonetto e il modo in cui avevano trattato Bill quando erano ragazzi. E ora, lui era lì, di fronte a loro con la sua uniforme da vice sceriffo e incarnava tutto ciò che loro non erano mai stati: rispettato, potente, temuto.

«Bill?» balbettò Sarah, sorpresa, mentre si voltava verso di lui. «Cosa ci fai qui?»

Bill si avvicinò lentamente, i suoi occhi neri, profondi e penetranti, li studiavano uno alla volta. «Sto indagando su una scomparsa. E voi quattro... indovinate? Siete tra i sospettati.»

Un'ondata di rabbia invase Mark, che fece due passi verso il vice sceriffo e sbraitò. «Sospettati? Ma che diavolo stai dicendo?»

«Non fate gli innocenti.» La voce di Bill era calma, ma la fermezza dietro le sue parole era tagliente. «So cosa avete fatto. So chi eravate allora e chi siete ancora oggi.»

I quattro amici si scambiarono sguardi tesi, quasi colpevoli. Le parole di Bill erano come lame affilate, capaci di squarciare ogni loro tentativo di difesa. Tutti sapevano, nel profondo, che il passato non li avrebbe mai lasciati andare senza combattere.

«Non abbiamo fatto niente!» protestò David, con un sorriso forzato che cercava di stemperare la tensione, ma la sua voce tremava.

Bill sorrise a sua volta, ma il sorriso era gelido, privo di qualsiasi calore. «Oh, davvero? E cosa mi dite di Lisa? Pensate davvero che io non scoprirò la verità? Il filo rosso che collega la sua scomparsa... a voi quattro?»

Le parole si abbatterono su di loro come un colpo secco. Mark distolse lo sguardo per un istante, incapace di sostenere quel peso. Aveva sempre sospettato che ci fosse un legame tra la scomparsa di Lisa e ciò che loro avevano fatto, ma ammetterlo era una ferita troppo profonda da affrontare.

«La sua scomparsa non ha nulla a che fare con noi,» mormorò Sarah, tentando di mascherare il tremore nella sua voce.

Bill si avvicinò di un passo, le sue parole ora erano un sibilo tagliente. «Non mentitemi. Non ci provate nemmeno. So che avete qualcosa da nascondere, qualcosa di grosso. E stavolta non lascerò correre.» Fece una pausa, lasciando che il silenzio amplificasse il peso delle sue parole. Poi, con un tono glaciale, aggiunse: «Per dimostrarvi che non sto scherzando... siete tutti in arresto. Seguitemi. Adesso.»

Con un gesto imperioso sollevò la mano ed ordinò ai suoi uomini di procedere. Dall'ombra degli alberi, come se fossero stati nascosti in attesa di un segnale, emersero due giovani agenti di polizia, poco più che ventenni. Si muovevano in perfetta sincronia, stringendo un manganello nella mano destra e delle manette nella sinistra, mentre i loro passi lenti e decisi riecheggiavano come una promessa di inesorabile giustizia.

I quattro amici si scambiarono sguardi disperati, consapevoli di essere intrappolati in una situazione senza via d'uscita. Il bosco pareva avvolgerli con la sua oscurità soffocante, mentre l'uomo davanti a loro, un tempo amico, spinto da anni di rancore e rabbia, dimostrava una ferrea volontà nel volerli stringere sempre più nella sua morsa. La realtà di quanto stava accadendo si fece strada nelle loro menti: non erano più semplici spettatori di una vecchia storia dimenticata, ma il fulcro di una spirale di follia e vendetta che minacciava di distruggerli.

«Immagino, inoltre, che ora mi direte che è solo una coincidenza il fatto che siate in città proprio in questi giorni,» disse Bill, con una voce calma e quasi divertita, che sembrava scavare dentro di loro. «Una ragazza è appena scomparsa e voi siete qui, esattamente come dieci anni fa, quando sparì Camila Lith. E ancora prima, quando toccò a Lisa.»

Fece una pausa, scandendo ogni parola con una precisione glaciale, come se volesse imprimere quelle accuse nelle loro menti. Poi li fissò, uno per uno, con uno sguardo che non lasciava vie di fuga.

«A proposito, la ragazza scomparsa si chiama Amanda Rossi. Stessa età di Lisa, stesso inquietante modo di sparire. E, guarda caso, viveva vicino alla fattoria degli zii di Lisa.»

Bill lasciò cadere quelle parole come un macigno in uno stagno, osservando le loro reazioni con l'attenzione fredda di un chirurgo. Il silenzio che seguì fu quasi assordante.

«Dettagli che, per pura coincidenza, non sembrano sorprendervi affatto,» aggiunse, con un sorriso sottile che tradiva una soddisfazione velenosa.

Sarah si irrigidì. La rivelazione la colpì con una forza devastante. Non aveva idea, come nessuno dei suoi amici, che Amanda abitasse vicino alla fattoria degli zii di Lisa. Non poteva essere solo una coincidenza. Un filo invisibile legava quelle sparizioni e sapeva che quel filo li stava trascinando in un abisso oscuro.

Steve si alzò appena sulla punta dei piedi, sollevando un sopracciglio con aria provocatoria. «E quindi? Vuoi dirci che siamo dei serial killer?»

Bill sorrise, un sorriso gelido e quasi impercettibile. «Non ancora,» disse, con una calma che suonava come una minaccia, «ma state andando nella giusta direzione. Ogni scomparsa, ogni indizio, mi porta sempre più vicino a voi.»

Mark fece un passo avanti, cercando di mantenere il controllo. Si schiarì la voce, ma il tremore tradì la sua tensione. «Ma cosa vuoi da noi? Siamo innocenti.»

Bill inclinò la testa di lato, come un predatore che osserva con compassione la sua preda. «Innocenti?» ripeté con un sussurro velenoso, avvicinandosi lentamente a Mark. «Sai qual è la cosa divertente degli innocenti? Nascondono sempre qualcosa.»

Gli occhi di Mark si posarono sul volto di Bill, soffermandosi per un attimo troppo lungo sulla cicatrice che aveva sopra il sopracciglio, un ricordo sbiadito di quel pomeriggio nel cassonetto. Mark impallidì. Non sapeva molto della nuova sparizione, ma il modo in cui il suo vecchio amico lo guardava gli faceva capire che c'era un collegamento con Lisa e che, per qualche motivo, voleva far ricadere la colpa su di loro. Di sicuro non aveva mai dimenticato quell'episodio a scuola e ora glielo rinfacciava in maniera sottile, ma non meno efficace.

«Io non ho dimenticato e non me ne sono andato come un codardo,» continuò Bill con la sua voce rauca. «E voglio capire cosa è successo. Voglio giustizia per Lisa, per Camila e soprattutto trovare Amanda.»

David, ancora incredulo, cercò di stemperare la tensione. «Dai, stai scherzando, vero? Non puoi farci questo.»

Bill scoppiò a ridere, una risata amara e disprezzante. «Scherzare? Io? Non credo proprio. Ho passato anni a osservare voi quattro, a vedere come vi siete trasformati dai ragazzini viziati che eravate a uomini e donne potenti e influenti. Ma non siete cambiati dentro, siete sempre gli stessi.»

Sarah si strinse nel suo giacchetto, cercando di nascondere la paura. Bill la fissava con uno sguardo che la faceva sentire nuda. Era cambiato dai tempi della scuola, ora era un uomo affascinante, in un modo oscuro e pericoloso e lei si sentiva attratta da lui, nonostante tutto.

«Vi ho tenuti d'occhio da quando siete arrivati,» continuò. «Ho visto il vostro incontro con Thomas e sapevo che sareste venuti qui.»

Mark sentì un nodo in gola. *Bill ci ha seguiti tutto il tempo?* Pensò.

«Ma vedo che non avete trovato nulla,» sentenziò Bill, la voce carica di una definitiva e spietata sicurezza. «Come ormai dovreste

32

aver imparato... il bosco ha i suoi segreti, e non sono fatti per essere svelati.»

«E tu cosa ne sai?» esplose Steve, la voce incrinata dalla tensione e dalla paura. «Tu non sei diverso da noi. Sei solo un altro pezzo di questo maledetto puzzle.»

Bill lo fissò per un lungo istante, ma questa volta nei suoi occhi brillava una malinconia che lo rendeva ancora più inquietante. «Forse hai ragione,» ammise infine, il tono più basso, quasi un sussurro. «Ma c'è una differenza fondamentale tra noi.»

Fece un passo avanti, inchiodando lo sguardo su Steve. «Io ho il potere. Voi no.»

Si prese una pausa, lasciando che le sue parole si insinuassero come spine nella loro mente. Poi, con una freddezza glaciale, concluse: «E ora che vi ho trovati, non vi lascerò scappare.»

Bill fece un cenno agli agenti, che si mossero senza esitazione, stringendo le manette attorno ai polsi dei quattro amici. Colti di sorpresa, si scambiarono sguardi carichi di disperazione, cercando invano una via di fuga. Ma non c'era scampo: il bosco li circondava, muto e opprimente, come una gabbia naturale che li intrappolava con il loro passato. Quel passato che avevano cercato di dimenticare ora li stringeva in una morsa implacabile.

Eppure, tutti loro sapevano che quello era solo l'inizio. Le sparizioni di Lisa, Camila e Amanda nascondevano qualcosa di più oscuro, un segreto che si estendeva oltre ciò che potevano comprendere. E adesso, volenti o nolenti, erano diventati i protagonisti di una storia che non avrebbero mai voluto raccontare.

Anna Taylor e Robert Jones, i due giovani agenti, si muovevano con l'efficienza e la sicurezza tipiche di chi ha già affrontato situazioni delicate. I quattro amici, già ammanettati e visibilmente scossi, attendevano il prossimo passo, con la consapevolezza di essere intrappolati in una situazione dalla quale non avrebbero potuto sfuggire facilmente.

Anna, con i suoi capelli castani raccolti in una coda stretta e un viso che trasudava professionalità, si avvicinò a Sarah e la guidò con fermezza verso la camionetta della polizia.

«Salite uno alla volta,» disse con voce ferma, ma non priva di un vago senso di comprensione. Era chiaro che per lei questo era solo un lavoro, ma non sembrava del tutto insensibile alla tensione che aleggiava nell'aria.

Robert, accanto a lei, vigilava con attenzione, le mani pronte a intervenire se necessario. Il suo sguardo era fisso su Steve, che cercava di mantenere un'espressione indifferente, ma tradiva un nervosismo evidente.

«Andiamo, non complicate le cose più di quanto già non siano,» disse con un tono di voce che non ammetteva repliche.

Mark e David furono i primi a salire sulla camionetta, seguiti da Sarah e Steve. Le portiere si chiusero con un rumore secco, quasi definitivo, mentre gli agenti si assicuravano che tutto fosse in ordine. L'abitacolo era freddo e angusto, e il silenzio che calò subito dopo era carico di tensione.

Mentre Anna prendeva posto al volante e Robert accendeva la radio per comunicare con la centrale, Sarah tentò ancora una volta di ottenere una spiegazione. «Non capite? Non abbiamo fatto nulla di male!» esclamò quasi balbettando.

Anna lanciò uno sguardo veloce a Sarah attraverso lo specchietto retrovisore, ma non rispose. Avviò il motore e imboccò il sentiero che li avrebbe condotti alla centrale di polizia. Il bosco sembrava stringersi attorno al veicolo, con i rami che sfioravano la carrozzeria come artigli che cercavano di trattenerli.

Nel frattempo, Bill, a bordo di una Jeep che precedeva la camionetta di qualche metro, manteneva un contatto costante con i suoi agenti via radio. Osservava la strada con occhi attenti. Il suo volto era segnato da un'espressione concentrata di chi non era disposto a lasciarsi sfuggire nulla e al contempo soddisfatta perché consapevole che quella notte, finalmente, avrebbe ricevuto risposte a domande rimaste troppo al lungo rinchiuse nel cassetto.

Mentre la piccola colonna di veicoli avanzava lentamente tra gli alberi, i quattro amici sedevano in silenzio, i loro pensieri affollati da domande e paure. Il rumore del motore e il fruscio delle foglie sembravano scandire il tempo, portandoli sempre più vicini al confronto con un passato che li aveva inseguiti fino a quel momento.

Hallowbridge, High School, autunno 2003.

I corridoi della scuola risuonavano di risate e chiacchiere, un brusio continuo che il giovane Bill osservava sempre da lontano, con un pizzico di invidia e di desiderio. Proveniente da una famiglia di operai, viveva in un piccolo appartamento dove i pomeriggi erano dedicati ai compiti e alle faccende domestiche. Non aveva le possibilità economiche per partecipare ad attività extrascolastiche, che gli avrebbero permesso di stringere nuove amicizie o coltivare le sue passioni. Così, quando poteva, si sdraiava sul suo letto e sognava di far parte del gruppo di ragazzi più popolari della scuola. Sperava, in cuor suo, che se lo avessero accolto avrebbe potuto dimostrare il suo valore, ma soprattutto uscire da quelle quattro mura che iniziavano a stargli strette.

Se avesse potuto scegliere, sapeva già chi erano i suoi riferimenti: Mark, il capitano della squadra di football, con il suo sorriso smagliante e la sua aura da vincente. Sarah, la reginetta del ballo, bellissima e irraggiungibile. David, il comico del gruppo, sempre pronto a una battuta. Steve, il ricco e snob, che ostentava la sua ricchezza con un disprezzo velato per gli altri. E infine Lisa, la più dolce e gentile di tutti, con i suoi occhi grandi e luminosi. Bill era segretamente innamorato di lei, ma sapeva di non avere alcuna chance.

Un giorno, mentre erano in biblioteca, Lisa si avvicinò a lui con un filo di preoccupazione negli occhi.

«Bill, mi faresti un enorme favore? Ho dimenticato la mia borsa di atletica nell'aula di musica e devo riaverla prima dell'allenamento. Saresti così gentile da aiutarmi?» chiese con un tono così dolce da farlo arrossire.

«Così, nel frattempo, riesco a finire la ricerca di storia.»

Bill, balbettante per l'emozione, accettò subito. Era l'occasione perfetta per avvicinarsi a lei. Si precipitò nell'aula di musica, ma la borsa non c'era. Mentre cercava disperatamente, sentì delle risate provenire dall'esterno. Si affacciò e vide i suoi compagni che lo osservavano divertiti.

«Hey, Bill, hai trovato la borsa?» gridò Mark, con un sorriso malizioso dipinto sul volto. David, gettando un'occhiata complice a Sarah, aggiunse «Forse è finita per sbaglio nel cassonetto dietro la palestra.» Steve, con un'aria di superiorità, rincarò la dose «Sai, quello che puzza di più.»

Bill, ignaro delle intenzioni dei suoi compagni, non diede troppo peso alle loro parole. Li considerava amici e sapeva che spesso si divertivano con scherzi innocenti. Tuttavia, quel giorno era concentrato su altro: voleva solo ritrovare la borsa di Lisa, come le aveva promesso. Con un sorriso sereno, si diresse fuori dalla palestra e si avvicinò al cassonetto indicato dai ragazzi.

Quando sollevò il coperchio, si arrampicò sul cassonetto e si chinò senza esitazione all'interno per cercare la borsa che non riusciva a vedere, ma appena le sue mani sfiorarono il fondo, il coperchio si chiuse con un tonfo sordo, facendolo cadere al suo interno e intrappolandolo. Un'ondata di panico lo travolse all'istante. Tentò di spingere il coperchio con tutte le sue forze, ma era bloccato.

All'esterno, le risate dei suoi compagni riecheggiavano, crudeli e senza pietà.

«Aiuto! Si è bloccato lo sportello! C'è qualcuno?» chiese con la voce che tremava dal terrore e il cuore che batteva all'impazzata.

«Ma certo, Bill!» rispose Mark con tono beffardo, divertito dalla disperazione crescente dell'amico.

Preso dal panico iniziò a battere freneticamente contro le pareti metalliche del cassonetto, urlando: «Fatemi uscire! Vi prego!» Ma le sue grida, soffocate dall'oscurità del cassonetto, sembravano svanire nel nulla. Cercando di forzare il coperchio, scivolò sul fondo viscido e cadde rovinosamente, colpendo qualcosa di appuntito. Sentì un dolore acuto alla fronte e, poco dopo, il sangue cominciò a colargli sopra un occhio, aumentandogli la sensazione di terrore e impotenza.

Nel frattempo, Lisa, che si era accorta del trambusto, corse verso il gruppo, preoccupata per le grida di Bill.

«Ragazzi, smettetela! Gli state facendo del male!» esclamò, ma le sue parole caddero nel vuoto. I quattro amici continuarono a ridere, ignorandola completamente, per poi allontanarsi senza alcun rimorso.

Passarono minuti che sembrarono interminabili per Bill, intrappolato nell'oscurità soffocante. La paura e la rabbia crescevano dentro di lui, alimentate dall'angoscia e dall'umiliazione. Quando finalmente qualcuno passò di lì e aprì il cassonetto, lo trovarono pallido, tremante, con gli occhi rossi di pianto e di rabbia repressa.

Portati davanti al preside, Mark, David, Steve, Sarah e Lisa negarono ogni accusa con estrema sicurezza e, alla fine, riuscirono a farla franca. Non c'erano prove concrete contro di loro: era la parola di Bill contro la loro.

Dopo quell'avvenimento si sentì tradito e profondamente umiliato. Aveva sempre pensato di essere parte del loro gruppo, ma quel giorno capì di essere stato solo un bersaglio per il loro crudele divertimento. Il cassonetto non era solo un luogo fisico, ma il simbolo del disprezzo che i suoi cosiddetti amici nutrivano per lui. Anche nei giorni successivi, l'eco delle loro risate continuava a rimbombargli nelle orecchie, un promemoria costante dell'umiliazione subita.

Ricordava ancora la scena come se fosse accaduta pochi minuti prima: il cassonetto, l'odore acre della spazzatura, le sue urla strozzate e la sensazione opprimente di soffocamento. Non c'era stato alcun «mi dispiace», nessuna spiegazione. Solo sguardi evasivi e sorrisi beffardi.

Un fruscio tra i rami lo fece sobbalzare. Era Lisa, che si avvicinava lentamente. I suoi occhi, solitamente brillanti, erano spenti.

«Bill...» iniziò lei quasi sottovoce.

Lui alzò lo sguardo, incrociando il suo. Nei suoi occhi lesse un misto di preoccupazione e rimorso.

«Non so come scusarmi,» continuò, «so che è stato terribile quello che ti abbiamo fatto. Per favore, ascoltami...»

Bill la interruppe, la sua voce era roca per la rabbia. «Ascoltare cosa? Che ti sei divertita a vedermi soffrire? Che non hai fatto niente per fermarli?»

Lisa abbassò lo sguardo, mortificata. «No, Bill, non è così. Ho provato a intervenire, ma...»

«Ma non hai avuto il coraggio.» Bill si voltò, cercando di allontanarsi.

Lei lo afferrò per un braccio. «Fermati! Ti prego, dammi un'altra possibilità.»

Si girò di nuovo verso di Lisa, i suoi occhi erano rossi e lucidi. «Cosa vuoi che ti dica? Che tutto è stato dimenticato? Che posso fidarmi di nuovo di te?»

Lisa strinse le labbra, cercando le parole giuste. «So che è difficile, ma voglio che tu sappia che mi dispiace davvero.»

Bill rimase a fissarla, sorpreso. Era sempre stato segretamente innamorato di quella ragazza, ma ora non capiva se lei fosse davvero dispiaciuta o se provasse solo pena per lui.

«Ricordo anche quando ti spinsero nella pozzanghera durante la ricreazione,» continuò la ragazza, «mi sentivo così impotente. Sapevo che era sbagliato, eppure, non ho fatto niente e non è passato giorno in cui io non mi sia sentita una vigliacca.»

Un nodo si strinse alla gola di Bill. Non si aspettava di sentire quelle parole. Forse, in fondo, lei era davvero dispiaciuta.

«So che non potrò mai cancellare quello che è successo,» continuò, «ma spero che un giorno tu possa perdonarmi.»

Bill non rispose subito. Pensò a tutto quello che aveva passato, a come si era sentito solo e tradito. Ma pensò anche a Lisa e alla sua sincerità. Forse, c'era ancora una possibilità di ricominciare.

«Non so cosa dire,» mormorò infine.

Lei gli sorrise debolmente. «Non devi dire niente. Ho solo bisogno che tu sappia che mi dispiace davvero.»

Da quel giorno, però, qualcosa dentro di lui cambiò. La sua ammirazione per i suoi compagni si trasformò in un profondo risentimento. Cominciò a vedere le loro imperfezioni, le loro debolezze.

Steve, il ricco e popolare, non era altro che un ragazzo viziato e insicuro, dipendente dalle droghe. David, il comico, nascondeva un'anima tormentata. Mark e Sarah, il ragazzo e la ragazza perfetti e idolatrati a scuola, celavano segreti e insicurezze che non aveva mai notato prima.

Come aveva fatto a non accorgersene fino a quel momento? Come aveva potuto desiderare così tanto di essere accettato da loro?

Qualche settimana dopo, mentre passava davanti la casa di Steve, notò qualcosa di strano. Il prete del paese usciva furtivamente dal retro dell'abitazione. La scena lo incuriosì e si avvicinò. Attraverso una finestra al piano superiore, intravide il suo ex amico intento ad armeggiare con cartine e tabacco.

Cominciò a investigare, seguendo Steve di nascosto. Sperava di far emergere il marcio che sicuramente nascondeva.

Nei giorni successivi, ascoltando di nascosto i discorsi provenienti dalla casa, scoprì che il padre di Steve se n'era andato, ora viveva a New York e che sua madre, Marta, spesso ubriaca, intratteneva una relazione segreta con il prete. Forse era per questo che Steve era dipendente dalle droghe, o forse era solo uno stupido snob. Di sicuro, l'immagine perfetta che cercava di ostentare nascondeva una realtà ben diversa.

I suoi ex amici, come aveva sospettato, erano fragili e imperfetti, proprio come lui. Ma, a differenza sua, avevano paura di mostrare la loro vulnerabilità.

Da quel giorno decise di non fidarsi più di nessuno. Si promise di contare solo su sé stesso e di non permettere a nessuno di umiliarlo di nuovo. Quell'esperienza lo aveva reso più forte e determinato. Aveva imparato una dura lezione: la vita non è sempre giusta e le persone che amiamo possono deluderci. Probabilmente, quello fu l'inizio della sua trasformazione nell'uomo forte e deciso che sarebbe diventato in futuro.

CAPITOLO 5

SCORCI DEL PASSATO

Thomas si sentiva stanco, non riceveva visite da molti anni e soprattutto da persone interessate alla sua storia. Forse era per questo che sentiva la necessità di sdraiarsi nel suo letto. Una bella dormita lo avrebbe di sicuro fatto sentire meglio. Finì di bere la sua tisana, spense il camino e si sdraiò addormentandosi in pochi istanti.

Si svegliò di soprassalto, il cuore che gli batteva forte nel petto. Il sudore gli colava sulla fronte e il respiro era affannoso. Aveva fatto di nuovo quel sogno: le ombre, gli occhi luminosi, la voce che lo chiamava. I particolari erano più vividi e inquietanti di quanto ricordasse, come se le ombre stessero cercando di uscire dal suo subconscio per entrare nella realtà. Si alzò dal letto con movimenti rapidi e goffi. Il suo corpo era ancora intorpidito dal sonno agitato, ma sapeva di non poter aspettare di riprendersi completamente. Sentiva che il buio nella stanza stava per schiacciarlo, e i suoi sensi, in allerta, lo facevano tremare a ogni scricchiolio della casa, amplificati dalla paura che lo pervadeva. Si avvicinò alla finestra e scrutò il bosco. Quel silenzio cupo gli metteva angoscia e al calar delle tenebre gli alberi, con le loro ombre sinistre proiettate sul terreno, sembravano ancora più minacciosi. Un brivido gli percorse la schiena e il ricordo del sogno lo travolse di nuovo. L'oscurità del bosco non era solo un vuoto, ma un'entità viva e inquietante. Quegli occhi luminosi e affamati che aveva visto nel suo sogno gli parevano ancora lì, a scrutarlo dall'altra parte della finestra.

«Devo andare,» mormorò tra sé e sé con la voce roca e tremante. «Devo scoprire cosa significano queste visioni.»

Ogni fibra del suo essere urlava per restare al sicuro, ma qualcosa lo spingeva verso il bosco, come se una forza invisibile lo stesse tirando in quella direzione. Si infilò i vestiti in fretta, con movimenti rapidi e imprecisi, mentre l'urgenza gli offuscava la lucidità. Il pensiero di lasciare la sicurezza della sua casa e affrontare il bosco lo terrorizzava, ma la curiosità e il senso di inevitabilità erano troppo forti.

Afferrò una torcia e un vecchio cappotto logoro, usurato dal tempo e dal lavoro. Era come un talismano che lo avrebbe accompagnato nel viaggio verso l'ignoto. Con uno sguardo d'addio alla stanza si avviò verso l'ingresso.

Ogni passo sembrava pesare come piombo e il battito del suo cuore rimbombava nelle orecchie. Con una determinazione incerta aprì la porta e si trovò immerso nel freddo pungente. L'oscurità del bosco lo accoglieva come una vecchia amica dal sorriso sinistro, mentre il vento sembrava pronunciare parole incomprensibili tra gli alberi. Non c'era più ritorno e il suo cammino era tracciato verso il cuore del mistero che lo tormentava.

In quel momento un ricordo del passato lo paralizzò per qualche istante. Il ricordo della sua vecchia vita, di quando quasi trent'anni prima non era Thomas il guardiano del bosco ma Thomas il custode della scuola.

Hallowbridge, 1994

Il sole filtrava attraverso le ampie vetrate del The Sea Mood, inondando il locale di una luce dorata che faceva scintillare le bottiglie dietro il bancone. Un tempo rifugio per una clientela più anziana, il pub aveva ritrovato nuova vitalità grazie a Luca, il giovane proprietario. Con il suo entusiasmo e la sua energia, Luca aveva trasformato il locale in un punto di riferimento per la città, portando una ventata di freschezza che tutti sembravano apprezzare.

Era un pomeriggio come tanti altri e Thomas, dopo una lunga giornata di lavoro, si concedeva la sua solita birra. Luca, con i suoi occhi vivaci e i capelli castani, gli rivolse un sorriso amichevole mentre versava una bionda schiumosa nel bicchiere.

«La solita?» chiese.

Thomas annuì, sorseggiando lentamente la birra e lasciando vagare lo sguardo intorno al locale. Il pub era il suo rifugio, il luogo dove poteva staccare la spina e rilassarsi dopo una giornata faticosa. Era affezionato a questo posto e ai suoi clienti e amava condividere con loro i dettagli della sua vita familiare.

«Oggi è stata una giornata intensa a scuola,» disse Thomas, tirando fuori dal portafoglio una vecchia foto ingiallita e posandola sul tavolo. «Ho passato il pomeriggio a riparare una lampada nel corridoio principale. A volte non ci si rende conto di quanto il lavoro di custode possa essere impegnativo. Non è solo aggiustare cose rotte: devi avere pazienza, attenzione ai dettagli e anche una buona dose di flessibilità. E poi, con tutti quegli studenti che corrono in giro, ognuno con le sue storie e il suo carattere... non ci si annoia mai.»

Luca annuì, incuriosito, e si sporse leggermente in avanti. «Davvero, non ci avevo mai pensato. Da fuori sembra quasi monotono, come un lavoro fatto di routine, ma a sentirti sembra tutt'altro. Interagire con le persone, risolvere problemi diversi ogni giorno... dev'essere come essere il cuore silenzioso della scuola, un osservatore di tante piccole storie che si intrecciano.»

Thomas sorrise, apprezzando il commento. «Eh sì, hai ragione. Mi occupo di tutto, dalle piccole riparazioni agli interventi di emergenza, e c'è sempre qualcosa di inaspettato. Ma è questo che mi piace. E poi, parlare con gli studenti e gli insegnanti è la parte migliore. Ti tengono giovane, sai? Ti fanno vedere il mondo con occhi nuovi, anche quando sei stanco.»

Fece scorrere delicatamente il pollice sulla foto, mostrandola a Luca con un gesto affettuoso. «Guarda questi piccoli diavoli.» Gli occhi di Thomas si illuminarono. «Sono i miei figli. Sono cresciuti così in fretta che a volte faccio fatica a ricordare quando erano così piccoli.»

Luca sorrise, ammirando la foto. «Sono bellissimi. Si vede che sei un papà orgoglioso.»

Thomas continuò a parlare della sua famiglia e dei suoi successi. Parlarne gli dava gioia e il pub era il suo palcoscenico per condividere la felicità. Raccontò anche di sua moglie, una bellissima donna irlandese di nome Fiona. Era la sua roccia, il suo sostegno in ogni momento.

«Fiona è incredibile. È così paziente e amorevole. Senza di lei, non so come farei.»

Luca annuì, visibilmente colpito. «È bello sentire che hai una persona così speciale al tuo fianco.»

«Assolutamente,» confermò Thomas. «Lei è il mio pilastro e i bambini sono il nostro orgoglio. Ogni giorno è una nuova avventura con loro.»

«E comunque, Luca, questa birra è sempre fantastica,» disse con un sorriso. «Mai assaggiata una così. C'è un ingrediente segreto o è solo il tuo tocco magico?»

Il giovane proprietario rise, pulendo un bicchiere con un panno. «Solo un po' di passione e un pizzico di creatività. Ma sono felice che ti piaccia!»

I giorni seguenti scorsero senza particolari novità. Thomas continuava a frequentare il pub ogni sera, scambiando chiacchiere leggere con Luca e con gli altri avventori. Sembrava che nulla potesse turbare la sua routine, finché un giorno, all'improvviso, scomparve senza lasciare traccia.

Passarono settimane e la preoccupazione per Thomas cresceva tra amici e colleghi. Le ricerche non portarono a nulla e presto la gente iniziò a temere il peggio.

Poi, un giorno, a distanza di quasi un mese, riapparve, ma non era più lo stesso uomo di prima. Qualcosa in lui si era spezzato, la sua vita cambiò radicalmente e con essa anche l'armonia che aveva sempre condiviso con sua moglie e i figli. Nonostante i tentativi di mantenere intatta quella parvenza di normalità, la distanza tra loro diventava ogni giorno più evidente. Le parole si facevano più fredde, gli sguardi più vuoti e la casa, un tempo accogliente, sembrava ora un luogo di ombre e silenzi.

Alla fine, sua moglie e i bambini decisero di andarsene. Nessuno li vide partire e Thomas dichiarò che lo avevano abbandonato di nascosto, partendo nel cuore della notte per rifugiarsi dai parenti in Irlanda. Disse che non l'avrebbe seguita, lasciando intendere che ormai non aveva più niente da perdere.

L'uomo ora aveva perennemente occhi spenti ed un'espressione cupa. Un'aura di mistero lo avvolgeva. L'unica cosa che non era cambiata era la sua abitudine nel passare del tempo al The Sea Mood.

Seduto al bancone del pub, osservava pensieroso la fitta nebbia che avvolgeva il locale, filtrando la luce del sole e creando un'atmosfera ovattata e inquietante. Poi all'improvviso il vento divenne così forte da scuotere i vetri e far scricchiolare le vecchie travi del soffitto.

Luca, il barista, si avvicinò con un vassoio carico di bicchieri. «Un'altra tempesta, eh?» commentò, cercando di stemperare l'atmosfera.

Thomas annuì, gli occhi fissi su un punto indefinito nel vuoto. «Sembra che il bosco stia cercando di comunicare con noi,» mormorò, più a sé stesso che al giovane barista.

Luca inarcò un sopracciglio, incuriosito. «Il bosco? Cosa intendi?»

«Ho fatto un sogno strano l'altra notte,» iniziò Thomas con voce tremante. «Ero di nuovo nel bosco, ma era diverso. C'erano delle ombre, alte e magre, che mi osservavano con occhi luminosi come tizzoni ardenti.»

Il ragazzo ascoltava con crescente preoccupazione. Quei racconti ricordavano le antiche leggende del bosco, storie che gli anziani del villaggio raccontavano ai bambini per spaventarli. Ma quell'uomo non era mai sembrato uno che credesse in tali leggende. O forse sì?

«E poi ho sentito una voce,» continuò, «una voce che mi chiamava per nome.»

Un fulmine illuminò il cielo tra gli alberi del bosco. Thomas si alzò in piedi, il volto pallido come la morte.

«Devo andarci,» disse con voce rauca, «devo scoprire cosa sta succedendo.»

Luca cercò di trattenerlo, ma lui si liberò dalla sua presa e si precipitò verso la porta. «Aspetta!» gridò Luca, ma Thomas era già scomparso nella notte tempestosa.

Da quel momento, l'uomo che una volta era il custode della scuola, divenne un recluso, rifiutando ogni contatto con il mondo esterno. Si diceva che avesse visto cose strane nel bosco, che fosse impazzito o che fosse stato posseduto da qualche spirito maligno. Il Thomas che conoscevano era scomparso, lasciando solo un'ombra inquietante al suo posto. La gente del posto, pur preoccupata, finì per dimenticarsi di lui, assorbita dalla routine quotidiana.

Il tempo tende a cancellare anche le memorie più vivide.

Hallowbridge, 2024

Thomas si ritrovò a camminare nel buio del bosco, con il peso del suo passato che premeva su di lui. Le ombre degli alberi sembravano vive, si agitavano e sembravano nascondere segreti che lui aveva cercato di dimenticare. Ogni passo lo avvicinava a una verità che forse avrebbe preferito ignorare. La torcia nella sua mano proiettava una luce instabile, che sembrava più ingannevole che rassicurante, gettando ombre inquietanti intorno a lui.

Mentre procedeva, il suono dei suoi passi era l'unico rumore in quel silenzio inquietante. Nessun uccello cantava, nessun animale si muoveva. Era come se il bosco stesso stesse trattenendo il respiro, aspettando che qualcosa accadesse. Thomas sentiva il cuore battere così forte nel petto da avere paura che esplodesse. Aveva sperato che uscire dalla sua abitazione gli avrebbe dato sollievo dall'ansia e dal terrore che provava, ma invece la situazione sembrava peggiorare.

Ad un tratto, una figura emerse dall'ombra. Era alta e magra, con occhi che brillavano di una luce innaturale. Thomas si fermò, paralizzato dalla paura. La figura si avvicinò lentamente, ogni passo accompagnato da un freddo glaciale che sembrava irradiarsi dalla sua presenza, insinuandosi nelle ossa di lui come un gelo innaturale.

«Thomas...» La voce sembrava provenire da ogni direzione, come un vento gelido che gli accarezzava la nuca.

«Perché sei qui?»

Deglutì a fatica, cercando di mantenere la calma. «Chi sei?» chiese non riuscendo a trattenere il terrore che lo attanagliava.

«Tu sai chi sono,» rispose la figura, avvicinandosi ancora di più.

«Il Sussurratore...» rispose Thomas balbettando.

Il Sussurratore si avvicinò ancora di più e Thomas poté vedere i suoi occhi, due fessure di tenebra che sembravano scrutare dentro la sua anima. Sentì un'ondata di terrore attraversarlo, ma cercò di restare fermo.

«Che cosa vuoi da me?» chiese Thomas con il respiro corto e irregolare.

«Voglio che tu ricordi,» disse il Sussurratore. «Voglio che tu riporti alla luce ciò che hai cercato di dimenticare.»

Il vecchio guardiano chiuse gli occhi, cercando di scacciare i ricordi che affioravano alla sua mente. Vedeva immagini di sua moglie Fiona, dei suoi figli, della sua vita prima che tutto cambiasse. Ma vedeva anche le ombre, le ombre che lo avevano seguito dal bosco fino alla sua casa, le ombre che avevano distrutto la sua famiglia.

«Non posso,» mormorò con la voce spezzata dal dolore.

«Devi,» insistette il Sussurratore. «Solo così potrai liberarti dal tuo tormento.»

Thomas sentì un'ondata di disperazione travolgerlo, ma anche una determinazione nascere dentro di lui. Aveva vissuto troppo a lungo nell'ombra, cercando di sfuggire al passato. Forse era arrivato il momento di affrontarlo.

«Mostrami,» disse infine con voce tremante ma decisa.

Il Sussurratore allungò una mano verso di lui e Thomas sentì un freddo glaciale attraversarlo. Le immagini presero forma, nitide e brucianti, come incise a forza nella sua mente.

Vide il giorno in cui era scomparso nel bosco, il giorno in cui aveva incontrato il Sussurratore per la prima volta. Ricordò il terrore, il dolore, la disperazione. E ricordò la promessa che aveva fatto: una promessa di protezione, ma a un prezzo terribile.

«Devi mantenere la tua promessa» bisbigliò il Sussurratore.

Thomas aprì gli occhi, il volto segnato dalla sofferenza e dalla determinazione. «Lo farò,» disse, con una voce che non sembrava più la sua.

«Proteggerò il segreto. Ma tu devi vigilare sulla mia famiglia.»

Il Sussurratore sorrise, un sorriso freddo e senza gioia.

«Hai la mia parola.»

Con quelle parole svanì, lasciando Thomas solo nel buio. La sua mente era ancora confusa, sentiva la necessità di andarsene da li. Si strinse nel suo cappotto ed inizio a correre.

CAPITOLO 6
DELIRI

Il rombo sordo del motore della camionetta della polizia fendeva l'aria umida della notte. All'interno, i quattro amici erano stipati su una panca di metallo, i volti segnati dalla paura e dalla confusione. David, il più nervoso, iniziò a farfugliare frasi sconnesse, lo sguardo perso nel vuoto.

«Lisa... il Sussurratore... non è colpa mia... è colpa loro...» La sua voce incrinava il silenzio opprimente della camionetta, trasformando l'atmosfera in un incubo tangibile.

Un improvviso lampo squarciò il cielo. Il fragore del tuono seguì immediatamente, facendo vibrare ogni fibra della camionetta. L'asfalto della strada davanti a loro esplose, lasciando un cratere fumante da cui si levavano fumo nero e scintille incandescenti.

David urlò, aggrappandosi alla panca come se potesse proteggerlo.

«Lo senti? È qui! Il Sussurratore è qui!» La sua voce si spezzò, trascinata da un terrore puro. «Ci sta punendo... È colpa nostra... abbiamo risvegliato qualcosa che non dovevamo.»

Steve lo fissò con un misto di esasperazione e inquietudine. «Basta, David! Ti rendi conto di quello che stai dicendo? Non c'è nessun Sussurratore. È un fulmine, dannazione!»

Sarah alzò una mano, cercando di placare entrambi. «Steve, non serve gridare. David, ascolta... respira. È solo un fulmine, va bene? Solo un dannato fulmine.»

Ma David non sembrava ascoltare. I suoi occhi, sbarrati, fissavano un punto invisibile davanti a lui. «No... no, non capite. È reale.» Scosse la testa, come se cercasse di scacciare un pensiero troppo orribile da affrontare. «Il male è qui. È tra noi.»

Bill, sceso dalla sua Jeep, esaminò attentamente i danni. La strada era bloccata da un cratere profondo.

Il fulmine aveva inciso una cicatrice profonda nel terreno, e la forza con cui aveva colpito sembrava quasi irreale. «Che diavolo sta succedendo?» mormorò, mentre un'inquietudine sottile ma persistente gli serpeggiava dentro.

Ordinò ai suoi uomini di aggirare il cratere e, con un'espressione cupa, tornò al volante del suo SUV.

Il buio che avvolgeva il bosco ora era così denso da sembrare palpabile. I fari della Jeep a fatica riuscivano a squarciarlo, ma non riuscivano a dissipare la sensazione che qualcosa di oscuro li stesse osservando.

All'improvviso, un'ombra si materializzò davanti a loro, una figura informe si scagliò contro la Jeep con una furia bestiale.

L'impatto fu un boato sordo che risuonò nella notte. Il volante colpì il petto di Bill con la violenza di un pugno e il parabrezza esplose in mille pezzi, piombandogli addosso come schegge di vetro. Per un attimo, il mondo si capovolse in un vortice di dolore e disorientamento. Quando Bill riaprì gli occhi, fu travolto da un'esplosione di sensazioni: il sapore acre del sangue, il crepitio del vetro sotto le dita, il ronzio acuto nelle orecchie.

Il suo corpo presentava molte ferite, ma la mente fortunatamente restava lucida. Tentò di alzarsi, ma il dolore lo costrinse a raggomitolarsi su sé stesso. Si guardò intorno, gli occhi annebbiati dal sudore e dalla paura. L'ombra che aveva causato lo schianto era sparita, inghiottita dal buio, ma c'era qualcos'altro al suo posto, qualcosa di ancora più inquietante.

Ci mise un po' per mettere a fuoco, ma infine riuscì a vederlo chiaramente. Accanto al SUV, disteso in una pozza di sangue, giaceva un uomo. Il volto, contorto dalla morte, era pallido e ceroso. Non era un animale, come aveva pensato in un primo momento. Era un essere umano, proprio come lui. E la sua presenza, così violenta e improvvisa, gli gelava il sangue nelle vene.

I suoi uomini, sbalorditi dalla scena, si precipitarono verso di lui.

«Guai a voi se provate a fare scherzi,» intimò Robert ai quattro amici seduti nel retro della camionetta, prima di correre con Anna verso il vice sceriffo.

Lo aiutarono a uscire dal veicolo e a rialzarsi, a fatica.

Bill si guardò intorno, cercando di dare un senso a quello che era accaduto. Il bosco, un attimo prima un luogo oscuro e minaccioso, ora sembrava pulsare di un'energia maligna. Sentiva che qualcosa di profondamente sbagliato era accaduto, qualcosa che lo aveva messo di fronte a una forza oscura e incontrollabile.

«Ma chi è questo pazzo?» ringhiò, ancora stordito dall'impatto.

«Dannazione Bill, è quel vecchio eremita, il signor Thomas,» esclamò quasi incredula Anna, con un'espressione mista di terrore e disgusto.

«Chiamo subito un'ambulanza, forse è ancora vivo,» aggiunse Robert.

«Chiedila anche per il vice sceriffo Evans,» disse Anna.

«No, no, io sto bene,» intervenne Bill con un tono che non tranquillizzò affatto i suoi uomini.

«Qui è l'agente Robert Jones, mandate subito un'ambulanza. C'è un uomo gravemente ferito dall'impatto con un'auto. Siamo sulla Reaven Road, a tre miglia dall'ingresso della città. Fate in fretta.»

Bill raccolse tutte le sue forze, nonostante il dolore che gli stringeva il petto e la vista ancora offuscata dal trauma e dal sangue che gli colava dalla ferita sulla fronte e si avvicinò all'uomo disteso a terra.

Il volto di Thomas era pallido, gli occhi sbarrati in uno sguardo di angoscia senza fine. Emise una serie di gemiti soffocati, Bill si sedette accanto a lui, cercando di cogliere il senso di quelle parole. Con un filo di voce, Thomas riuscì a pronunciare: «*Ego scio, tempus veritatis est.*» Poi chiuse gli occhi per sempre, il corpo irrigidito e senza vita.

Bill, sconvolto, rimase per qualche minuto immobile a fissarlo, cercando di capire perché diavolo si era buttato con tutta quella foga in mezzo alla strada. Poi si rialzò, estrasse il telefono e chiamò l'ambulanza già contattata da Robert per avvisarli del decesso, mentre la nebbia di una notte maledetta sembrava avvolgerlo in un abbraccio gelido. Il suo sguardo si posò nuovamente sul vecchio uomo che giaceva a terra e un brivido di terrore gli corse lungo la schiena.

«Cosa diavolo stava cercando di dirci? E da cosa stava scappando?» mormorò con la voce carica di angoscia.

Alla centrale di polizia, l'atmosfera era carica di un'inquietudine palpabile. Le pareti sbiadite e l'odore penetrante di disinfettante conferivano all'ambiente una sensazione di oppressione, quasi soffocante. Bill, ancora segnato dall'incidente, sentiva il dolore pulsare nel petto e la sua vista si offuscava a tratti, un ricordo ancora vivo del trauma appena subito. Ogni respiro gli costava uno sforzo, e l'ansia cresceva con il pensiero di quello che lo aspettava.

Considerata la sua condizione e il fatto che i sospettati fossero quattro, decise di non usare la solita sala degli interrogatori, quel cubicolo angusto e soffocante illuminato solo da una lampadina che gettava ombre sinistre sui volti degli interrogati.

I quattro amici furono fatti accomodare da Anna e Robert dietro delle scrivanie appena fuori dalla stanza, come se l'aria più aperta potesse lenire, almeno un poco, la tensione che vibrava nell'aria.

I beni personali, sequestrati all'arrivo, erano sparpagliati su un tavolo di fronte a loro.

Mentre si avvicinava a quel tavolo, Bill sentiva un sottile disagio insinuarsi sotto la pelle, una sensazione di qualcosa di non detto, di pericoloso. Frugando tra gli oggetti di Sarah, la sua attenzione fu catturata da una pagina strappata da un libro che sembrava antico. La carta, ingiallita e macchiata d'inchiostro, era ricoperta di simboli disturbanti, che sembravano quasi danzare e mutare sotto lo sguardo. Una fitta di inquietudine gli attraversò la mente, mentre la consapevolezza che quell'indizio poteva essere più di ciò che appariva si faceva strada dentro di lui.

Non si sorprese affatto quando tra gli effetti personali di Steve trovò una piccola bustina di cocaina. Con un sorriso ironico, si voltò verso il suo ex compagno di scuola, che si torceva nervosamente le mani.

«Interessante scoperta, non trovi?» disse, sollevando la bustina tra le dita con un gesto lento e deliberato.

Steve, visibilmente a disagio, balbettò una giustificazione. «Non è come sembra. È solo qualcosa che tengo con me per gestire lo stress...»

Bill non perse l'occasione di affondare il colpo. «La cocaina... un rimedio piuttosto insolito per affrontare lo stress, non credi? Un mix esplosivo per far fare cose strane alla mente.»

Poi, con tono più grave e deciso, aggiunse: «Come, ad esempio, farti credere che esistano entità oscure pronte a punire gli innocenti. O, magari, organizzare sparizioni di ragazze.»

Fece una pausa, che sembrava studiata, ma che in realtà serviva a recuperare le forze.

«Allora, perché non inizi a raccontarmi tutto nei dettagli?»

Steve abbassò lo sguardo, il volto rosso di vergogna. «Non so cosa dire... È solo una cosa che mi aiuta a mantenere la calma. Non c'entra nulla con quello che sta succedendo.»

Bill non sembrava convinto, ma non aveva tempo da perdere con lui. Sapeva che era un drogato dai tempi della scuola. Si girò verso Sarah, che sedeva a una scrivania adiacente, il viso pallido e gli occhi pieni di paura, prese la pagina antica e la mise davanti a lei.

Bill, seduto di fronte a Sarah, la fissava con uno sguardo penetrante. La donna, pallida e tremante, teneva tra le mani la pagina strappata dal libro antico, i simboli incisi sulla carta sembravano pezzi di un puzzle che nessuno sapeva risolvere. Mark, nell'angolo opposto della sala, osservava la scena con un misto di curiosità e preoccupazione. Stringendo il pugno così forte da far diventare le nocche bianche come se stesse cercando di trattenere una forza interna.

«Sarah,» iniziò Bill con voce calma ma ferma, «parlami di questa pagina.»

Spaventata e confusa, lei balbettò qualcosa sui libri antichi e sui presagi che non riusciva a spiegare. «Non so molto. Era all'interno di un libro antico che ci ha mostrato ieri Thomas. Non so neanche perché l'ho presa... pensavo che potesse essere di aiuto ma non la so decifrare. L'unico, probabilmente era Thomas.»

Poi fece una pausa come a voler riorganizzare i suoi pensieri. «Ci ha parlato di un'entità oscura chiamata il Sussurratore...,» poi esitò, abbassando lo sguardo, vergognandosi di sembrare pazza. «E ci ha detto che dovremmo cercare indizi nel bosco. Ma sai anche tu che Thomas è.... era strano.» Si corresse, un velo di tristezza nella voce, ma subito la sua espressione si indurì. «Siamo andati da lui solo perché, vivo o morto, è l'unico che conosce davvero quel maledetto bosco. E poteva avere un'idea di cosa sta succedendo lì dentro.»

Bill si avvicinò a Sarah, il suo volto a pochi centimetri dal suo. Il calore del suo corpo sembrava pervadere l'aria tra loro e lei avvertì una miscela di nervosismo e qualcosa di più profondo.

«Sarah, se sai qualcosa, devi dirmelo. Lisa era coinvolta in queste cose? Voi siete coinvolti?» Il suo tono era serio, ma l'intensità del suo sguardo tradiva un'altra emozione, un'intensità che non passava inosservata.

Sarah arrossì leggermente mentre i suoi occhi incrociarono quelli del vice sceriffo. «No! Ma cosa dici?! Lisa era... diversa. Sai com'era. Parlava di entità oscure, di rituali. Ma non avevo mai preso sul serio queste cose e penso che anche lei non ci credesse. Ripeteva solo quello che sentiva dai suoi vecchi e strampalati zii.»

Bill inclinò la testa e il suo respiro leggero e caldo finì contro il volto di Sarah. «E il messaggio di Thomas? Ha detto «*Ego scio, tempus veritatis est.*» Cosa significa secondo te?»

Sarah tremò leggermente sotto il suo sguardo penetrante. «Significa *"Io so, è il tempo della verità"*. Ma non posso spiegare di più. Conosco il latino perché ho studiato legge all'università ma non capisco nulla di tutta questa roba. Mi sembra di essere in un altro mondo.»

Il vice sceriffo si alzò dalla scrivania e si diresse verso la finestra con il volto serio e preoccupato. All'esterno, la notte avanzava e il mistero si infittiva. La luna alta nel cielo sembrava un faro puntato sopra la città e la verità sembrava sempre più sfuggente. Sapeva che avrebbe dovuto scavare più a fondo per scoprire cosa si celasse dietro il Sussurratore e le ombre che avvolgevano il caso. Ma per ora, il silenzio e la tensione della notte erano gli unici compagni che aveva.

Mark, che aveva seguito la conversazione con attenzione, si alzò in piedi e si avvicinò al tavolo.

Bill lo osservava reprimendo l'istinto di intimargli di stare seduto e non muoversi, ma era incuriosito da quello che stava facendo ed attese.

Arrivato al tavolo osservò attentamente la pagina, i suoi occhi scrutavano ogni dettaglio. «Questi simboli... mi ricordano qualcosa... ma non riesco a capire cosa.» Scosse la testa con un'espressione di perplessità sul volto.

Bill si voltò verso Mark, uno spiraglio di speranza nei suoi occhi. «Cosa intendi? Parla chiaro» sbraitò.

Mark si passò una mano tra i capelli, cercando di organizzare i suoi pensieri. «Ho visto simboli simili in un libro nell'ufficio del preside Camberdille. Come sai ero solito passare del tempo li,» ironicamente sottolineò il suo passato da *bad boy*.

«Credo parlasse di antiche civiltà e di rituali oscuri. Ma a me sembrava più un libro per bambini... non ricordo molto ma sono certo che siano simili»

CAPITOLO 7

CAMBERDILLE

Le sbarre della cella riflettevano la luce fredda dei neon illuminando i volti stanchi e preoccupati di Mark, Sarah, David e Steve. L'aria era satura di un odore pungente e vecchia paura, un mix che nessuno di loro avrebbe mai dimenticato.

La transizione dalla sala centrale della stazione di polizia alla cella era stata brusca, quasi violenta, come se un filo invisibile si fosse spezzato. Solo pochi minuti prima, l'atmosfera era cambiata radicalmente quando Bill, sentendosi preso in giro, era esploso di rabbia. Mark aveva fatto un'allusione apparentemente innocua al vecchio libro per bambini del preside, ma l'effetto era stato come gettare benzina sul fuoco. Il viso del vice sceriffo si era contorto in una smorfia di furia e, in quel momento, tutto era degenerato.

«Stai dicendo che tutto questo è come una storia di fantasia?» aveva urlato, i suoi occhi pieni di furia. «Pensi che io non prenda sul serio queste sparizioni?»

Mark aveva provato a rispondere, ma Bill non gli aveva dato il tempo. «Sapete cosa? Passerete la notte in gabbia! Forse vi aiuterà a riflettere sulla gravità della situazione.»

Ora, nella cella, i quattro amici si scambiavano sguardi nervosi, la tensione era palpabile.

«Non avresti dovuto dirlo,» disse Sarah, con tono sconsolato. «Adesso siamo nei guai ancora più seri.»

«Non è colpa mia se quell'uomo è fuori di testa,» rispose Mark, frustrato. «Non ho detto nulla di sbagliato.»

«Sì, ma ora siamo qui e senza neanche il servizio in camera,» intervenne David, con una vena di sarcasmo. «E magari, la prossima volta, prima di parlare di libri delle favole, assicurati che l'interlocutore non sia uno che non vede l'ora di farcela pagare,» aggiunse con un tono accusatorio.

Steve, che era rimasto in silenzio fino a quel momento, si alzò e iniziò a camminare avanti e indietro nella piccola cella. «Basta, ragazzi. Litigare tra di noi non risolverà nulla. Se c'è un nemico è fuori da queste sbarre, non qui dentro.»

Un silenzio cadde nella cella mentre tutti riflettevano sulle parole di Steve. La calma tornò lentamente, e con essa, un senso di determinazione.

«Non riesco a credere che siamo qui,» mormorò Sarah, seduta sulla panca di metallo. «Bill vuole veramente incastrarci per le sparizioni di Lisa, Camila e della nuova ragazza?»

David batté un pugno sul muro, il suono rimbombò nella cella. «Quell'uomo è pazzo. Non ha alcuna prova contro di noi!»

«Calma, David,» disse Mark, appoggiando una mano sulla spalla dell'amico. «Dobbiamo pensare con lucidità e capire come uscire da qui.»

Steve annuì, il volto contratto in una smorfia di rabbia. «E dobbiamo farlo in fretta. Ogni minuto qui dentro è un minuto perso nella ricerca della verità.»

Poco dopo, il rumore di passi annunciò l'arrivo di qualcuno. Bill comparve davanti alla cella. «Spero che vi piaccia l'ospitalità del nostro piccolo hotel,» disse con un sorriso sardonico. «Mi auguro che abbiate pensato ad una buona spiegazione per le vostre recenti attività.»

«Sai benissimo che non abbiamo nulla a che fare con le sparizioni.» Ribatté Mark, cercando di mantenere la calma.

«Questo lo deciderò io.» Rispose Bill con voce tagliente. «E fino ad allora, farete meglio a prepararvi per una lunga notte.»

Proprio mentre si voltava per andarsene il telefono nella sua tasca squillò. Rispose, ascoltando attentamente per un momento, prima di gettare uno sguardo irritato ai quattro amici. «Ci vediamo domani mattina, non divertitevi troppo» annunciò. «Ho un'altra questione urgente da risolvere.»

Con un ultimo sguardo minaccioso uscì dall'ufficio.

Una volta fuori, camminò velocemente verso la sua macchina parcheggiata poco lontano. Salì a bordo e accese il motore. Mentre guidava attraverso le strade deserte della città, accese la radio. Una canzone familiare iniziò a suonare, riportandogli alla mente ricordi di Lisa. Era la sua canzone preferita al pub, quella che sceglieva sempre nel vecchio jukebox. La melodia malinconica riempì l'auto e Bill si trovò a riflettere su come tutto fosse cambiato. Lisa, sempre così vivace, ora scomparsa e lui intrappolato in una rete di segreti e menzogne.

Poco dopo arrivò davanti all'edificio municipale e spense la macchina, cercando di scacciare quei pensieri.

Entrò nell'edificio e salì le scale per raggiungere l'ufficio del sindaco. Una volta arrivato non poté fare a meno di notare che era un museo vivente del potere locale. Scaffali carichi di libri polverosi e ritratti di uomini dai baffi impomatati raccontavano una storia di potere consolidato. Dietro la scrivania, un uomo dai capelli brizzolati, Robert Camberdille, incarnava il passaggio dal passato al presente. Il suo sguardo, un tempo rivolto a giovani studenti, ora scrutava con diffidenza chi osava oltrepassare quella soglia.

"Dio mio," pensò, *"come diavolo ha fatto quest'uomo a diventare sindaco?"*

«Bene Bill, sei arrivato. Questa situazione deve essere risolta al più presto,» disse Camberdille saltando i convenevoli e massaggiandosi le tempie. «La sparizione della ragazzina sta danneggiando la mia campagna elettorale. Non possiamo permetterci altro clamore.»

«Capisco, signor sindaco,» rispose Bill, mantenendo un tono deferente. «Ma non possiamo semplicemente ignorare ciò che è accaduto. La sua famiglia e i cittadini di Hallowbridge hanno bisogno di risposte.»

«Risposte che possiamo controllare,» replicò il sindaco con un sorriso sottile. «Ricordati che Ralph Cattellan andrà in pensione presto. Lo sceriffo sarà sostituito e tu devi decidere da che parte stare.»

Bill sentì un brivido lungo la schiena. «Capisco perfettamente, signore. Non voglio mettermi contro di lei, ma dobbiamo procedere con cautela.»

Il sindaco annuì, compiaciuto. «Esatto. Cautela e discrezione. E soprattutto, niente che possa compromettere la mia elezione. Ora puoi andare. Volevo solo essere certo che questo messaggio fosse chiaro.»

Mentre il vice sceriffo si alzava per uscire, notò un quadro inquietante appeso alla parete. Raffigurava un uomo con uno sguardo intenso, che sembrava seguire ogni suo movimento. Un senso di déjà-vu lo colpì. «Questo quadro... l'ho già visto da qualche parte.»

Il sindaco lo osservò con curiosità. «È un pezzo raro. Molti dicono che sembra osservarti. Ti ricorda qualcosa?»

Bill scosse la testa, cercando di scacciare quella sensazione opprimente. «Non ne sono sicuro, ma qualcosa in quegli occhi... sembrano scrutarti dentro.»

Il sindaco rise piano. «Forse è solo la tua immaginazione. Ora vai, e tienimi informato.»

Uscendo dall'ufficio, non poté fare a meno di lanciare un ultimo sguardo al quadro. Gli sembrava che l'uomo dipinto stesse cercando di comunicargli qualcosa, un avvertimento silenzioso che lo accompagnò mentre si dirigeva verso la stazione di polizia.

Intanto, nella cella, il gruppo cercava di trovare un modo per passare la notte senza impazzire. Mark fissava il soffitto, i pensieri rivolti a ciò che poteva fare per dimostrare la loro innocenza. Non sapeva dove fosse andato Bill, ma a dispetto della sua reazione era certo di aver visto quel libro nell'ufficio del preside e lo avrebbe dimostrato.

«Domani,» disse Mark, «dobbiamo essere pronti. Qualunque cosa accada, dobbiamo trovare un modo per uscire di qui e scoprire la verità. Non possiamo permettere che ci fermi con delle stupide accuse.»

«E noi lo faremo,» rispose Sarah con determinazione. «Troveremo un modo.»

"Anche se senza Thomas non so da dove iniziare" pensò fra sé e sé cercando di non far trasparire il senso di smarrimento che ora la pervadeva.

Nella notte silenziosa, l'eco delle loro parole sembrava l'unica cosa a tenerli ancorati alla speranza.

CAPITOLO 8

IL PESO DEL SEGRETO

L'umidità della cella era penetrante. David si stringeva nelle spalle, cercando di scacciare i ricordi che lo assillavano. Si rivide di nuovo seduto al banco di scuola, gli occhi fissi su Mark, mentre risolveva un problema di matematica alla lavagna. C'era qualcosa di ipnotico nell'osservare la concentrazione dell'amico, quel modo di mordicchiarsi il labbro inferiore mentre ragionava.

«È talmente intelligente,» aveva commentato una volta a Sarah, cercando di nascondere la gelosia che lo attanagliava. «Peccato che sia così preso da Lisa.»

Sarah lo aveva guardato con un sorriso enigmatico. «E tu invece?» aveva chiesto, alzando un sopracciglio. «Non ti piacerebbe avere un cervello come il suo?»

David aveva sorriso, sentendosi un po' scoperto. «Magari... ma preferirei avere il suo corpo.»

Le sue battute erano sempre state il suo modo di attirare l'attenzione, di nascondere le sue insicurezze. Ma con Mark era diverso. C'era un'attrazione più profonda, qualcosa che andava oltre la semplice ammirazione.

Quando scoprì la relazione clandestina tra Mark e Sarah, un tarlo iniziò a rosicchiargli l'anima. L'idea di separare Lisa da Mark si insinuò nella sua mente come un veleno dolce e inesorabile. Quella ragazza, così fragile e ingenua, non avrebbe mai retto al colpo, ne era convinto. Ma perché voleva farle del male? Forse era l'invidia, un'ombra che s'insinuava nei suoi pensieri. Era geloso della sua capacità di amare senza riserve, oppure, più in profondità, sperava che vedendola soffrire avrebbe trovato un po' di sollievo al tormento che lo divorava dentro. Non avrebbe mai immaginato, però, che tutto sarebbe precipitato così in fretta.

Il piano era semplice: recapitare una lettera anonima a casa di Lisa, rivelarle il tradimento di Mark e mettere fine a quella relazione. Lei avrebbe sofferto, certo, ma in fondo gli sembrava di farle un favore.

«Merita qualcuno di meglio,» si ripeteva David.

Anche se quelle parole suonavano più come una scusa per giustificare la sua cattiveria piuttosto che una reale preoccupazione per l'amica. Inoltre, pensava che Mark non meritasse di stare con una ragazza perfetta, ma non popolare come Lisa.

La casa degli zii di Lisa era un luogo inquietante, immerso in un'atmosfera cupa e misteriosa. Una villa antica, arroccata su una collina che dominava la città, con finestre scure e un giardino trascurato, soffocato dalle erbacce. Si diceva che i suoi zii praticassero strani riti, sacrifici offerti agli spiriti del bosco. Da bambino, David era terrorizzato da quelle storie, ma l'adolescente ribelle in lui voleva sfidare quelle paure, come a dimostrare a sé stesso che non aveva nulla da temere. In fondo, erano solo racconti.

Ricordava ancora molto bene quella sera in cui aveva lasciato la lettera sotto la porta di Lisa. Il sole era appena tramontato, tingendo il cielo di un rosso sanguigno e le ombre lunghe degli alberi si allungavano sinistre sul muro della casa. Nonostante il coraggio non fosse mai stato il suo forte, si era spinto fin lì, ma non vedeva l'ora di andarsene. Poi, all'improvviso, il richiamo di un gufo ruppe il silenzio, un suono sinistro e stridente che gli gelò il sangue nelle vene. Si sentì osservato, come se gli spiriti di cui aveva tanto sentito parlare lo stessero spiando.

Ma il momento più terrificante di quella sera non fu l'ululato del gufo, fu quando Lisa, con il cuore spezzato, scoprì il tradimento.

David era lì, nascosto nell'ombra e vide il dolore dipingersi sul volto di Lisa mentre leggeva la lettera. Non era preparato alla sua reazione. Non era preparato al senso di colpa che lo colpì come un pugno nello stomaco. Lisa non gridò, non pianse subito. Restò immobile, con la lettera tremante tra le mani, come se il peso di quelle parole la stesse schiacciando. Quella scena, così silenziosa e devastante, gli fece capire che aveva scatenato qualcosa che non poteva più controllare.

La lettera, scritta con una calligrafia anonima, conteneva dettagli inequivocabili sulla relazione clandestina di Mark con Sarah. In fondo alla lettera, c'era scritto:

"Ti aspettiamo stasera all'aula di musica, alle ore dieci. Devi vedere con i tuoi occhi."

Sconvolta e ferita, era stata incapace di ignorare quell'invito. Doveva vedere con i propri occhi per poterci credere davvero. La possibilità che il suo ragazzo e la sua amica fossero coinvolti in una storia segreta era qualcosa di troppo doloroso da accettare senza prove.

Quando si recò a scuola quella sera, il suo cuore era un tumulto di emozioni. La porta, solitamente chiusa a chiave, era stranamente socchiusa.

"Strano," pensò con un brivido lungo la schiena, *"La scuola dovrebbe essere chiusa."*

Quel dettaglio, apparentemente banale, accese in lei un'ansia che non riusciva a scacciare. Forse, in cuor suo, sperava ancora che fosse tutto un orribile scherzo, qualcosa che avrebbe potuto liquidare con rabbia e poi dimenticare. Ma più si avvicinava all'aula di musica, più quella speranza si affievoliva, sostituita da un terrore crescente.

Davanti all'aula, il cuore le batteva così forte da farle male. Spinse leggermente la porta, che non era chiusa ma solo appoggiata, e la vista che le si presentò davanti le fece mancare il respiro. I suoi occhi, pieni di lacrime, confermarono la crudele verità che aveva appreso dalla lettera.

Mark e Sarah erano lì, abbracciati, persi l'uno nell'altro, ignari del mondo esterno e soprattutto del dolore che stavano infliggendo. David sapeva che i due si incontravano segretamente in quell'aula, sfruttando alcune chiavi della scuola che, grazie al loro status, avevano ottenuto in qualche modo.

Lui era sempre stato il ragazzo più popolare della scuola, carismatico e affascinante, mentre lei, con la sua bellezza disarmante e il suo sguardo intelligente, era riuscita a catturare l'attenzione di molti, anche di chi non poteva ammetterlo. Grazie al loro status e carisma, avevano saputo conquistare con facilità la fiducia di un giovane bidello, un ragazzo di poco più grande di loro che spesso si intratteneva con gli studenti più noti. Tra chiacchiere e risate, erano riusciti a farsi consegnare una copia delle chiavi della scuola. Era iniziato tutto per caso, una battuta sul voler suonare il pianoforte di notte, a scuola chiusa, per sperimentare l'acustica senza l'intrusione di suoni esterni. Il bidello, orgoglioso di sentirsi parte del loro mondo, aveva ceduto, consegnando loro quelle chiavi con un sorriso complice, senza mai sospettare cosa sarebbero diventate.

Quell'aula di musica, di giorno così anonima, era diventata il loro rifugio segreto, il luogo in cui la loro relazione proibita prendeva vita, lontano da occhi indiscreti. In quelle quattro mura, si sentivano invincibili, protetti dall'oscurità e dal silenzio che solo la notte poteva offrire.

Lisa rimase pietrificata sulla soglia, incapace di reagire. Le lacrime scendevano silenziose lungo le sue guance, mentre fissava quella scena che le spezzava il cuore. L'aula di musica, avvolta da un'oscurità opprimente, era immersa in un silenzio spettrale. L'aria, stagnante e densa, era carica di un odore acre di polvere e disperazione. Solo un raggio di luna filtrava da una finestra rotta, gettando ombre tremolanti sul suo volto pallido, mentre il dolore della scoperta si faceva strada in ogni angolo della sua anima.

Mark, accortosi della sua presenza, si era staccato da Sarah e il suo volto ora era una maschera di imbarazzo.

«Lisa, aspetta...» aveva iniziato a balbettare, «Aspetta! Ascoltami, per favore. Non è quello che pensi...», ma lei lo aveva interrotto con uno sguardo pieno di dolore.

«Non ho niente da sentire. Mi hai mentito, mi hai umiliata... Come hai potuto farmi questo?» le sue parole erano come coltellate che lo ferivano.

Mark avvicinandosi di un passo e con la voce rotta «So di aver sbagliato, ma... ma... ti amo, Lisa. Più di ogni altra cosa.»

Lei lo guardò negli occhi, cercando di trovare un barlume di sincerità, ma non trovò altro che vuoto.

«Amore?» Ribatté Lisa ridendo amaramente, una risata che suonava più come un singhiozzo, «Non sai nemmeno cosa significa amare. Mi hai spezzato il cuore.» I suoi occhi, una volta pieni di fiducia, ora erano pieni di dolore e rabbia.

«Dammi un'altra possibilità, ti prego!» la implorò gettandosi in ginocchio e afferrandole le mani. Ma Lisa strappò le mani dalle sue, allontanandosi. «Non ci sarà mai un'altra possibilità. Mai!» Si voltò e si diresse verso la porta, il rumore dei suoi passi risuonava nell'aula come un eco doloroso.

«Mi hai strappato l'anima,» aveva sussurrato, prima di voltarsi e fuggire via.

Sarah sorrideva, un sorriso freddo e soddisfatto.

David, nascosto nell'ombra, aveva assistito a tutto. Aveva visto la disperazione di Lisa, la rabbia di Mark, la soddisfazione di Sarah. E mentre li osservava, aveva notato una figura che si muoveva furtivamente nell'oscurità. Una figura che non era riuscito a identificare, ma che gli aveva lasciato una strana sensazione. Una sensazione di pericolo.

In quel momento, David non ci aveva fatto caso. Aveva attribuito quella figura all'immaginazione, al suo stato d'animo agitato. Ma ora, rinchiuso in quella cella, ripensando a quella notte, si rendeva conto che quella figura poteva essere importante. Poteva essere la chiave per risolvere il mistero della scomparsa di Lisa. O almeno lo sperava.

David mormorò, quasi bisbigliando, interrompendo il flusso dei suoi pensieri: «Forse dovrei confessare. Non posso continuare a vivere così.»

Mark lo guardò, gli occhi pieni di incredulità. «Cosa vuoi dire? Devi confessare cosa? David per Dio cosa ci devi dire?»

«E se fosse stato Bill a farla sparire?» interruppe Steve con l'ansia dipinta sul volto. «Magari ha capito che ci stiamo avvicinando alla verità e vuole metterci fuori gioco. E poi Thomas, cazzo, l'ha ucciso! Coincidenze?!»

«Difficile ma è possibile,» ammise Mark, distogliendo l'attenzione da David, «ha sempre voluto vendicarsi di noi ma dobbiamo trovare delle prove. Non possiamo basarci solo su sospetti.»

La discussione continuò per ore ma non trovarono alcuna soluzione plausibile. Erano intrappolati in una rete di menzogne e segreti, e non sapevano come uscirne.

All'alba, Bill rientrò nella centrale con il volto segnato da una furia trattenuta a stento. Si chiuse nel suo ufficio e non degnò di uno sguardo i quattro amici rinchiusi. Dopo essersi concentrato per qualche ora nella ricerca di informazioni sul suo laptop ora camminava nervosamente avanti e indietro nel corridoio con il volto contorto dalla rabbia. Aveva scoperto qualcosa di interessante nei vecchi file sulla scomparsa di Lisa: un disegno raffigurante un simbolo antico, simile a quelli che aveva visto sulla pagina strappata dal libro di Thomas, era stato rinvenuto nel bosco, fotografato e archiviato dagli uomini che all'epoca avevano indagato. Ma non aveva portato a nulla. Ora però era riapparso nella pagina di quel libro. Quel simbolo era legato a un'antica setta che praticava riti oscuri nel bosco? O era l'ennesimo depistaggio?

«C'è qualcosa di più profondo e complesso in tutto questo,» mormorò, fissando il disegno. «Qualcosa di molto più oscuro.»

E mentre Bill affondava sempre più nel mistero, i quattro amici, rinchiusi nella loro cella, cercavano disperatamente di trovare una via d'uscita. Ma il passato li perseguitava, e le loro azioni avevano creato un'ombra che li seguiva ovunque andassero.

CAPITOLO 9

JENKINS

L'aria nella cella era rarefatta, un bozzolo di silenzio interrotto solo dal ticchettio indistinto di un orologio da muro. Mark, Sarah, David e Steve erano prigionieri di quell'angusto spazio e l'attesa era gravosamente lunga. All'improvviso un rumore li fece sobbalzare: la porta d'ingresso si spalancò con violenza, il metallo che si scontrò contro il muro risuonò come un tuono nella loro mente e interruppe il monotono susseguirsi dei secondi.

A passi rapidi ma eleganti un uomo si diresse verso di loro ignorando sia gli agenti che Bill. L'abito scuro, impeccabile, contrastava con l'ambiente grezzo. Aveva un'aria distinta, un portamento sicuro che proiettava un'ombra di potere. I suoi occhi, freddi e calcolatori, scrutarono uno ad uno i volti dei detenuti, soffermandosi brevemente su quello di Steve.

«Sono qui per voi,» annunciò con voce profonda, la sua presenza riempiva l'intera centrale di polizia. «Il mio nome è Jenkins.»

Steve strinse i pugni, la rabbia gli montava in petto. Non aveva bisogno di un estraneo per salvarlo da questa situazione. Chi era costui? E cosa voleva?

71

Jenkins si avvicinò alla scrivania del vice sceriffo. «Ho ricevuto una segnalazione in merito ai vostri nuovi ospiti» esordì, sfogliando rapidamente alcuni documenti. «Desidero chiarire alcuni punti.»

Bill lo guardò con sospetto. «Mi scusi. E chi sarebbe lei, precisamente?»

L'uomo sorrise, un gesto appena accennato. «Un amico di famiglia,» rispose vagamente.

Steve si scambiò un'occhiata significativa con i suoi amici. "Amico di famiglia? Chi poteva essere?" pensò.

«Un amico di famiglia, eh?» ripeté Bill, incrociando le braccia. «E di quale famiglia, se posso chiedere?»

Jenkins posò dei documenti sulla scrivania del vice sceriffo. «Di una famiglia molto interessata a questa vicenda ovviamente.»

Un silenzio tombale avvolse la cella. Steve impallidì. Non poteva essere vero. Chi poteva essere così interessato a loro? Con un nodo in gola, si alzò in piedi. «Chi la manda?» domandò con voce roca.

Jenkins sorrise, un sorriso sottile e ambiguo mantenendo lo sguardo fisso negli occhi di Steve.

Poi si rivolse a Bill. «Rilasciateli,» ordinò con tono imperioso. «Ho già parlato con il vostro superiore e non credo le convenga continuare con questo teatrino. Se non ci sono accuse specifiche, e mi sembra di non vederne, il fermo è illegittimo.»

Bill, visibilmente agitato e conscio di non avere alcun mezzo per opporsi, lottò con tutte le sue forze per reprimere l'impulso di schiaffeggiare quel damerino che si era permesso di dargli ordini. Tuttavia, sapeva che, per quanto gli costasse ammetterlo, quell'uomo aveva ragione. Con uno sguardo intriso di rabbia, annuì silenziosamente e si allontanò, rassegnato a dover sbrigare le pratiche richieste.

«Amico di quale famiglia?» domandò anche David, «Siamo in quattro e nessuno è parente dell'altro. O mi sono perso qualche fratello e sorella lungo la strada?» aggiunse con un sorriso malizioso.

L'uomo sorrise ancora, riprese i documenti che aveva mostrato al vice sceriffo, e rispose con un tono quasi sorpreso.

«Ma del signor Harrington, ovviamente!»

Un silenzio opprimente calò nella cella. Steve trasalì. Non poteva essere vero. Suo padre aveva davvero mandato qualcuno per tirarlo fuori dai guai?

Con un nodo in gola, si alzò in piedi. «Mio padre?» balbettò, incredulo.

Jenkins annuì, confermando con un cenno del capo. «Esatto. Il signor Harrington è preoccupato per voi e desidera che torniate a casa.»

Il resto si svolse in una sorta di nebbia con Steve che veniva condotto fuori dalla cella travolto da un turbinio di emozioni contrastanti: rabbia, incredulità e un profondo senso di impotenza.

Con un'aria di rassegnazione, si diressero tutti verso l'uscita. Recuperarono i loro effetti personali e, con un sorriso ironico, salutarono Bill, che li osservava con una miscela di frustrazione e sollievo.

All'esterno, li attendeva la lussuosa macchina del padre di Steve, una limousine nera lucida con vetri oscurati. L'autista, un uomo con un'uniforme impeccabile, aprì le portiere posteriori con un gesto formale.

David, nel frattempo aveva recuperato le sue pillole omeopatiche e ne aveva deglutite una manciata. Ora sembrava visibilmente più calmo e si lasciò andare contro il sedile di morbida pelle, finalmente rilassato dopo l'agitazione provata durante la notte precedente. Poi con un mezzo sorriso, mormorò: «Queste pillole sono la mia ancora di salvezza. O forse sono solo zucchero e placebo. Chi può dirlo?»

Mentre si allontanavano dalla stazione di polizia, Steve guardò indietro, sentendosi come un burattino nelle mani del destino. Aveva sfidato il mondo, cercando risposte, ma ora si ritrovava ancora più intrappolato di prima.

David, seduto accanto a lui, cercò di infondergli un po' di ottimismo. «Beh, almeno siamo fuori da lì,» commentò con un sorriso amaro, «anche se non ho capito molto di tutta questa storia.»

Anche Sarah posò una mano sulla spalla di Steve, cercando di confortarlo. «Andrà tutto bene,» sussurrò, ma anche la sua voce tremava leggermente.

Mark, invece, osservava la scena con un'espressione enigmatica. Sembrava sapere qualcosa che gli altri non sapevano.

Mentre la limousine sfrecciava lungo le strade della città, Steve fu assalito dai ricordi della sua infanzia. Le immagini di una vita che sembrava ormai lontana gli si affollavano nella mente: i pomeriggi trascorsi nel giardino di famiglia, le risate dei genitori quando ancora tutto andava bene, e quella sensazione di sicurezza che ora gli sembrava quasi irreale.

David, notando lo sguardo perso dell'amico, si avvicinò un po' di più. «Sai, a volte le risposte non sono dove le cerchiamo,» disse, cercando di alleggerire la tensione con un tono più calmo. «Forse tuo padre ha davvero pensato al tuo bene, per una volta.»

Steve non rispose, perso nei suoi pensieri. La figura di suo padre, un tempo così imponente, ora si mescolava a un vortice di dubbi e paure. *"Perché proprio ora? Perché mandare qualcuno solo adesso?"* si chiedeva in silenzio.

Mark continuava a osservare la scena con il suo sguardo imperscrutabile. Non era mai stato un uomo di molte parole, ma i suoi amici sapevano che dietro quella facciata imperturbabile si celava qualcosa. Sembrava sempre un passo avanti agli altri, come se avesse accesso a informazioni che agli altri sfuggivano.

CAPITOLO 10

CLAIRE

Bill aveva sempre avuto una curiosità insaziabile, una sete di risposte e un senso della giustizia che lo aveva spinto a intraprendere la carriera in polizia. Ma questa volta, la ricerca non era solo professionale, era personale. I simboli trovati nella pagina del libro di Thomas, il mistero delle sparizioni e il coinvolgimento di Lisa avevano risvegliato un'antica ossessione. Deciso a svelare la verità, si diresse verso la casa del vecchio guardiano del bosco, convinto che lì avrebbe trovato degli indizi.

La casa di Thomas era una vecchia dimora, immersa in un'atmosfera di decadenza e mistero. I muri esterni, coperti da edera e muschio, sembravano sussurrare segreti sepolti. Le finestre, opache per la polvere accumulata negli anni, riflettevano una luce inquietante. Il giardino era un intrico di piante incolte, un tempo curate con amore ma ora lasciate a un destino selvaggio.

Bill entrò e un odore di muffa e libri vecchi lo accolse. Ogni passo sul pavimento di legno scricchiolante sembrava un'eco del passato. I suoi occhi si abituarono lentamente alla penombra, rivelando mobili coperti da lenzuola bianche come spettri del tempo. Esplorò ogni stanza con meticolosa attenzione, scrutando ogni angolo, ogni crepa nei muri. Infine, nella libreria polverosa, trovò un libro che sembrava più pulito degli altri, come se fosse stato utilizzato di recente. Sfogliandolo, notò che mancava una pagina: probabilmente era quella che Sarah aveva strappato e che avevano analizzato alla stazione di polizia.

«Eccolo!» esclamò, rincuorato dal fatto che la sua ricerca aveva avuto un esito positivo.

Ma il contenuto sembrava indecifrabile, scritto con molta probabilità in una lingua antica e dimenticata. Al posto delle parole era presente un groviglio di simboli arcani fuori portata dalla sua comprensione.

Frustrato, confuso e senza risposte, Bill sapeva che aveva bisogno di aiuto.

C'era un problema però: l'unica persona di cui si fidava e che poteva aiutarlo era Claire, ovvero l'ultima persona che, con buona probabilità, avrebbe voluto rivederlo.

Rimase un attimo a riflette sul da farsi e capì che non aveva molta scelta. Vista la situazione, era arrivato il momento per lui di risolvere le troppe questioni in sospeso che si erano accumulate negli anni.

Fece un sospiro, cercando di infondersi coraggio, per affrontare il suo passato e decise di andare da lei, la sua vecchia fidanzata.

Claire, fin da ragazza, aveva sempre nutrito una passione per la storia antica e le lingue dimenticate. Dopo aver lasciato Hallowbridge per studiare e approfondire le sue conoscenze nelle università europee, era tornata in città e aveva aperto un negozio di antiquariato.

La loro storia non era finita nel migliore dei modi e, sebbene in modo diverso, entrambi avevano vissuto l'addio con un profondo dolore. Bill sentiva ancora su di sé il peso della colpa per l'abbandono. Dopo il liceo, avrebbe dovuto seguirla a Londra per studiare criminologia, ma alla fine aveva scelto di restare, spezzando la loro relazione.

Claire, d'altra parte, aveva sempre avvertito l'ombra di Lisa incombere sul loro rapporto, e questo le impediva di viverlo serenamente, tanto meno accettare l'abbandono, sapendo che era dovuto al legame speciale che teneva Bill vicino a Lisa. Lui non l'aveva mai dimenticata, ne era quasi ossessionato e questo aspetto non era mai andato giù a Claire.

Claire aveva aperto il suo negozio con l'intento di creare un rifugio, un luogo dove le persone potessero immergersi nel fascino del passato e distaccarsi dalla realtà. Era una piccola gemma nascosta tra le strade della cittadina, un sorta di labirinto di oggetti antichi e misteriosi. Ogni angolo di quel piccolo negozio era pieno di libri, vecchie mappe, globi scoloriti e mobili che raccontavano storie di tempi lontani. L'odore di carta vecchia e lavanda riempiva l'aria, creando un'atmosfera avvolgente e serena. Le pareti erano decorate con quadri antichi e specchi dorati, ciascuno con la sua storia unica. Passava ore a curare ogni dettaglio, assicurandosi che ogni oggetto avesse il suo posto perfetto per essere ammirato.

Quando Bill entrò, il tintinnio del campanello sopra la porta risuonò nel silenzio assordante della libreria, spezzando l'inerzia del tempo che sembrava essersi fermato. Claire alzò lo sguardo dal libro che stava sfogliando, e quando i loro occhi si incontrarono, il mondo intorno a loro sembrò scomparire, lasciandoli immersi in un mare di ricordi dolorosi e parole non dette.

Il suo cuore perse un battito. Erano quasi vent'anni che non vedeva quell'uomo, ma il suo volto era rimasto scolpito nella sua mente, anche se il tempo aveva aggiunto qualche ruga di rimorso e stanchezza. In quel momento provò un misto di sorpresa, rabbia e qualcosa di più profondo, qualcosa che pensava di aver sepolto da tempo.

«Ciao, Bill,» mormorò con la voce impastata dall'emozione, ma resa fredda e distante dalla ferita ancora aperta del suo abbandono. «Cosa ti porta qui?»

L'uomo fece un respiro profondo, sentendo il peso di quegli anni di silenzio gravargli sul petto. Quando si trovò di fronte alla sua ex ragazza, il ricordo del loro amore spezzato gli bruciava ancora dentro, rendendo l'incontro carico di imbarazzo. Claire lo guardò per un attimo, poi chiese con un velo di incertezza nella voce, «Sei venuto a trovarmi dopo tutto questo tempo?»

Bill abbassò lo sguardo, visibilmente a disagio, e rispose, «Sono qui per un'indagine, in qualità di vice sceriffo.» Cercava di mantenere la voce ferma, sperando che affrontare la situazione sul piano professionale gli rendesse tutto più facile. «Ho bisogno del tuo aiuto per decifrare un libro.» Estrasse il volume dallo zaino e lo porse a Claire, con le mani che tradivano un'inquietudine malcelata.

Lei guardò il libro con sospetto, poi lo sguardo tornò su di lui, e nei suoi occhi comparve una scintilla che mescolava gelosia e dolore. Poteva sentire il cuore batterle forte nel petto e l'aria sembrava improvvisamente più pesante, carica di tensione. «Questo riguarda Lisa, vero?» chiese, con un tono che tradiva l'amarezza e l'antica insicurezza che aveva sempre provato quando si trattava di quella ragazza scomparsa.

Bill abbassò lo sguardo, incapace di sostenere quello della donna di fronte a lui. Sapeva che, anche dopo tutto quel tempo, il nome di Lisa avrebbe evocato fantasmi tra loro. «È complicato,» disse infine, quasi con un sussurro. «Ma sì, potrebbe riguardare anche lei.»

Il cuore di Claire si strinse. Quelle parole riecheggiavano dolorosamente nel profondo del suo petto. Per anni aveva cercato di convincersi che il capitolo con lui fosse chiuso, ma ora, con quel libro tra loro, tutto tornava a galla. La consapevolezza che lui stesse ancora cercando Lisa riapriva ferite mai guarite. Eppure, nonostante tutto, non poteva negare il legame che ancora li univa, anche se ormai contaminato dalla gelosia e dal rimpianto.

Bill mantenne lo sguardo basso, consapevole del peso di quella domanda e della risposta fornita e aggiunse, «Sì, ma c'è molto di più. È collegato a Thomas e forse alla recente sparizione di Amanda Rossi. Ho bisogno di capire cosa sta succedendo.»

Lei lo fissò per un lungo momento, il cuore combattuto tra la curiosità e il dolore del passato. Il suo profumo di lavanda riempiva l'aria, riportando alla mente di Bill ricordi di serate passate insieme, immersi nei libri e nei sogni di un futuro che non si era mai realizzato.

«Va bene,» disse infine Claire, con un sospiro rassegnato. «Vediamo questo libro.»

Si misero al lavoro, sfogliando le pagine del libro e confrontandolo con testi antichi. La luce delle lampade illuminava i loro volti concentrati, mentre i minuti si trasformavano in ore. Ogni tanto, le loro mani si sfioravano mentre giravano le pagine, riaccendendo vecchie emozioni. Dopo una lunga e faticosa ricerca, riuscirono a tradurre una pagina che parlava di una figura leggendaria: "*Il Sussurratore.*"

Tuttavia, il testo sembrava privo di senso, come se mancasse qualcosa.

Mentre discutevano dell'incongruenza del libro, Claire fece una scoperta sconvolgente: nonostante l'apparente antichità del volume, alcuni dettagli le facevano sospettare che non avesse più di cinquanta anni. Non pochi, ma neanche così tanti come il contenuto sembrava indicare. «Guarda qui,» disse, «Questa carta, questa rilegatura... è recente. Qualcuno vuole farci credere che sia antico.»

«Perché mai?» domandò Bill più a sé stesso che a Claire.

«Questa è una bella domanda, ma il poliziotto sei tu, non io,» rispose Claire con un sorriso sulle labbra. Poi, come se avesse appena ricordato qualcosa di importante, aggiunse: «Ma posso darti una mano. Conosco qualcuno in Europa, un vecchio amico che potrebbe aiutarci a scoprire la verità su questo libro. Se c'è qualcuno che può dirci qualcosa sull'autenticità di questi testi, è lui. Prometto di contattarlo subito, e non appena avrò delle informazioni, sarai il primo a saperlo.»

Bill la guardò con gratitudine, sollevato all'idea di avere un altro alleato in questa indagine sempre più intricata. «Grazie, Claire. Davvero,» rispose, un po' imbarazzato dalla sua stessa vulnerabilità.

«A quanto pare, mi toccherà fare anche il tuo lavoro, eh?» scherzò lei, cercando di alleggerire l'atmosfera e gli rivolse un sorriso caloroso.

Bill accennò un sorriso, apprezzando la battuta e rincuorato dal fatto che lei, dopo tutti questi anni, aveva deciso di tendergli una mano.

«Ti prego, chiamami se hai novità. Perdonami ma io ora devo andare e continuare con l'indagine,» aggiunse e con un ultimo sguardo fugace. Uscì dal negozio quasi di corsa, come se fuggisse da un passato che non riusciva a lasciarsi alle spalle.

Sempre più frustrato, si diresse nuovamente verso la casa di Thomas. Sentiva che c'era qualcosa che gli sfuggiva, un pezzo del puzzle che ancora non riusciva a collocare.

Appena arrivò riprese le ricerche. Non sapeva cosa cercare ma sperava di trovare qualcosa di utile.

Nel frattempo l'oscurità della sera si addensava intorno a lui, rendendo l'atmosfera ancora più opprimente. Dopo ore di ricerche infruttuose, la frustrazione divenne insopportabile, e in un impeto di rabbia colpì il tavolo di legno con un pugno.

Il tavolo si ribaltò con un fragore sordo.

Non era solito lasciarsi andare a sfoghi di rabbia ma gli ultimi avvenimenti lo avevano turbato più di quanto non volesse ammettere. Mentre cercava di riprendersi, sollevò il tavolo che si era rotto nella caduta. Fu allora che notò qualcosa di insolito: un incavo nascosto alla base del tavolo, come se fosse stato progettato per custodire qualcosa.

Senza perdere tempo, infilò la mano nell'incavo e percepì che c'era qualcosa. Ne estrasse un piccolo diario di pelle, legato da una corda sottile.

Cosa ci faceva quel diario lì nascosto? E perché Thomas aveva sentito il bisogno di nasconderlo? E soprattutto, da chi?

Con mani incerte, lo aprì e iniziò a leggere. Le parole scritte dentro cambiarono la sua espressione in un istante. Pallido e sudato, non poteva credere a ciò che stava leggendo. Era impossibile. «Non può essere vero,» mormorò con voce intrisa di shock e paura.

Il mistero si faceva sempre più profondo, e le verità nascoste nel diario minacciavano di sconvolgere tutto ciò che Bill credeva di sapere.

Il passato stava per inghiottire il presente.

CAPITOLO 11

BENVENUTI

La limousine viaggiava veloce, allontanandosi dalla città e portando il gruppo di amici verso un luogo sconosciuto. La tensione nell'aria era palpabile, quasi soffocante. Steve era seduto con le braccia incrociate e lo sguardo furente, mentre Sarah guardava fuori dal finestrino, il paesaggio urbano che sfumava in aperta campagna. David e Mark scambiavano occhiate nervose, domandandosi cosa li aspettasse.

Dopo un'ora di viaggio, la limousine si fermò davanti a un ranch apparentemente abbandonato. I vecchi edifici in legno erano avvolti dal silenzio, le loro sagome scure contro il cielo al tramonto sembravano spettri del passato. Ma dietro quella facciata fatiscente, si celava una zona residenziale con una grande villa moderna. Le luci calde che filtravano dalle ampie finestre contrastavano con l'oscurità circostante, conferendo al luogo un'aura di mistero e lusso.

Un uomo vestito in modo impeccabile li accolse alla porta. Il suo volto era privo di espressione, gli occhi freddi e calcolatori. «Benvenuti,» disse con una voce che sembrava priva di calore umano. «Accomodatevi, per favore.»

Ogni angolo della villa emanava lusso: marmi pregiati, arredi contemporanei e opere d'arte alle pareti.

I loro passi risuonavano sul pavimento lucido mentre venivano condotti alle rispettive stanze. Le porte si aprirono su ambienti eleganti, dove su ogni letto era adagiato un cambio di vestiti per la cena. Abiti eleganti, chiaramente scelti con cura.

«La cena verrà servita alle sette in punto nella sala da pranzo al piano terra. Mi sono permesso di farvi trovare nelle vostre camere dei vestiti puliti per l'occasione», comunicò con lo stesso timbro di voce privo di espressività l'uomo che li aveva accolti all'ingresso.

Steve era ancora visibilmente arrabbiato. «Non mi cambierò,» dichiarò con tono risentito. «Indosserò gli stessi vestiti con cui sono arrivato.»

David e Mark si scambiarono un'occhiata, incerti su come reagire. «Forse è meglio seguire le istruzioni,» disse David, cercando di calmare gli animi. «Non sappiamo cosa ci aspetta.»

«Sì, Steve,» aggiunse Mark con un tono più conciliante. «Potrebbe essere meglio cercare di adattarsi.»

Arrivati nelle proprie camere tutti, ad eccezione di Steve, ne approfittarono per rinfrescarsi e cambiarsi.

Sarah entrò nella sua stanza e trovò un abito da sera rosso, elegantemente appoggiato sul letto. Sentì il desiderio di rilassarsi dopo la lunga giornata e decise di fare un bagno. Riempì la vasca con acqua calda, osservando il vapore che si sollevava lentamente. Si spogliò lentamente, osservando il proprio riflesso nello specchio. La luce soffusa metteva in risalto le sue curve perfette, i glutei sodi e i seni pieni. Sfilandosi il reggiseno e le mutandine, si fermò a osservare la cicatrice sul fianco. Era piccola, ma il ricordo che portava con sé era indelebile. Per qualche secondo, rimase a fissarla, persa nei pensieri.

Entrò nell'acqua calda e chiuse gli occhi, lasciando che il calore la avvolgesse. I ricordi riaffiorarono lentamente, riportandola indietro nel tempo.

Sarah ricordava i tempi della scuola, il suo desiderio di conquistare Mark e l'odio per Lisa, che le sembrava sempre troppo perfetta. Manipolare David per fargli credere che fosse stata una sua idea riferire a Lisa del tradimento di Mark era stato facile e l'aveva fatto con freddezza calcolata. Ma nessuno sapeva quello che era accaduto dopo che Lisa aveva scoperto con i suoi occhi il tradimento.

Quella sera, mentre rientrava a casa, Sarah scorse Lisa nel viale ad aspettarla. La notte era calda e umida, l'aria carica di profumi estivi che sembravano vibrare nella quiete. Ma qualcosa in lei era cambiato: quella ragazza un tempo tenera e dolce aveva ora negli occhi un'ombra inquietante, quasi indemoniata.

In un primo momento stentò a riconoscerla. Il volto di Lisa sembrava deformato dall'ira, e perfino il suo corpo, per qualche motivo inspiegabile, appariva diverso. Un brivido le percorse la schiena, una strana sensazione che la avvertiva che nulla sarebbe stato più come prima. Lei non era lì per una semplice chiacchierata. Era lì per uno scontro.

«Sei una sgualdrina!» le urlò all'improvviso, la sua voce carica di un furore che sembrava crescere con ogni parola. Gli occhi le brillavano di rabbia, il respiro affannoso come un animale in gabbia.

Sarah cercò di mantenere un'aria di superiorità, anche se dentro sentiva vacillare ogni certezza.

«Lisa, devi calmarti,» ribatté, cercando di controllare il tremito nella sua voce, ma la maschera di supponenza non bastava a nascondere la sua insicurezza.

«Calmarmi?!» continuò ad urlarle ancora più forte, avanzando di un passo. «Per tutto questo tempo non hai fatto altro che desiderare ciò che non potevi avere. Hai finto di essermi amica solo per avvicinarti a Mark... dovevo capirlo! Sei solo una piccola sgualdrina!»

Le parole di Lisa colpirono Sarah come un pugno nello stomaco, ma prima che potesse reagire, la rabbia prese il sopravvento. Senza neanche pensarci, le tirò uno schiaffo. Il suono netto della mano che colpiva la guancia di Lisa rimbombò nella notte silenziosa. La vide barcollare, facendo qualche passo indietro, ma invece di cedere, un sorriso isterico le deformò il volto.

In un istante, la furia di Lisa si trasformò in un'energia primordiale. Con una forza inaspettata, la spinse violentemente. Sarah sentì il colpo sordo quando il suo corpo venne sbattuto contro la cancellata a pochi metri di distanza. Un dolore acuto le trafisse il fianco quando il metallo le lacerò la pelle, e subito dopo sentì il sangue caldo scorrere copioso.

Nonostante il dolore lancinante, cercò di rialzarsi, le mani prive di forza che a malapena riuscivano ad aggrapparsi alla cancellata.

«Non devi immischiarti nei miei affari,» ringhiò con voce incerta, ma carica di sfida.

Lisa, con le lacrime che scorrevano sul viso, scosse la testa con disperazione. «Non sono io quella che ha tradito,» ribatté, la voce spezzata dall'emozione. «Tu hai rovinato tutto!»

Poi con tutta quella rabbia e odio che trasudava si girò e fuggì non curandosi della ferita di Sarah che cercò istintivamente di seguirla nonostante percepisse una situazione di pericolo. Ma il dolore al fianco era troppo forte. Vedeva la figura della sua amica sfumare nel buio del bosco ed ogni passo era per lei una tortura. Alla fine, dovette arrendersi e tornare a casa. Raccontò ai suoi genitori di essere inciampata, di essersi ferita accidentalmente. Non aveva mai detto a nessuno di aver visto Lisa quella notte fuggire nel bosco e di averla affrontata poco prima.

Sarah riaprì gli occhi per scacciare quel ricordo dalla sua mente, uscì dalla vasca asciugandosi lentamente e indossò l'abito rosso che metteva in risalto la sua bellezza. I capelli lunghi e neri, lisci come seta, ricadevano morbidi sulle spalle, incorniciando un viso dalle linee definite. I suoi occhi verdi erano magnetici, brillanti come due zaffiri, e il suo sguardo penetrante sembrava attraversare chiunque le stesse di fronte. Le sue labbra piene, di un rosso acceso, accentuavano l'espressione sensuale del suo volto.

Nel frattempo, nella sua stanza, David si guardava allo specchio con un'espressione preoccupata. «Chissà cosa ha in mente il vecchio Jenkins», mormorò, infilando una camicia bianca immacolata. La sua mente era un turbine di pensieri mentre si preparava all'incontro.

Mark, invece, si muoveva con disinvoltura tra i suoi abiti. Optò per una polo di cotone pregiato, dalle tonalità neutre, e dei pantaloni chino dal taglio sartoriale. Ai piedi, sfoggiò un paio di mocassini in pelle scamosciata, dalla lavorazione artigianale, che sembravano fatti apposta per il suo piede. Mentre li allacciava, un sorriso amaro gli sfiorò le labbra. *"Come diavolo avrà fatto in così poco tempo a trovarci? E come sapeva esattamente le nostre taglie?"*, si domandò con lo sguardo perso nel vuoto.

Entrambi si diressero nell'androne, dove incontrarono Steve. Come promesso, non aveva cambiato i suoi abiti e il suo aspetto trasmetteva chiaramente che aveva deciso di non concedersi nemmeno il conforto di una doccia.

All'improvviso, come richiamati da un magnetismo irresistibile, i tre amici si voltarono all'unisono verso la scala da cui erano discesi poco prima. Fu allora che videro Sarah, che con passi lenti e sicuri iniziava a scendere, attirando su di sé tutta l'attenzione. Ogni passo sottolineava la sua grazia e sicurezza. Il vestito aderente accentuava il suo fisico slanciato e tonico, rivelando una figura perfetta e curve mozzafiato messe in evidenza dalla stoffa che scivolava leggera sul corpo. La cicatrice sul fianco, quasi invisibile, restava un segno silenzioso del suo passato turbolento, conferendole un'aria di mistero e forza.

Mark, Steve e persino David non potevano fare a meno di ammirarla. Sarah sentiva gli sguardi su di sé e, nonostante i ricordi dolorosi, si sentiva potente e sicura.

«Wow, Sarah,» mormorò David, gli occhi spalancati. «Sei splendida!»

Mark annuì, incapace di distogliere lo sguardo. «Sì, davvero. Incredibile»

I quattro amici furono riportati alla realtà da una voce autoritaria, ormai divenuta familiare: «Gentili ospiti, vi prego di accomodarvi nella sala dietro di voi. La cena verrà servita a breve.» Jenkins pronunciò queste parole con un mezzo sorriso che lasciava intendere il suo sottile e probabilmente sadico divertimento.

La cena fu servita in un salone elegante, con un lungo tavolo apparecchiato con cura. Le luci soffuse e le candele accese creavano un'atmosfera intima e carica di tensione. Steve era irrequieto, battibeccando con chiunque osasse rivolgergli la parola, il nervosismo evidente nei suoi gesti agitati. Ogni secondo sembrava allungarsi, carico di un'attesa opprimente che pesava come un macigno sull'intera stanza.

Improvvisamente, la porta si aprì con un cigolio sinistro. Gli sguardi si volsero tutti verso l'ingresso, dove comparve una figura imponente. Un uomo dai capelli grigi, con un'aria di inconfondibile autorità, fece il suo ingresso. La sua presenza riempì la stanza, facendo calare un silenzio carico di aspettative. Ogni passo che faceva sembrava rimbombare sul pavimento lucido, fino a quando non si fermò, fissando Steve con occhi penetranti.

«Steve,» disse con voce calma ma ferma, come una lama che fende l'aria. «Dobbiamo parlare.»

Steve si alzò di scatto, come se fosse stato colpito da quelle parole, lo sguardo duro come pietra.

«Buonasera a te, padre,» replicò, la voce carica di un veleno sottile. «Vedo che l'educazione verso gli ospiti, nonostante l'età, non è cambiata,» continuò con tono sarcastico, lanciando un'occhiata gelida agli altri presenti.

Arthur Harrington sospirò, il peso degli anni era evidente nei suoi occhi stanchi. «Buonasera a tutti,» disse con voce greve, rivolta agli altri invitati, «perdonate il modo in cui vi ho convocato, ma ci sono cose importanti che devono essere dette.» Il suo sguardo tornò a posarsi su suo figlio, indurendosi leggermente. «Soprattutto a te, Steve.» Poi fece una piccola pausa teatrale. «Va meglio ora?» aggiunse, con una punta di ironia che non riuscì a nascondere del tutto il disagio.

Steve strinse i pugni, sentendo la rabbia montare dentro di sé come un vulcano sul punto di esplodere. Il suo volto si fece rosso, gli occhi brillanti di collera. «Hai sempre fatto così, vero? Pensi di poter controllare tutto e tutti.» Con la voce tremante per l'emozione trattenuta a stento, si alzò di nuovo, sfidando l'autorità paterna. «Cosa vuoi? Perché ci hai portati qui?»

Arthur lo fissò per un lungo istante, una tristezza profonda riflessa nei suoi occhi. «Non è così, Steve,» rispose, la voce incrinata da un'emozione che raramente lasciava trapelare. «Ci sono cose che devi sapere, cose che non potevo dirti prima, ma che ora... ora devono essere dette. E i tuoi amici meritano di conoscere la verità.»

Steve lo guardò con un disprezzo palpabile, la voce che si spezzò in un tono aspro. «Intendi come hai rovinato la nostra famiglia? O come hai preferito vivere con un'altra donna e crescere un altro figlio? Carl, giusto?» Le sue parole si fecero sempre più cariche di collera, mentre i pugni si stringevano.

Arthur abbassò lo sguardo, incapace di sostenere quello del figlio. Quando parlò, la sua voce era un sussurro, carico di un rimorso che lo divorava dall'interno. «Non è stato facile per me. Carl era... è stato un errore.»

In quel momento, l'atmosfera nella stanza divenne ancora più pesante, come se ogni respiro fosse carico di un passato che nessuno poteva cancellare.

«Un errore?» replicò Steve, incredulo. «E io cos'ero? Un altro errore?»

David e Mark osservavano la scena in silenzio, percependo il peso soffocante delle parole non dette. Sarah si sentiva tesa, ogni fibra del suo corpo pronta ad ascoltare quella conversazione che sembrava surreale.

Il padre di Steve sollevò lentamente lo sguardo, incontrando finalmente gli occhi del figlio. Il peso delle parole che stava per pronunciare sembrava schiacciarlo, ma doveva andare avanti.

«Steve,» iniziò, la sua voce carica di una gravità inusuale, «non vi ho portato qui per discutere o litigare. Il tempo non è dalla mia parte, e ciò che devo dirti non può più aspettare.»

Fece una pausa, inspirando profondamente, come per raccogliere il coraggio di continuare. «Mi dispiace coinvolgere te e i tuoi amici in questo, ma non posso più permettermi di girarci intorno.»

Steve lo fissava, confuso, mentre la tensione nella stanza cresceva fino a diventare quasi insostenibile. Poi Arthur ruppe quell'attimo di silenzio, e le sue parole colpirono i presenti come un fulmine a ciel sereno. «Probabilmente non ti interesserà, ma sto morendo. Ho un tumore in fase terminale, e le questioni irrisolte che mi perseguitano non possono più essere ignorate.»

Un silenzio teso calò nella stanza, l'aria sembrava farsi più densa. Steve rimase immobile, il volto attraversato da un mix di rabbia e sorpresa. Cercava di assimilare quelle parole, ma il dolore si mescolava alla collera.

«E allora?» rispose con voce fredda e tagliente. «Perché tutto questo spettacolo? Pensi che, dopo tutti questi anni, scoprire che sei malato mi commuova e cambi qualcosa?»

Arthur, nonostante la durezza del figlio, rimase sorprendentemente calmo. Un sorriso amaro apparve sulle sue labbra, una tristezza rassegnata nei suoi occhi. «Non ti chiedo commozione. Né cerco giustificazioni, perché non ne ho. E non cerco neanche perdono, perché so che non lo merito. Ti chiedo solo di ascoltarmi per qualche minuto. Lascia che ti spieghi. Se alla fine deciderai di andartene e non vedermi mai più, lo accetterò. Il mio autista sarà pronto a riportarvi in città, e io sparirò dalla tua vita per sempre.»

Steve lo scrutava con uno sguardo duro, ma dentro di sé sentiva un conflitto crescente. Alla fine, con voce secca, rispose: «Bene, parla. Hai giusto un minuto.»

Il padre annuì, riconoscendo la concessione come un segno di speranza. «Cercherò di essere breve,» disse, la voce tradiva un'emozione a stento contenuta. Fece un'altra pausa, come se le parole che stava per dire fossero troppo pesanti da pronunciare. «Dopo anni di ricerche, finalmente sono riuscito a ottenere informazioni attendibili su ciò che è accaduto a Camila.»

La sua voce si spezzò, l'emozione lo travolse per un istante, lasciando trasparire tutto il dolore e la colpa che aveva cercato di reprimere per tanto tempo.

«Camila? E chi è questa donna e cosa c'entra ora?» ringhiò guardando il padre fisso negli occhi.

«Devi sapere chi era veramente e soprattutto cosa significava per noi» replicò Arthur.

Sarah, seduta accanto a David, avvertì un brivido. Quel nome evocava qualcosa di oscuro e misterioso, e sapeva che quella cena avrebbe rivelato segreti che nessuno di loro era pronto forse ad affrontare.

Mark iniziava ad essere confuso mentre David sembrava quasi divertito nel vedere il suo amico Steve, sempre così composto, perdere le staffe. Sapeva che non era né il momento, né l'occasione per farsi una risata ma in quasi trent'anni di amicizia si era sempre domandato come sarebbe stato vederlo arrabbiato e ora aveva la risposta davanti agli occhi.

La tensione nella stanza era palpabile mentre il signor Harrington, con il volto segnato dalla stanchezza e dal peso degli anni, continuava a parlare. Gli occhi dei quattro amici erano fissi su di lui, ognuno colpito a modo suo dalle sue parole.

«Camila... Camila Lith,» iniziò, il nome rimbombò nella sala come un colpo sordo. «Il nome deve esservi familiare, era l'indagine che avete affrontato dieci anni fa. Anche lei aveva diciassette anni quando è sparita una sera di giugno, proprio come la vostra amica Lisa. Anche lei è stata vista l'ultima volta a scuola per poi sparire inghiottita dal bosco.»

Steve strinse i pugni, il volto una maschera di incredulità. «Cosa c'entra Camila Lith con tutto questo e come fai a conoscerla?»

Il padre sospirò, guardando il figlio con occhi pieni di rimorso. «Camila era mia figlia. Tua sorella.»

Un silenzio sconcertante calò nella stanza. Sarah, David e Mark si scambiarono occhiate incredule, cercando di processare quella rivelazione.

«Anche lei tua figlia?» domandò scrollando la testa e cercando di controllare la rabbia. «Quante altre ne hai lasciate in giro senza riconoscerle?»

Arthur annuì lentamente. «Sapevo di lei, ma non l'ho mai riconosciuta, in accordo con sua madre, Margaret. Ma questo non vuol dire che non ci tenessi. Mandavo dei soldi a Margaret ogni mese tramite Jenkins e mi assicuravo che non le mancasse nulla, proprio come a te. Anche se non mi crederai, ho sempre osservato ogni vostro passo. A modo mio, ho cercato di essere un padre.»

«A modo tuo, sì. Un modo malato ed egocentrico. L'unica cosa buona che hai fatto è stata quella di non farti mai vedere né da me né da Camila a questo punto» rispose Steve, quasi urlando.

Durante le loro indagini, i quattro amici avevano scoperto che Camila viveva da sola con sua madre in un piccolo appartamento. Non aveva una vita lussuosa, ma non le mancava nulla. Sembrava essere stata abbandonata alla nascita dal padre, ma ora si spiegava come mantenessero un certo tenore di vita nonostante la madre lavorasse come cameriera al The Sea Mood.

Sarah, ancora scossa dalle rivelazioni, ricordava bene quei giorni. «Era un caso strano,» disse. «Le poche persone che parlarono di lei dissero di aver visto strane presenze nel bosco in quei giorni. E c'era anche quello studente, Andrew Scott, che sosteneva di averla vista portare via da un essere incappucciato nel bosco.» Prese un profondo respiro e continuò, «Ma lo sceriffo Cattellan non gli credette. Sosteneva che, Andrew Scott, era noto per essere dedito alle droghe.»

«Ma nessuno dei suoi amici o conoscenti lo ha mai visto drogarsi,» aggiunse Mark, con un tono pensieroso. «Per me era solo una scusa per non dare importanza alla sua testimonianza e chiudere velocemente il caso, così come avvenuto per Lisa.»

Steve guardava suo padre con occhi di fuoco. «Perché non hai fatto nulla allora? Perché ci hai lasciati a cercare risposte da soli? Immagino tu sapessi che stavamo indagando.»

«Non è vero che non ho fatto nulla,» rispose il padre con tono grave. «Ho assunto un investigatore privato per cercarla, ma le ricerche sono state vane. Gli indizi erano troppo vaghi. Ho fatto tutto ciò che potevo nell'ombra.»

Sarah ricordava chiaramente che la scomparsa di Camila era stato il motivo per cui dopo quasi dieci anni si era riavvicinata ai suoi vecchi amici. David aveva deciso di creare una chat su WhatsApp per organizzare una rimpatriata e convincerli che la sparizione di Camila aveva qualcosa di familiare con la sparizione di Lisa e che loro dovevano indagare. Lo dovevano alla loro amica scomparsa. La chat per diverso tempo era stata utilizzata per scambiarsi indizi e supposizioni durante le indagini ma poi pian piano fu abbandonata come le loro speranze fino a qualche giorno fa.

«Abbiamo indagato per un mese,» ricordò Sarah, con la sensazione di frustrazione ancora viva nella sua mente. «Ma non abbiamo trovato nulla. Abbiamo dovuto arrenderci e tornare alle nostre vite.»

Arthur Harrington fece un respiro profondo. «Recentemente ho ricevuto delle informazioni che potrebbero dare maggiore senso a tutto. Penso che ci sia un collegamento tra la scomparsa di Camila e quella di Lisa. Forse a questo punto anche con la ragazza scomparsa qualche giorno fa. Forse insieme potete trovare la verità.»

Steve lo guardava con sospetto. «E perché dovrei fidarmi di te adesso? E perché non sei andato alla polizia invece di dare a noi queste informazioni?»

«Perché sto morendo,» disse suo padre, la voce rotta dall'emozione. «Potrebbe sembrare un motivo banale ma voglio davvero provare a rimediare agli errori che ho commesso. Non posso farmi perdonare, ma posso almeno cercare di dare giustizia a tua sorella, Camila, e forse, a questo punto, trovare una risposta anche per Lisa.»

«Della polizia, inoltre, non mi fido. Ora come allora, non mi sembra che abbiamo mai trovato una minima traccia da seguire e dopo pochi giorni hanno chiuso le indagini archiviandole come allontanamenti volontari. In assenza di un cadavere e di testimoni è sempre stata la strada più semplice per quegli invertebrati.»

Un silenzio opprimente avvolse la stanza, mentre le parole di Arthur continuavano a rimbombare nelle menti di tutti i presenti. Steve era immobile, lo sguardo fisso su suo padre, ma dentro di sé lottava, combattuto tra la rabbia e il desiderio profondo di scoprire finalmente la verità. Ogni respiro sembrava pesare tonnellate, ogni secondo un'eternità.

Sarah avvertiva un nodo stringersi nel petto. I ricordi dell'indagine passata le tornavano alla mente come spettri, intrecciandosi con la tensione insopportabile del presente. Sentiva che qualcosa di grande stava per accadere.

David e Mark, dall'altro lato del tavolo, si scambiavano uno sguardo preoccupato. Era probabilmente solo l'inizio di qualcosa di molto più grande e pericoloso e loro ne erano pienamente consapevoli.

Steve, infine, prese un respiro profondo e, con la voce fredda e decisa, ruppe il silenzio. «Va bene,» disse, ogni parola pesata come un macigno. «Ti ascolterò. Ma non lo faccio per te. Lo faccio per Camila e per Lisa. Voglio sapere cosa è successo.»

Arthur annuì, sollevato, un'espressione di riconoscenza attraversò il suo volto segnato dagli anni e dai rimorsi. «Grazie. Questo è tutto ciò che posso chiedere. Ora però mangiate qualcosa o si raffredderà.

Poi inizierò a raccontarvi quello che so e domani mattina, l'investigatore che ho assunto ci fornirà tutte le ulteriori informazioni che ha raccolto.»

La cena proseguì, ma l'atmosfera nella stanza era carica di tensione e sospetto. Le candele tremolanti gettavano ombre inquietanti sui volti dei commensali, riflettendo l'incertezza e la paura che ciascuno di loro cercava di nascondere. I quattro amici sapevano che il cammino davanti a loro sarebbe stato pieno di insidie e pericoli, ma erano determinati ad andare avanti e a fare giustizia per coloro che avevano perso.

Ogni boccone, ogni sorso di vino, sembrava più amaro, mentre la consapevolezza di ciò che li attendeva cresceva dentro di loro. Ma nessuno si sarebbe tirato indietro. La verità, per quanto terribile, era ormai troppo vicina per essere ignorata.

CAPITOLO 12

NUOVI INDIZI

I raggi del sole estivo filtravano tra le fronde degli alberi, disegnando arabeschi di luce sul sentiero polveroso, mentre l'aria calda vibrava di silenzi e promesse inesplorate. Marta e Greta, due ragazze che frequentavano il terzo anno alla Hallowbridge High School, camminavano con passo svelto, tenendosi per mano con il cuore che batteva forte in petto. Il bosco della città, avvolto in una reputazione sinistra, era un luogo che pochi avrebbero scelto per un incontro romantico. Tuttavia, per loro, rappresentava in quel momento un rifugio lontano dagli sguardi indiscreti e dalle chiacchiere velenose dei coetanei.

Marta era una ragazza alta e snella, con capelli castani lunghi e lisci che le ricadevano sulle spalle. I suoi occhi azzurri erano penetranti e sempre alla ricerca di verità e giustizia. Cresciuta in una famiglia aperta e progressista, Marta aveva sempre avuto il coraggio di esprimere sé stessa. Quando aveva fatto coming out, i suoi genitori l'avevano accolta con amore e questo le aveva dato una sicurezza invidiabile. Indossava una maglietta nera e jeans larghi, i suoi vestiti casual le conferivano un'aria sicura e disinvolta.

Greta, più bassa rispetto a Marta e dalle forme morbide, aveva capelli biondi corti che incorniciavano un viso dai tratti delicati. I suoi occhi erano di un verde scuro, quasi ipnotici, sempre velati da un'ombra di malinconia. Proveniva da una famiglia profondamente religiosa e conservatrice e sebbene i suoi genitori fossero affettuosi e comprensivi, Greta sentiva in cuor suo che l'accettazione della sua sessualità sarebbe stata difficile per loro, se non impossibile. Per questo motivo, non aveva mai confessato apertamente i suoi sentimenti e le sue emozioni, né a loro né a nessun altro.

Forse Marta, con i suoi sguardi furtivi e i sorrisi segreti aveva intuito. Questo la rendeva, in quel momento, la ragazza più felice al mondo.

Dopo una breve camminata, le due ragazze raggiunsero una radura nascosta, circondata da alti pini e faggi. Il terreno era coperto di foglie e di muschio soffice e un piccolo ruscello scorreva lentamente sul lato opposto, il suo mormorio era un dolce sottofondo rilassante che riuscì a calmare il battito incessante dei loro cuori. In quel posto, che a tratti sembrava paradisiaco, si respirava però qualcosa di inquietante. Era una sensazione strana, difficile da descrivere, come di qualcosa di nascosto, qualcosa che le osservava.

Marta si fermò e guardò Greta con un sorriso dolce ma deciso. «Finalmente sole,» disse con voce bassa e delicata mantenendo il suo sguardo fisso su di lei. C'era una nota di sollievo in quelle parole, mescolato ad un desiderio di sfuggire urgentemente alla realtà che le opprimeva. Il fruscio delle foglie sopra di loro e il suono del ruscello poco distante accompagnava quel momento di intimità, come se la natura stessa fosse complice del loro amore segreto e volesse avvolgerle di una melodia intima e passionale.

Greta sorrise a sua volta, sentendo un leggero rossore salire sulle guance.

«Sì, non vedevo l'ora. Non potevo più aspettare,» rispose con il tono della voce tremante per l'emozione. Era il loro momento. Un momento che entrambe avevano atteso e in cui potevano essere finalmente se stesse, senza paura di giudizi o maldicenze.

Marta prese la sua mano e la portò alle labbra, baciandola delicatamente. «Sai che per me sei importante, vero?» le chiese, guardandola intensamente negli occhi. Le dita di Greta erano fredde, ma quel contatto era come un'ancora di salvezza nel tumulto delle loro vite.

Greta annuì, il cuore che le martellava nel petto. «Anche tu per me,» rispose, e prima che potesse aggiungere altro, Marta si avvicinò e la baciò. Fu un bacio dolce, ma pieno di passione, un bacio che sembrava racchiudere tutto il loro mondo. Si sdraiarono nell'erba, rotolandosi e ridendo, perdendosi l'una nell'altra, dimenticando tutto il resto. Il rumore del ruscello, il fruscio delle foglie, il canto degli uccelli, tutto sembrava allontanarsi, lasciandole sole nella loro bolla di felicità. L'erba era fresca sotto di loro e il profumo della terra e delle foglie un'inebriante promessa di libertà.

Ma all'improvviso, il terreno sotto di loro cedette. Le risate si trasformarono in urla di sorpresa e terrore mentre venivano inghiottite dalla terra. Caddero in una buca profonda, le pareti strette e umide che sembravano chiudersi su di loro. L'aria era densa, quasi soffocante, carica di umidità e odore di terra bagnata. Il buio le avvolse e, per un momento, tutto sembrò fermarsi. Durante la caduta le loro mani avevano cercato disperatamente un appiglio, ma le pareti erano scivolose, impregnate di muschio e radici.

Marta atterrò duramente, sentendo un dolore acuto al braccio. Greta le crollò accanto, rimanendo immobile. La sensazione di essere intrappolate era palpabile, il buio era quasi totale, un manto soffocante che avvolgeva ogni cosa.

«Greta, svegliati!» urlò Marta con la voce spezzata dal panico. Provò a scuotere l'amica, sperando di svegliarla, ma appena provò a muovere il braccio un dolore lancinante la trafisse. «Ahia! Che male!» urlò non potendosi trattenere. Greta sentendo quell'urlo gemette, aprendo lentamente gli occhi. La paura per quello che vide era tangibile, quasi palpabile. Ogni respiro era profondo, ritmato, un atto di volontà, un tentativo di non cedere al terrore. Il buio, fitto come una coltre di nebbia, le avvolgeva, rendendo impossibile distinguere lo spazio che le circondava.

«Marta... dove siamo?» mormorò con un tono debole e confuso.

«Siamo cadute... siamo cadute in una buca,» rispose Marta, cercando di mantenere la calma nonostante il terrore che la stava paralizzando. Sentiva il braccio dolorante, probabilmente rotto, ma cercò di ignorare il dolore mentre cercava di capire dove fossero. La situazione era surreale: un attimo prima stavano vivendo un sogno, e ora una trappola invisibile le aveva rinchiuse in un incubo.

Il terreno era freddo e fangoso sotto le dita e Greta nel tentativo di alzarsi sentì qualcosa di molle sotto la mano, che istintivamente ritirò. Non era terreno... era qualcosa di... umano. Si girò lentamente e un terrore crescente la pervase quando, con orrore, vide quello che sembrava essere un cadavere. La figura che emergeva dal terreno accanto a lei era distesa in modo innaturale, i suoi vestiti erano logori e la pelle grigia. L'odore di decomposizione, che fino a quel momento avevano ignorato, diventò penetrante, un miasma che sembrava riempire tutto lo spazio.

«No, no, no...» mormorò Greta, le lacrime che le scorrevano sul viso. «C'è... c'è un cadavere!» gridò mentre il panico divenne crescente. L'orrore della scoperta la travolse e il terrore si insediò nel profondo della sua anima. Il panico iniziò a farle percepire le pareti della buca sempre più strette, come se si stessero stringendo sempre di più e l'aria divenne pesante, difficile da respirare.

Marta, cercando di rimanere calma nonostante il dolore al braccio, cercò il suo telefono. «Dobbiamo chiamare aiuto,» disse con un filo di voce. «Il mio telefono... non trovo il mio telefono, dov'è?» Ora la sua voce iniziò a diventare un sussurro disperato e la calma che cercava di mantenere iniziò a svanire.

Poi all'improvviso lo trovò, era rimasto nella tasca posteriore del suo jeans, ma era in frantumi. Nella caduta, lo schermo si era completamente spezzato.

«Greta, dammi il tuo telefono,» disse singhiozzando.

L'amica, però, non rispose subito, ancora paralizzata dallo shock per la scoperta del cadavere.

«Greta ti prego, dammi il tuo telefono!» urlò Marta nella speranza di destarla da quel momento.

«Si... scusa. Ora lo prendo» rispose frastornata. «Non lo trovo, oh mio Dio... non lo trovo. Deve essere qui intorno, l'avrò perso nella caduta.» La sua voce era quasi irriconoscibile, rotta dal terrore e dalla disperazione.

Greta iniziò a cercare freneticamente nel fango cercando di sforzarsi per controllare le sue mani che non smettevano di tremare. Dopo alcuni attimi di panico, Greta riuscì finalmente a trovare il telefono. Le mani continuavano a muoversi incontrollate mentre, con fatica, accendeva lo schermo. Per fortuna, funzionava ancora. Compose il 911 e, dopo pochi squilli, sentì la voce di un'agente rispondere dall'altro capo.

Senza esitare, col cuore che martellava nel petto e la sensazione che il tempo stesse per scadere, Greta si rivolse all'operatrice, riversando tutta la sua angoscia in un'unica, disperata fiammata: «Aiutateci... per favore! Siamo cadute in una buca nel bosco! La mia amica forse si è rotta un braccio e... e c'è un cadavere!» Le parole le uscivano spezzate, la voce incrinata dall'orrore, mentre il terrore sembrava stringerle la gola, soffocandola ad ogni respiro.

«Cercate di rimanere calme,» rispose l'agente Anna Taylor, con un tono fermo ma rassicurante. «Potete darmi qualche indicazione su dove siete?»

«Siamo vicino alla radura... nel bosco vicino Hallowbridge,» spiegò Greta, cercando ora di mantenere la lucidità nonostante l'atmosfera opprimente della buca e quella perenne sensazione che le pareti stessero per chiudersi su di loro.

«Va bene, stiamo attivando il tracciamento del segnale. Restate calme, stiamo arrivando.» La voce dall'altro capo era una sottile luce di speranza nell'oscurità opprimente.

L'oscurità e l'angoscia che avvolgevano Marta e Greta aumentavano di minuto in minuto, mentre la presenza del cadavere si imponeva come una realtà ineluttabile e opprimente. In attesa dei soccorsi, il silenzio in quella buca era spezzato solo dal loro respiro affannoso, un suono che le riportava continuamente all'incubo che stavano vivendo, mentre il mondo, indifferente al loro dramma, continuava a girare.

Il telefono di Bill squillava incessantemente da diversi minuti, vibrando nella tasca della giacca come un insetto intrappolato, ma lui, perso nei suoi pensieri, non riusciva a distogliere lo sguardo dal piccolo libretto davanti a sé. Era ancora nella casa di Thomas, immerso in una sorta di trance, incapace di separarsi dalle parole appena lette. Le pagine, ingiallite dal tempo, erano coperte di note criptiche, frasi sconnesse e disegni intricati. Bill le fissava, come ipnotizzato, cercando di dare un significato a quegli indizi misteriosi e apparentemente senza senso, nel tentativo di risolvere l'enigma celato dietro quelle scritte.

Finalmente, dopo molti squilli, la mente di Bill si ricollegò alla realtà, come se si fosse svegliato da un sogno o, peggio, da un incubo. Prese il telefono e rispose rapidamente, quasi meccanicamente, senza nemmeno controllare chi fosse. La voce concitata della sua collega dall'altro lato del telefono lo scosse.

«Vice sceriffo, sono Anna, deve venire subito! Dov'è finito? Sono venti minuti che provo a chiamarla.»

Bill si passò una mano tra i capelli, cercando di scuotersi dal torpore. «Scusa, ho avuto un imprevisto. Cosa è successo?»

«C'è stato un ritrovamento... un cadavere nel bosco.»

Il cuore gli mancò un colpo. Una morsa di gelo gli strinse il petto, facendogli dimenticare per un attimo di respirare.

«Un cadavere? Amanda... cazzo, allora è morta?»

«No,» rispose la collega, con una voce che oscillava tra l'urgenza e il tentativo di mantenere la calma. «Non è Amanda. Sembra un uomo, almeno dai vestiti. Stiamo aspettando il medico legale per conferma, ma il corpo è in avanzato stato di decomposizione. Non è morto recentemente.»

Un brivido freddo gli percorse la schiena. Un altro cadavere? Un uomo? Le parole della collega si mescolavano nella sua mente, formando un mosaico confuso e minaccioso.

«Cazzo...» mormorò, più a sé stesso che all'interlocutore. «Un altro cadavere? Tutto questo non ha senso.»

La collega continuò, la sua voce un filo di ansia malcelata. «Abbiamo recintato l'area, ma la notizia si sta già spargendo. La stampa è alle calcagna e anche alcuni curiosi hanno cominciato a radunarsi. Anche lo sceriffo sta per arrivare.»

«Va bene,» rispose Bill, cercando di assumere un tono professionale nonostante il caos interiore. «Arrivo subito. Non fate avvicinare nessuno e tenete tutto sotto controllo fino al mio arrivo.» Chiuse la chiamata, lasciando la stanza in un silenzio improvviso e opprimente.

Si alzò rapidamente, afferrando il libretto e infilando il telefono nella tasca del suo cappotto. La casa di Thomas sembrava improvvisamente più buia, come se le ombre fossero diventate più profonde e minacciose. Ogni passo rimbombava nel silenzio, il suono amplificato dal pavimento di legno scricchiolante.

Mentre si dirigeva verso la porta, una strana sensazione di déjà-vu lo assalì. Era come se tutto ciò fosse già accaduto, come se fosse intrappolato in un loop temporale, costretto a rivivere lo stesso incubo più e più volte. Il bosco, i cadaveri, il mistero irrisolto. Tutto sembrava avvolto in una nebbia di incertezza e paura.

Aprì la porta con una forza quasi rabbiosa, uscendo nell'aria fresca della sera. Il crepuscolo aveva iniziato a tingere il cielo di colori violacei e una leggera brezza portava con sé l'odore della terra umida. Salì in macchina, lo sguardo annebbiato dai pensieri che si accavallavano senza tregua. Le mani sembravano estranee, incapaci di obbedire, mentre cercava di infilare la chiave nell'accensione. Ogni gesto richiedeva uno sforzo immenso, come se lo shock gli avesse svuotato mente e corpo. Poi, con un colpo secco il motore ruggì, spezzando il silenzio della notte imminente.

Guidò a tutta velocità verso le coordinate ricevute dalla collega con i pensieri che correvano veloci quanto l'auto. Cosa stava succedendo in quel luogo maledetto? Chi era l'uomo trovato morto? E perché sembrava tutto così... orchestrato? Sentiva un nodo allo stomaco, una tensione crescente che lo spingeva a voler svelare la verità a ogni costo. Ma una parte di lui sapeva che le risposte avrebbero potuto portare solo a nuove domande, a nuovi pericoli.

Mentre si avvicinava al punto di ritrovamento, notò le luci blu lampeggianti delle pattuglie. Fermò la macchina e scese, avvertendo immediatamente l'atmosfera tesa e carica di aspettativa.

Gli agenti stavano già delimitando l'area con il nastro giallo, mentre la folla curiosa cresceva ai margini. Tra di loro, vide giornalisti con telecamere e taccuini, pronti a cogliere ogni dettaglio. La sua collega si avvicinò, con un'espressione grave.

«Finalmente sei qui,» disse, con un sospiro di sollievo. «Il medico legale è appena arrivato. Il corpo... è in uno stato terribile. Abbiamo bisogno di te.»

Lui annuì, cercando di concentrarsi. «Va bene. Portatemi da lui.»

Attraversò la folla, sentendo gli sguardi su di sé come aghi sulla pelle. Ogni passo verso la scena del crimine sembrava amplificare il senso di urgenza e tensione. Le luci delle torce illuminavano il corpo all'interno della buca, rivelando i dettagli macabri. Il cadavere era disteso in una posizione innaturale, i vestiti logori e la pelle coperta di macchie scure.

Il medico legale si avvicinò. «Non sappiamo ancora molto,» disse, con un tono professionale ma cauto. «Ma posso dire che è morto da almeno un mese, forse più. Dobbiamo aspettare l'autopsia per avere dettagli precisi.»

Bill fissò il cadavere, sentendo un nodo allo stomaco.

«E l'identità? Abbiamo qualche indizio?»

L'agente Taylor, che era accanto a lui, scosse la testa. «Nessuno, per ora. Niente documenti, niente di utile. Abbiamo trovato solo un piccolo pezzo di carta nel taschino dei pantaloni. Sembra un messaggio, ma è criptico. Stiamo cercando di decifrarlo.»

Bill prese la carta dalle mani di Taylor e la esaminò con attenzione. Le parole, scritte in modo disordinato e frettoloso, sembravano gridare urgenza. Mentre i suoi occhi scorrevano sulla frase, un senso di inquietudine gli strinse lo stomaco, come se un presagio oscuro si celasse dietro quelle parole:

"IL Tempio di Asmodeo"

Chi era quell'uomo? E cosa significava quel messaggio? Le domande cominciarono ad affollarsi nella mente di Bill. Notò subito che «IL» era scritto in maiuscolo. Fin dai tempi dell'accademia aveva imparato a non sottovalutare nessun indizio, neanche il più banale, come un semplice errore ortografico. Perché quella maiuscola? Era davvero un errore o celava un significato più profondo? Bill si interrogava, cercando di comprendere il messaggio nascosto dietro quelle parole misteriose, ma non riusciva a trovare una spiegazione logica.

Il mistero si infittiva, ma non aveva intenzione di arrendersi. Qualunque cosa fosse accaduta in quel bosco, qualunque segreto fosse stato sepolto li, avrebbe fatto di tutto per portarlo alla luce.

Si voltò verso la collega e il medico legale, con rinnovata determinazione. «Non so cosa stiamo cercando,» disse con voce ferma. «Ma non sottovalutate nessun dettaglio. Dobbiamo trovare delle risposte.»

Il silenzio cadde sulla scena, interrotto solo dal lontano canto degli uccelli notturni e dal fruscio delle foglie al vento. Il bosco sembrava osservarli come un testimone silenzioso e inquietante di tutti i segreti nascosti nelle sue ombre.

CAPITOLO 13

OBITORIO

L'odore acre e pungente della formaldeide penetrava le narici di Bill non appena varcò la soglia dell'obitorio. Era un odore che sapeva di morte, di corpi freddi e di segreti sepolti. L'ambiente era freddo e sterile, illuminato da luci fluorescenti che gettavano una luce bianca e cruda su tutto. Pareti spoglie di piastrelle bianche, un soffitto basso e una fila di porte metalliche indicavano le celle frigorifere dove i corpi venivano conservati. Ogni cosa sembrava immobile, come se il tempo stesso si fosse fermato in quel luogo di transito tra la vita e la morte.

La sala era spoglia, con sedie di plastica grigia e una piccola pianta appassita nell'angolo. Bill si sedette, cercando di ignorare il ronzio del condizionatore e il silenzio opprimente. Estrasse dalla tasca il libretto che aveva trovato a casa di Thomas. Le pagine erano ingiallite, consunte dal tempo e piene di appunti disordinati. La calligrafia cambiava spesso: da righe nette e sicure a segni incerti, traballanti, come se la mano del vecchio guardiano del bosco fosse stata guidata da una mente afflitta e confusa.

Iniziò a leggere. I primi appunti risalivano al 1993. Thomas scriveva delle sue convinzioni di essere drogato, in preda ad allucinazioni e attribuiva la colpa a suo figlio. Le parole erano dense di dolore e incredulità: «Perché è venuto in città? Perché mi ha nascosto di essere mio figlio? Mi fidavo di lui... come ha potuto farmi questo? E poi, perché drogarmi? Qual è il suo piano? Confondermi la mente?»

Le pagine successive erano un amalgama di ricordi frammentati, disegni inquietanti e frasi sconnesse. Cercava di cogliere un senso in quel caos, ma era come cercare di decifrare un incubo. Tuttavia, tra quelle parole spezzate, emergevano dettagli chiari: Thomas aveva scoperto l'esistenza di un figlio oltre ai due che già aveva e menzionava la scuola e Camberdille.

Bill conosceva bene Camberdille, ora era il sindaco della città ma all'epoca era il preside della scuola, un uomo ambiguo che improvvisamente aveva deciso di lasciare il suo ruolo per darsi alla politica. Quasi inspiegabilmente, almeno per l'opinione che nutriva nei suoi confronti, aveva vinto le elezioni per ben due volte consecutive e si apprestava a rivincere nuovamente per assenza di veri rivali.

Gli occhi di Bill tornarono al libretto. Erano presenti diverse pagine bianche prima dei nuovi appunti di Thomas. Fra queste l'ultima pagina era particolarmente inquietante: «Ho scoperto la verità... le ragazze, la scuola, è tutto collegato... Lui sapeva, lui era lì.»

Le parole erano scarabocchiate con una calligrafia incerta, ma il messaggio era chiaro. Il vecchio era convinto che ci fosse un collegamento oscuro tra le ragazze e la scuola. E la domanda che ora lo tormentava era: «Di quali ragazze parla? Di Lisa e Camila? E soprattutto quando e dove le aveva viste?»

Le parole su quel libretto erano un rompicapo, un enigma che si dipanava in direzioni inquietanti e pericolose. Ma davano nuova linfa alla speranza di trovare delle risposte. C'erano degli indizi, bisognava solo riconoscerli tutti, metterli insieme e scoprire la verità. Certo, detto così sembrava semplice, ma sentiva che era vicino ora più che mai.

Il pensiero si fermò quando il medico legale fece capolino nella sala. Bill alzò lo sguardo con il cuore che martellava all'impazzata nel petto. Cosa avrebbe scoperto ora?

Osservò il medico legale, il Dr. Reynolds, con espressione attenta. La luce soffusa dell'obitorio rendeva ancora più sinistra la stanza e probabilmente in questo caso si adattava perfettamente alla situazione.

Quasi rassegnato a ricevere brutte notizie incrociò le braccia al petto e pose al medico la prima domanda che gli passò per la testa.

«Allora, quanto tempo è rimasto lì?» chiese con la sua voce profonda che risuonò nella sala.

Il Dr. Reynolds, un uomo di mezz'età con occhiali spessi e un'espressione perennemente stanca, si tolse i guanti e guardò Bill con un misto di gravità e stanchezza. «Dai segni di decomposizione e dalla condizione del corpo, direi che il cadavere è lì da almeno sei o sette mesi.»

Bill sollevò un sopracciglio, sorpreso. «Sette mesi? Ma il corpo non è così decomposto come ci si aspetterebbe.»

Il medico annuì, grattandosi il mento. «È vero. Questo è un caso particolare. Il livello di decomposizione è stato rallentato. L'ambiente in cui è stato ritrovato il corpo, una zona umida ma relativamente fredda, ha agito come un conservante naturale. Inoltre, il cadavere era coperto da uno strato di foglie e muschio, che hanno contribuito a mantenere una temperatura stabile e ad evitare una decomposizione più rapida.»

Bill si passò una mano tra i capelli biondi, riflettendo sulle implicazioni. «Quindi potrebbe essere stato messo lì subito dopo essere stato ucciso?»

«Esattamente,» confermò Reynolds. «E la morte sembra essere stata causata da un trauma cranico. C'è una frattura sul lato destro del cranio, compatibile con un colpo violento. Tuttavia, sto ancora completando gli esami per avere un quadro più completo della situazione.»

Bill annuì, prendendo nota mentalmente di ogni dettaglio. «E per quanto riguarda l'identificazione?»

Il medico legale sospirò, guardando il cadavere con una tristezza professionale. «Abbiamo prelevato un campione di DNA e l'abbiamo inviato alla University of North Texas Center for Human Identification. Lì, verrà confrontato con i dati del database di NamUs, il National Missing and Unidentified Person System. Ma, purtroppo, le speranze sono poche.»

«Perché?» chiese Bill, un'ombra di preoccupazione attraversando il suo viso.

«La situazione economica ha portato alla chiusura del sistema per mancanza di fondi,» spiegò con un tono di amarezza. «Tuttavia, ho contattato un vecchio amico, un ex compagno di college che lavora ancora lì. Spero che possa darci una mano ad accelerare l'identificazione.»

Bill fece un cenno di comprensione. «Capisco. Quindi, al momento, sappiamo solo che è stato colpito alla testa e lasciato lì?»

«Sì, e non possiamo escludere altre lesioni finché non completiamo l'autopsia. Ma la ferita alla testa è sicuramente la causa più probabile della morte.»

Mentre il Dr. Reynolds si avvicinava al tavolo degli strumenti, Bill restò in silenzio con il volto ombroso. C'era ancora tanto da scoprire, e ogni dettaglio avrebbe potuto fare la differenza nella ricerca della verità.

CAPITOLO 14
LA LETTERA

Il vice sceriffo aveva ringraziato e salutato il medico legale e, in attesa della fine dell'autopsia, aveva deciso di tornare in ufficio per mettere insieme le informazioni raccolte fino a quel momento. Uscì dall'obitorio e rimase qualche istante sotto il cielo notturno avvolto nei suoi pensieri. L'aria fredda lo ridestò mentre il suo sguardo era perso nell'osservare la città addormentata, avvolta in una leggera foschia che nascondeva i contorni degli edifici.

Bill Evans era un uomo che portava con sé un'aura di mistero e forza. La sua figura alta e robusta attirava l'attenzione ovunque andasse. I capelli biondi, leggermente ondulati, incorniciavano un viso marcato da lineamenti virili: una mascella ben definita, un naso deciso e labbra piene che spesso si piegavano in un sorriso enigmatico. Ma erano i suoi occhi a dominare l'intera figura: neri e profondi, sembravano fondersi armoniosamente con la calda tonalità della sua carnagione, creando un'aura avvolgente e misteriosa, che catturava l'attenzione in modo irresistibile. La cicatrice sopra il sopracciglio destro, un ricordo sbiadito di un episodio violento del passato, aggiungeva un tocco di pericolo al suo aspetto già impressionante.

Nonostante il suo fascino e la sua bellezza, possedeva una presenza oscura e impenetrabile. La sua voce profonda e rauca, capace di trasmettere autorità con poche parole, rivelava un passato carico di tensioni e disillusioni. Indossava spesso abiti casual ma ben curati, che evidenziavano la sua muscolatura scolpita, frutto di anni di disciplina fisica. Emanava una forza tranquilla e una sicurezza che lasciavano pochi dubbi sulla sua capacità di gestire situazioni pericolose.

Salì in auto e, al primo semaforo, si fermò in attesa del verde. Pensieroso, notò all'angolo della strada l'insegna sbiadita del bar dove, da bambino, aveva bevuto la sua prima Coca-Cola. Quel ricordo lo riportò ai pomeriggi passati con suo padre. Era legato a quel luogo da un filo invisibile, un'affinità profonda che lo spingeva a proteggerlo a tutti i costi.

Un suono stridente lo scosse dai suoi pensieri: il telefono. Accese il vivavoce dell'auto e rispose.

«Bill? Sono Claire. Scusami per l'orario. Avrei bisogno di vederti. È importante.» La voce della donna tremava leggermente, nonostante il tentativo di mantenere un tono neutro.

Bill esitò per un istante. «Certo. Tutto bene?»

«Sì, sì, ho novità per te.» Claire si affrettò a rispondere.

«Perfetto, finalmente una buona notizia. Dove ci vediamo?»

"Poteva esserci un solo luogo", pensò Claire «Al mio negozio. Ci vediamo lì tra mezz'ora.»

Il motore ruggì, rompendo il silenzio della notte.

Claire era seduta dietro il bancone del suo negozio intenta a sorseggiare una tazza di tè fumante. Le sue dita sottili tamburellavano nervosamente la superficie liscia della tazza, mentre attendeva con ansia. La sua bellezza naturale, accentuata dai capelli biondi dorati e dagli occhi nocciola profondi, contrastava con l'aria di malinconia che sembrava pervaderla. Quel giorno, tuttavia, il suo volto era segnato da una stanchezza che andava oltre il semplice affaticamento fisico.

Il campanello suonò, rompendo il silenzio. Claire vide Bill entrare e il suo cuore ebbe un sussulto. Per un istante, il tempo parve fermarsi. I loro sguardi si incrociarono e una miriade di emozioni riaffiorò.

«Bill,» iniziò Claire con una voce che cercava di nascondere l'emozione. «Grazie per essere venuto. Ho scoperto qualcosa sul libro.»

Bill annuì, avvicinandosi al bancone. La luce soffusa delle lampade illuminava i loro volti, creando un'atmosfera intima e carica di tensione. Mentre Claire tirava fuori una cartella con alcuni documenti, non poté evitare di perdersi in un flashback della loro storia insieme. Ricordò la notte in cui, giovani e inesperti, avevano scoperto i loro corpi per la prima volta. Il loro amore era stato travolgente, una danza di mani timide e audaci, di pelle contro pelle, di sussurri e sospiri. Claire aveva una pelle morbida come seta e occhi che brillavano di eccitazione e timore. La sua innocenza, la loro innocenza, era stata pura e incontaminata. Quella notte era stata come un sogno ad occhi aperti. La notte prima del loro nuovo inizio, del viaggio in Europa che li avrebbe uniti ancora di più.

La mattina seguente, lei si recò di buon'ora all'aeroporto, con un sorriso stampato sul viso e gli occhi scintillanti di sogni. Lui, che avrebbe dovuto arrivare alla stessa ora dopo essere passato da casa a prendere i bagagli, non si era ancora presentato.

Seduta da sola nella sala d'attesa, sentiva il ticchettio delle lancette dell'orologio amplificarsi, come un martello che batteva lentamente sulla sua coscienza. Ogni ticchettio era un colpo al cuore, mentre nelle cuffie il suono ovattato di una vecchia cassetta che girava nel walkman cercava invano di distrarla.

Aveva cercato di mantenere la calma, pensando che magari fosse rimasto bloccato nel traffico o avesse avuto un contrattempo dell'ultimo minuto. Ma, col passare dei minuti, la sua speranza si era trasformata in un nodo di angoscia crescente.

Claire era combattuta se iniziare a salire sull'aereo o tornare a casa a cercare Bill ma fino all'ultimo sperava si trattasse di un suo scherzo o semplicemente di un suo clamoroso ritardo. Lo avrebbe di sicuro trovato sull'aereo da lì a poco con quel sorriso affascinante pronto a prenderla in giro per lo spavento che si era presa.

Decisa a imbarcarsi, infilò una mano nella borsa alla ricerca di quel pezzo di carta che avrebbe segnato l'inizio di una nuova vita insieme al suo ragazzo. Mentre cercava il passaporto, le dita si imbatterono in una busta. Il cuore iniziò a martellare mentre la estraeva, e un nodo le serrò lo stomaco quando riconobbe la calligrafia di Bill. La lettera era semplice, ma ogni parola la colpì con la precisione di una lama, lacerandole l'anima.

Claire,
Non posso venire con te.
So che avrei dovuto essere lì, accanto a te, ma c'è qualcosa che non posso ignorare. Qualcosa che mi tiene legato a questo posto.
Non voglio mentirti, non lo meriti. È Lisa il motivo.
Non ho mai smesso di chiedermi cosa le sia successo davvero.
Devo restare qui, a Hallowbridge, e trovare le risposte, anche se questo significa perderti.
Mi dispiace.
Sei stata tutto per me e probabilmente ti amerò per sempre. Ma la

mia anima è irrequieta. Finché non avrò scoperto la verità, non potrò mai essere l'uomo che desideri e che meriti.
Addio, Claire
Bill

Le parole «Addio, Claire» erano come una sentenza di morte. Sentì il mondo crollarle addosso, ogni singola parola di quella lettera era un colpo che affondava più profondamente, scavando nella sua carne e nella sua anima. Bill non c'era. E non ci sarebbe stato. Non riusciva a respirare, come se l'aria stessa fosse diventata un peso insostenibile.

Anni dopo, era tornata a Hallowbridge, nonostante tutte le sue ambizioni e i suoi sogni. Aveva aperto un negozio, cercando di ricostruirsi una vita, ma ogni giorno era una battaglia contro i ricordi. Ora, guardandolo davanti a lei, il passato sembrava ritornare con la forza di una tempesta.

«Ho scoperto qualcosa di importante,» disse, riportando la sua mente al presente. La sua voce era ferma, ma sotto la superficie si celava una tristezza profonda.

«Il libro è stato stampato in Germania nei primi anni '90. Grazie a un mio conoscente, sono riuscita a risalire alla tipografia. Usavano un tipo particolare di carta e rilegatura. Qualcuno ha cercato di farci credere che fosse antico.»

Bill guardò il libro con una nuova consapevolezza. «Quindi, è tutto un inganno. Ma perché? E cosa c'entra tutto questo con Lisa?»

Claire sospirò, i suoi occhi riflettendo un dolore antico. «Non lo so. Ma so che questo è solo l'inizio. Chiunque abbia orchestrato tutto questo, aveva un motivo.»

116

«Ti sei presa anche il disturbo di sistemarlo?» chiese Bill, con un sorriso.

«In che senso?» domandò Claire, corrugando appena la fronte.

«Lì,» disse Bill, indicando un angolo della copertina, «mi sembrava che mancasse un pezzetto.»

«Oh no, Bill, l'ho solo pulito. Sai quanto odio vedere libri trascurati.»

Bill rise piano, poi la fissò negli occhi. «Non sei cambiata di una virgola. Grazie... per tutto quello che hai fatto per me.»

La tensione tra loro era palpabile. Mentre discutevano, le loro mani si sfiorarono casualmente e una scintilla attraversò i loro corpi. Era un ricordo di ciò che era stato e di ciò che forse poteva ancora essere. Il profumo di lavanda di Claire riempiva l'aria, portando con sé una marea di ricordi.

Bill si passò una mano tra i capelli, visibilmente frustrato.

«Claire, so che non è il momento, ma negli ultimi vent'anni non ne abbiamo più parlato. Probabilmente non ti interessa ed è giusto che sia così ma ho la necessità di dirtelo. Tu sei stata l'unica donna che abbia mai amato veramente. Lisa era un'ossessione che non potevo scuotermi di dosso. Ma tu... tu eri reale, eri qui, con me.»

Claire lo fissò, i suoi occhi nocciola che riflettevano una tristezza profonda e inesprimibile.

«Anche io, Bill. Ho cercato di andare avanti, di dimenticare, ma non ci sono riuscita. Ho sempre sperato che un giorno saresti tornato da me.»

Bill si avvicinò, il volto segnato dalla sofferenza. «Ogni giorno che passava senza di te, era un giorno in cui mi sentivo morire un po' di più. Ho cercato di capire cosa fosse successo a Lisa, di trovare una qualche forma di redenzione, ma più cercavo, più mi perdevo. E ora mi rendo conto che ho perso te, l'unica cosa buona nella mia vita.»

Il negozio era silenzioso, l'atmosfera carica di tensione. Il rumore dei loro respiri era l'unico suono, accompagnato dal ticchettio di un vecchio orologio da parete. Claire si avvicinò, le mani che tremavano leggermente mentre le posava sulle spalle di Bill. «Forse è troppo tardi per noi, ma non è troppo tardi per la verità. Dobbiamo scoprirla, insieme.»

Lui annuì, i suoi occhi brillavano di una nuova determinazione. «Sì, insieme. Questa volta non ti lascerò andare.»

Le loro parole erano un giuramento silenzioso, un patto stretto nel nome della verità e del passato che li legava. Mentre si abbracciavano, un lampo di luce illuminò il negozio, seguito dal rombo distante di un tuono che li fece sobbalzare. Solo allora si resero conto che non erano soli. Qualcuno era entrato nel negozio.

CAPITOLO 15

LA VERITÀ NASCOSTA

La villa degli Harrington, immersa nel crepuscolo, era avvolta da un silenzio inquietante. I raggi del sole morente filtravano attraverso le grandi vetrate, tingendo le stanze di un arancione cupo, quasi sanguigno. Steve si sentiva a disagio mentre osservava il padre, Arthur, seduto a capo del lungo tavolo da pranzo. Il vecchio patriarca, solitamente così composto, appariva stanco, appesantito da segreti che sembravano aver scavato rughe profonde sul suo volto.

«Steve,» iniziò Arthur, la sua voce era profonda ma incrinata dal rimorso, «come ti anticipavo ci sono cose che non ti ho mai raccontato... cose che riguardano la nostra famiglia e questa maledetta città.»

Gli amici di Steve, seduti intorno al tavolo, si scambiarono sguardi nervosi. Erano venuti lì in cerca di risposte, ma ciò che stavano per ascoltare prometteva di andare ben oltre ogni loro immaginazione.

Arthur prese un lungo respiro, chiudendo gli occhi come se volesse raccogliere tutte le sue forze.

«Da quando Camila è scomparsa, ho fatto di tutto per scoprire la verità. Ma ora... non posso più farlo. Toccherà a te andare avanti.

Hallowbridge non è solo una città sperduta. È una trappola, un luogo maledetto.»

Il silenzio calò come una coltre soffocante. Steve sentì il cuore battere forte nel petto, un tamburo di ansia che rimbombava nella stanza. «Di cosa stai parlando?» chiese con un filo di voce.

Arthur aprì lentamente gli occhi, fissando con uno sguardo penetrante il figlio. «C'è un'organizzazione... ma non è una semplice organizzazione,» disse Arthur, abbassando la voce come se temesse di essere ascoltato. «È qualcosa di antico, di terribile. Li chiamano... *I Figli di Asmodeo.*»

A quelle parole, un brivido percorse la schiena di Steve. Non era solo il nome a spaventarlo, ma il modo in cui suo padre l'aveva pronunciato, come se avesse evocato una maledizione.

«Rapiscono ragazzi e ragazze in giovane età,» continuò Arthur, «ma soprattutto ragazze, quelle che nessuno noterebbe scomparse o la cui sparizione non creerebbe clamore mediatico. Per questo, il loro terreno di caccia sono piccole città come questa. Le portano in luoghi remoti, vicino a boschi e laghi, e poi... le vendono, le danno in sposa ai membri dell'organizzazione o, peggio ancora, le sacrificano.»

Arthur si fermò un attimo per prendere fiato. «Alimentano leggende locali per nascondere le loro tracce e tenere lontani i curiosi dalle loro zone di controllo. Le sparizioni sono cicliche, ben pianificate per confondere le autorità e far dimenticare alla gente le loro azioni criminali. Ma io non ho mai dimenticato. Ho lottato, ho investigato per anni... e ho scoperto che sono loro i responsabili della scomparsa di tua sorella.»

Il sangue di Steve si gelò nelle vene. La scomparsa di Camila era sempre stata avvolta nel mistero. Come Lisa, anche lei era stata vista per l'ultima volta mentre si addentrava nel bosco, per poi svanire nel nulla. Ma ora tutto assumeva una piega diversa, più terribile.

«Lisa...» sussurrò Sarah con la voce tremante. «Credi che anche lei...»

Arthur annuì gravemente. «Non abbiamo prove concrete, ma a questo punto temo che Lisa sia stata una delle loro vittime. Sicuramente non è stata la prima. E se non li fermiamo, ce ne saranno altre.»

Steve si alzò bruscamente dalla sedia, il corpo rigido per la tensione. «E cosa possiamo fare? Questi... mostri... come possiamo fermarli?»

«Non sarà facile,» rispose Arthur con voce cupa. «Hanno il controllo su molti uomini potenti. Il sindaco di questa città... è sicuramente uno di loro. Sono infiltrati ovunque: nelle istituzioni, nei governi. Sono imprenditori ricchissimi, capaci di comprare qualsiasi cosa, chiunque.»

«Camberdille?» domandò quasi incredulo David.

La stanza sembrava stringersi attorno a loro, le pareti si facevano più vicine, soffocanti. Fuori, la notte avanzava, portando con sé l'oscurità e con essa la sensazione che qualcosa, là fuori, stesse aspettando.

«Allora non possiamo fidarci di nessuno,» disse Mark con la voce carica di paura. «Se il sindaco è uno di loro, chi ci dice che non lo siano anche gli altri? I poliziotti, i giudici...»

Arthur scosse la testa. «Non possiamo fidarci di nessuno. Ma non possiamo neanche arrenderci. Dobbiamo trovare delle prove, esporli per quello che sono.»

«E come facciamo?» chiese Steve con la voce carica di rabbia e impotenza.

Il padre lo fissò intensamente. «Il detective che lavora per me da anni è riuscito a raccogliere delle informazioni, ma sono frammentarie, incomplete. Potrebbero bastare per iniziare a smuovere le acque, ma dobbiamo stare attenti. Ogni passo falso potrebbe essere fatale.»

Fuori, la notte si addensava come un presagio, un velo oscuro che copriva il mondo, rendendolo più estraneo e ostile. Steve si rese conto che la loro missione non era solo per Lisa, per Camila e per Amanda. Era per ogni anima persa in quella follia, per ogni ragazza o ragazzo che era scomparso senza lasciare traccia.

«Dobbiamo distruggerli,» disse Steve con determinazione. «Non permetterò che continuino a fare del male a nessun altro.»

Arthur annuì lentamente, vedendo negli occhi di suo figlio la stessa luce che aveva visto anni prima in quelli di Marta, la madre del ragazzo. Una luce che una volta era piena di speranza e determinazione, ma che il tempo e il dolore avevano offuscato. La mente dell'uomo tornò a quei giorni lontani, quando aveva appena conosciuto Marta.

Era una giovane donna brillante, con una bellezza semplice e un'anima pura, lontana dal mondo di ricchezza e intrighi che Arthur conosceva. Si erano incontrati in una piccola cittadina durante uno dei suoi viaggi d'affari. Lei non era come le altre donne che aveva conosciuto: non era interessata al suo denaro o al suo potere. Vedeva in lui qualcosa di più, qualcosa che lui stesso aveva dimenticato di possedere.

I loro giorni insieme erano stati i più felici della sua vita. Si erano sposati in segreto, lontano dagli occhi giudicanti della sua famiglia, e presto nacque Steve. Arthur ricordava ancora la sensazione di pura gioia quando aveva tenuto suo figlio tra le braccia per la prima volta.

In quel momento, aveva creduto che avrebbero potuto vivere una vita semplice, lontana dalle ombre del suo passato.

Ma il destino e la sua famiglia avevano altri piani. Gli Harrington non erano disposti a lasciar andare uno di loro, soprattutto non per una donna come Marta, che consideravano «indegna» del loro nome. Avevano mandato degli uomini per riportarlo a New York, costringendolo a riprendere il suo posto nell'impero di famiglia. Lui sapeva che non poteva combattere contro quel potere. Così, aveva fatto l'unica cosa che credeva avrebbe potuto proteggere Marta e Steve: se ne era andato senza combattere.

Con il cuore spezzato, aveva lasciato la sua giovane famiglia, facendo ritorno a New York per assumere il ruolo che gli spettava. Anni di freddo distacco e di rimorso lo avevano seguito. Si era immerso negli affari, cercando di soffocare il dolore, ma il fantasma di Marta e il ricordo di Steve erano sempre presenti, una ferita che non si sarebbe mai chiusa.

Negli anni successivi, aveva cercato di riempire il vuoto nella sua vita con altre donne, ma nessuna era riuscita a colmare l'assenza di Marta. Il suo amore per lei non era mai svanito.

Quando la sua ex moglie morì in un tragico incidente, Arthur sentì il mondo crollargli addosso. Non riusciva a perdonarsi di averla lasciata, tormentato dall'idea che, se solo avesse avuto il coraggio di lottare per loro, lei sarebbe ancora viva. La scomparsa di Camila, sua figlia nata dalla relazione successiva con Margaret, gli diede il colpo di grazia.

Arthur Harrington, un uomo d'affari potente, temuto e rispettato, si ritrovò schiacciato dal peso del fallimento più grande: non essere stato in grado di proteggere chi amava davvero.

Spinto da un dolore che non gli lasciava tregua, iniziò a usare le sue risorse, scavando sotto la superficie con tutta la forza della sua influenza. Fu così che scoprì l'orrore. Un'organizzazione oscura, conosciuta come I Figli di Asmodeo, rapiva giovani per scopi ignoti, portandoli via per sempre.

Quando Arthur realizzò che anche Camila era diventata una delle loro vittime, il tormento si trasformò in una determinazione implacabile. Distruggere quella malvagità non era più solo una missione: era tutto ciò che gli restava.

Ma il destino sembrava accanirsi contro di lui. Ora che aveva degli indizi non aveva le forze, un tumore lo stava portando via e probabilmente non avrebbe avuto il tempo per avere la sua vendetta.

Ma suo figlio era forte, era intelligente, era un Harrington. Già una volta era uscito indenne da una situazione di pericolo e sapeva che era forte, più di quello che mostrava. Ora il solo pensiero che Steve accettasse di proseguire questa ricerca gli dava un conforto nell'anima che non provava da anni.

Le ombre si allungavano nella stanza, quasi a voler avvolgere i presenti, mentre fuori, nell'oscurità crescente, si percepiva una presenza minacciosa, come se qualcuno o qualcosa fosse in attesa.

«Inizieremo domani, e ricorda, Steve... Non dobbiamo avere paura,» aggiunse Arthur, più per sé stesso che per gli altri. Ma sapeva, in cuor suo, che la paura era l'unica cosa che avrebbe tenuto tutti loro in vita.

124

CAPITOLO 16

PISTOLA E DISTINTIVO

Bill e Claire erano abbracciati, godendosi per un attimo il conforto reciproco, ma l'istinto di allerta li fece voltare in direzione dell'ingresso.

Un uomo alto e magro stava sulla soglia, osservandoli con uno sguardo impenetrabile. Nonostante il cielo all'esterno fosse ormai scuro e carico di nuvole, l'uomo indossava degli occhiali da sole, che nascondevano i suoi occhi. I suoi capelli, neri come la pece, erano pettinati con cura e la sua pelle abbronzata e segnata dal tempo conferivano al suo volto un'espressione dura. Un sorriso sottile, quasi perfido, completava il quadro di una persona che Bill avrebbe preferito non vedere in quel momento.

Il temporale si avvicinava e in lontananza il rombo dei tuoni rieccheggiava come un avvertimento. L'uomo avanzò lentamente verso di loro e il rumore dei suoi passi, sul legno del pavimento, rimbombava come il battito di un tamburo che preannunciava qualcosa di sinistro.

«Spero di non disturbare,» disse con voce bassa ma decisa, che tradiva una calma inquietante. «Vice sceriffo, il sindaco desidera vederla. Mi ha mandato a prenderla.»

«Il sindaco mi ha mandato a prendere? Che cazzo vuol dire?»

«Questo lo può chiedere direttamente a lui. Le posso solo dire che è urgente, dobbiamo andare.»

Bill strinse le labbra, sentendo crescere una rabbia sorda dentro di sé. Non aveva voglia di essere comandato, men che meno da un personaggio così losco. «E se non volessi?» rispose, incrociando le braccia, in un gesto di sfida.

Lo sconosciuto sollevò un sopracciglio, un'ombra di divertimento attraversò il suo volto, ma non disse nulla. Si limitò a rimanere immobile, aspettando una risposta.

Claire, che fino a quel momento era rimasta in silenzio, decise di intervenire, preoccupata dall'escalation di tensione tra i due uomini. «Bill,» disse con un tono calmo ma deciso, «forse dovresti andare. Non è saggio fare aspettare il sindaco. Potrebbe essere utile capire cosa vuole da te.»

Lui esitò, guardando prima Claire, poi l'uomo. La logica delle parole di Claire era innegabile, anche se sentiva un profondo disagio al pensiero di lasciarla da sola in quella situazione. Dopo un lungo momento di silenzio, annuì lentamente.

«D'accordo,» disse infine con riluttanza. «Portami da lui.»

Uscirono dal negozio e l'uomo lo condusse verso un'auto blu parcheggiata poco distante. Era una berlina di lusso, una macchina che in quel paese modesto stonava come un gioiello in un cumulo di fango. Appena Bill salì a bordo, il cielo si aprì in un temporale improvviso. Le gocce d'acqua picchiavano contro i vetri dell'auto mentre si allontanavano dal centro della città, dirigendosi verso la campagna.

La strada che stavano percorrendo era tortuosa e piena di buche, come se la stessa cercasse di rendere difficile abbandonare la città. Infine, giunsero davanti a una grande dimora di campagna, una residenza sontuosa che sembrava fuori posto in quel paesaggio modesto. Mentre l'auto si avvicinava all'ingresso, Bill non poté fare a meno di chiedersi come il sindaco, che prima di essere eletto era stato un semplice preside, potesse permettersi una casa del genere. La cittadina non era certo nota per la sua ricchezza, eppure quella residenza appariva quasi regale.

Una volta dentro, fu condotto in uno studio spazioso e riccamente arredato. Il sindaco era seduto dietro una scrivania in mogano, sorseggiando un bicchiere di whisky. Accanto a lui, lo sceriffo, con un bicchiere nella mano destra e un sigaro nell'altra, entrambi lo osservarono entrare con un'espressione impenetrabile.

«Vuoi un drink?» chiese il sindaco, alzando il bicchiere verso di lui.

Bill scosse la testa. «No, grazie. Sono in servizio.»

Il sindaco fece un cenno con la testa e appoggiò il bicchiere sulla scrivania.

«Sai, Bill,» iniziò con un tono calmo ma denso di sottintesi, «ci sono questioni in questa città che è meglio non approfondire troppo. La scomparsa di Amanda è una di queste. Io e il mio caro amico Ralph abbiamo deciso che è più prudente archiviare il caso. Non ha senso dare false speranze alla famiglia di quella povera ragazza.»

«Mi scusi, non sto capendo» rispose Bill confuso.

«Come ti ho già detto, le elezioni si avvicinano e l'ultima cosa di cui abbiamo bisogno è una caccia alle streghe fallimentare. Non possiamo permettere che la scomparsa di una ragazzina si ritorca contro di noi.»

«Ma noi abbiamo il dovere di indagare!» ribatté Bill spazientito.

«Se la famiglia vorrà ulteriori indagini e ha tempo da perdere, si rivolgeranno a investigatori privati. Questa città ha fatto fin troppo. Ho persino fatto una donazione a nome della città per confortarli.»

Bill percepì subito che il sindaco stava mentendo, o quanto meno nascondendo qualcosa. L'indagine improvvisamente era stata chiusa. Tutto era avvenuto troppo in fretta e la spiegazione del sindaco non lo convinceva affatto. «Non posso chiudere un caso come questo,» rispose con tono deciso. «Non è giusto.»

Lo sceriffo intervenne, la sua voce era dura, quasi minacciosa. «Bill, ti consiglio di pensarci bene. Se insisti e contravvieni ad un ordine diretto mi vedrò costretto a chiederti di consegnare distintivo e pistola.»

Per un momento, nella stanza calò un silenzio glaciale. Bill guardò il sindaco e lo sceriffo negli occhi, cercando di capire fino a che punto fossero disposti a spingersi. Poi, senza dire una parola, estrasse la pistola dalla fondina e il distintivo dalla tasca, posandoli sul tavolino davanti a sé. Si voltò e uscì dalla stanza, lasciandosi alle spalle gli sguardi pesanti del sindaco e dello sceriffo.

L'uomo inquietante che poco prima lo aveva portato ad incontrare il sindaco lo fissò con aria quasi sorpresa.

«Riportami in città» intimò Bill con un tono spazientito con non ammetteva repliche.

L'uomo si limitò ad abbozzare un sorriso e non obiettò alla richiesta ricevuta.

Tornato da Claire, il suo cuore era ancora in subbuglio per quello che era appena accaduto. Lei lo guardò, preoccupata, mentre si avvicinava al bancone.

«Cos'è successo?» chiese, notando la mancanza del distintivo e della pistola.

Gli raccontò tutto nei minimi dettagli con voce grave, quasi rabbiosa. «Sospetto che il sindaco e lo sceriffo siano in combutta,» disse alla fine. La tensione nella sua voce era evidente. «E il nome del sindaco sul libretto che ho trovato a casa di Thomas rafforza la mia convinzione. Quel libretto potrebbe essere la chiave per capire cosa sta succedendo. Inoltre dobbiamo stare attenti. Penso che ci tengano d'occhio.»

Claire lo fissò per un momento, il suo viso era rigido per l'ansia. «Bill, non possiamo continuare così. È troppo pericoloso. Stiamo affrontando persone potenti e senza scrupoli. E se succedesse qualcosa? Non possiamo affrontarli da soli. Poi ora non sei neanche più un agente di polizia»

Bill scosse la testa, ostinato. «Non posso fermarmi adesso. Sono troppo vicino alla verità. Se lascio perdere, Amanda sarà dimenticata per sempre. E loro la faranno franca.»

«E se fosse troppo tardi?» ribatté Claire con la voce incrinata dalla paura. «Non possiamo combattere da soli contro il sindaco e lo sceriffo. Non abbiamo i mezzi, né il potere. Pensiamo a noi, alla nostra sicurezza. Potremmo andarcene, lasciar perdere tutto...»

«Non posso farlo,» rispose Bill, quasi implorante. «Se ci arrendiamo adesso, avranno vinto loro. Ho bisogno di continuare, anche se questo significa mettermi in pericolo. Ma non posso farlo da solo.»

Claire si passò una mano tra i capelli, cercando di controllare la marea di emozioni che la stava travolgendo. «Io... Io non posso permettere che ti succeda qualcosa. Sei importante per me. Ma questo è folle!»

Bill la guardò, i suoi occhi riflettevano una determinazione ferrea. «Non ti sto chiedendo di seguirmi. Ma ho bisogno di sapere che almeno capisci perché devo farlo. Se mi lasci da solo, probabilmente farò qualche sciocchezza. Ma se mi aiuti, se stiamo insieme, abbiamo una possibilità.»

Claire restò in silenzio, lottando contro il suo stesso istinto di fuggire. Sapeva che lui non avrebbe mai ceduto e questa ostinazione la terrorizzava e la ammirava allo stesso tempo. Alla fine, con un sospiro pesante, annuì. «D'accordo. Ma promettimi che faremo attenzione. E se le cose diventano troppo pericolose, ce ne andremo. Insieme.»

Bill annuì, grato per il suo sostegno. «Promesso. Non farò nulla di avventato, te lo giuro.»

Salirono sul vecchio Maggiolino Volkswagen color ruggine di Claire e si diressero verso il bosco non prima di aver lasciato i loro smartphone nel negozio di Claire per non farsi rintracciare. Bill aveva bisogno di altre informazioni e quale migliore posto c'era se non la casa di Thomas. L'abitazione era vuota e poteva diventare, per qualche giorno un buon rifugio per continuare le ricerche.

La pioggia continuava a cadere incessante, come un presagio del pericolo che li attendeva. Arrivati a destinazione, nascosero l'auto sotto un cumulo di rami e foglie e si diressero a piedi verso l'ex dimora di Thomas, ormai disabitata. Una volta entrati accesero i loro telefoni cellulari usa e getta che avevano comprato lungo la strada.

Erano entrambi, per ragioni diverse, determinati a mettere fine a questa storia.

CAPITOLO 17

SINGER

La cena nella villa degli Harrington si era conclusa in un silenzio carico di tensione. Le candele tremolavano lievemente, gettando le ombre dei presenti sulle pareti ornate di quadri antichi. Arthur, con il suo solito fare enigmatico, si alzò dalla sua sedia di legno intagliata e, guardando ciascuno dei suoi ospiti negli occhi, annunciò: «Domani mattina, a colazione, avremo un ospite speciale. Vi prego di essere puntuali.»

I quattro amici, stanchi e tesi, si alzarono dal tavolo con un certo sollievo. L'idea di ritirarsi nelle loro stanze e mettere fine a quella lunga giornata era più che allettante. Le grandi scale di marmo bianco, che risuonavano sotto i loro passi, li accompagnarono mentre si dirigevano verso le rispettive camere. I corridoi erano avvolti da una penombra inquietante, i lampadari in stile vittoriano emanavano una luce soffusa, quasi spettrale, mentre fuori, il vento si alzava, facendo scricchiolare le vecchie finestre della villa.

Mark si stese sul letto, ma la confusione nella sua mente gli impediva di rilassarsi. I pensieri turbinavano senza sosta, ripassando ogni dettaglio della giornata, analizzando tutto fino allo sfinimento.

E poi c'era quella sensazione di disagio, un'ombra opprimente che non riusciva a scrollarsi di dosso, rendendo impossibile trovare pace.

Le parole di David, pronunciate nella cella, riecheggiavano nella sua testa: *"Forse dovrei confessare. Non posso continuare a vivere così."* Ma Steve li aveva interrotti prima che David potesse chiarire quell'affermazione. Sicuramente lo stress aveva giocato un brutto scherzo. David, in fondo, era... David.

Dopo essersi girato e rigirato nel letto, Mark capì che non poteva più ignorare l'ansia che lo divorava e i pensieri che lo assillavano. Doveva sfogarsi con qualcuno, e l'unica persona a cui poteva rivolgersi era Sarah. In un'altra occasione avrebbe parlato con Steve, ma sapeva che anche lui era ancora scosso dalla presenza del padre e dalle rivelazioni sconvolgenti emerse durante la cena.

Si alzò, infilando i piedi nudi nelle morbide pantofole di velluto e indossò la vestaglia. Il corridoio che lo separava dalla stanza della sua amica aveva molti strani quadri appesi e, a quell'ora della notte, sembrava più lungo e più oscuro. Quando bussò, il suono parve echeggiare in tutta la villa, facendolo rabbrividire.

Dopo un attimo che sembrò eterno, la porta si aprì lentamente.

Sarah apparve sulla soglia, avvolta in una vestaglia di seta bianca che si appoggiava delicatamente sulle sue curve. Sotto, la lingerie trasparente rivelava la morbidezza della sua pelle. I suoi occhi si spalancarono per un istante, sorpresa nel vedere Mark lì, a quell'ora, ma subito il suo sguardo si addolcì, percependo l'angoscia dipinta sul volto di lui.

«Mark, cosa ci fai qui?» chiese con una voce così bassa da sembrare un sussurro.

Mark rimase fermo, senza dire una parola, a fissarla con il respiro bloccato in gola. In un attimo, i ricordi del passato riaffiorarono con una forza devastante. L'intimità che avevano condiviso e che lui

132

aveva cercato di dimenticare. Prima di rendersi conto di quello che stava facendo, si avvicinò a lei e le afferrò il viso tra le mani, baciandola con una passione repressa per troppo tempo.

Sarah rimase immobile, scioccata dall'audacia di quel gesto, ma poi, come se un fuoco si fosse acceso dentro di lei, si abbandonò al bacio. Le sue mani scivolarono sul petto di Mark, percependo il battito frenetico del suo cuore. Il bacio divenne più intenso, i loro corpi si avvicinarono, e senza bisogno di parole, lasciarono che il desiderio li consumasse.

La notte li avvolgeva come un mantello, isolandoli dal mondo esterno. Il tempo sembrava fermarsi mentre si lasciavano trasportare dalla passione e i loro corpi si unirono in un abbraccio che parlava di anni di desiderio represso e di dolore nascosto. La stanza si trasformò in un luogo fuori dal tempo, dove per un attimo esistevano solo loro due, senza segreti né sparizioni, persi l'uno nell'altra.

Poi, senza preavviso, Mark si fermò. Con il respiro ancora affannoso il suo sguardo, che inizialmente sembrava perso, si posò su Sarah guardandola negli occhi. «Abbiamo sbagliato,» mormorò con la voce spezzata dal rimorso. «Non era il momento giusto.»

Sarah, ancora avvolta dall'emozione di ciò che era appena accaduto, lo fissò con un'espressione ferita e confusa. «Mark, cosa stai dicendo?»

Ma prima che potesse rispondere, Mark si irrigidì e il suo sguardo fu attirato verso la finestra. Qualcosa aveva catturato la sua attenzione, un'ombra fugace che sembrava muoversi furtivamente sul balcone.

«C'è qualcuno là fuori,» disse con un tono improvvisamente allarmato.

Con un movimento rapido, si staccò da lei e si avvicinò alla finestra, aprendo la porta del balcone con un gesto brusco. L'aria fredda della notte lo investì, facendolo rabbrividire. Guardò fuori, ma non vide nessuno, solo il giardino oscuro della villa e il lontano bagliore della luna che illuminava i contorni degli alberi. All'orizzonte, lampi occasionali squarciavano il cielo, accompagnati da un rimbombo appena percepibile. Il cuore gli batteva all'impazzata e il sudore freddo scivolava lungo la sua schiena. Possibile che avesse immaginato tutto?

Sarah lo raggiunse, avvolgendosi più strettamente nella vestaglia e porgendogli una coperta per coprirsi. «Mark, non c'è nessuno,» disse con dolcezza, cercando di rassicurarlo. «Forse è solo lo stress e la stanchezza. Questi giorni sono stati duri per tutti noi.»

Ma Mark non ne era convinto. C'era qualcosa di strano, un presentimento che non riusciva a scrollarsi di dosso.

«No, Sarah, qualcuno ci stava osservando,» disse, chiudendo la porta del balcone con forza. «Sono sicuro di aver visto un'ombra dietro la tenda.»

Sarah lo guardò cercando di rincuorarlo ed evitò di insistere su una cosa che lei, invece, riteneva improbabile e frutto della sua immaginazione. Mark dopo qualche attimo di smarrimento si rivolse a lei con un tono deciso.

«Devi mantenere il segreto su quello che è successo stasera. Non possiamo aggiungere altra carne al fuoco, non con tutto quello che sta accadendo. Soprattutto non dire nulla a David e Steve.»

Sarah annuì, anche se l'ansia si rifletteva nei suoi occhi. «Va bene, Mark. Non dirò nulla.»

Lui le sorrise, un sorriso debole e forzato, poi si avvicinò e le accarezzò il viso un'ultima volta prima di uscire dalla stanza e tornare nella sua.

La mattina seguente, la villa era avvolta in una luce dorata mentre il sole sorgeva lentamente all'orizzonte.

Il temporale notturno aveva rinfrescato l'aria e le vetrate, ancora bagnate, riflettevano strani giochi di luce all'interno delle ampie stanze della villa.

La sala della colazione era un tripudio di colori e profumi: frutta fresca, pane appena sfornato, caffè aromatico e una selezione di piatti che spaziava dalle delicatezze locali alle specialità internazionali. Ma l'atmosfera nella sala era tutt'altro che rilassata.

Mark e Sarah entrarono per ultimi, cercando invano di incrociare gli sguardi senza dare troppo nell'occhio. Tuttavia, non sfuggì a Steve, sempre attento ai dettagli, che alzò un sopracciglio in segno di curiosità. Lanciò un'occhiata significativa a David, che però sembrava completamente assorto nei suoi pensieri, ignaro di tutto.

«Buongiorno,» disse Arthur Harrington, facendo il suo ingresso con il solito portamento regale. Al suo fianco, un uomo dall'aspetto quasi anonimo, con un volto pallido e lineamenti comuni. L'uomo indossava un completo scuro, liso, che nonostante tutto sembrava appoggiarsi perfettamente alle sue spalle dritte.

«Questo è Paul Singer,» continuò Arthur. «L'investigatore privato di cui vi ho parlato. Ha informazioni che credo troverete molto interessanti.»

Singer si sedette con una lentezza studiata, prendendosi un momento per osservare attentamente i volti di tutti presenti. La stanza sembrava trattenere il respiro mentre attendevano le sue parole. Quando finalmente parlò, la sua voce era calma, bassa, ma con un tono che suggeriva una gravità non indifferente.

«So che il signor Harrington vi ha già fornito un quadro generale, quindi eviterò di ripetere informazioni che già conoscete,» disse, scrutando uno ad uno i quattro amici per cogliere segni di assenso.

Quando si accertò che la situazione fosse chiara, riprese a parlare con calma misurata.

«Negli ultimi giorni ho raccolto informazioni importanti,» continuò senza perdere tempo, la voce bassa ma tagliente. «È stato ritrovato un cadavere nel bosco qui vicino. La polizia ha cercato di mantenere la notizia riservata, ma grazie ad alcuni contatti, che preferirei non menzionare, ho scoperto che apparteneva a un uomo colombiano di nome Alfredo Vázquez.»

L'attenzione nella stanza divenne subito più acuta. Gli occhi di Sarah si strinsero, Mark incrociò le braccia sul petto come a voler contenere l'ansia crescente, mentre David si limitò a fissare intensamente Singer, come se volesse anticipare cosa stava per rivelare.

«Vázquez,» proseguì Singer, «non era uno sconosciuto per la polizia. Aveva precedenti per traffici illeciti, soprattutto droga e armi. Niente di nuovo, penserete, ma c'è un dettaglio che ha attirato la mia attenzione.» Fece una pausa, osservando come le sue parole fossero state ricevute, prima di continuare con più calma. «Durante l'autopsia, il medico legale ha trovato un tatuaggio quasi nascosto, parzialmente asportato e sbiadito dal tempo e dalle ferite. Era posizionato sul fianco, proprio sotto l'ascella, in un punto difficile da notare a meno che non lo si cercasse attentamente.»

Gli occhi di Steve si spalancarono, e Mark, apparentemente più scettico, domandò: «Che tipo di tatuaggio? Perché è così importante?»

Singer inclinò leggermente la testa, come per concedere alla domanda il giusto peso. «Non è un semplice tatuaggio,» rispose lentamente. «È un simbolo specifico, un marchio che conosco molto bene.»

L'investigatore fece una pausa, quasi teatrale e poi proseguì nella descrizione cercando di non tralasciare nessun dettaglio, «Si tratta di un sigillo, un simbolo dal significato oscuro e inquietante. Circolare e intricato, il disegno è composto da linee sinuose che si intrecciano con precisione, creando una figura centrale che cattura immediatamente lo sguardo. Una croce minuta è incastonata nel cuore del simbolo, circondata da curve e riccioli che sembrano seguire un ordine preciso, ma difficile da decifrare. Sul lato sinistro, una coda o un'appendice si allunga verso l'esterno, conferendo al sigillo un'aria minacciosa.

Lungo il bordo esterno del cerchio, lettere distribuite con precisione formano la parola *"ASMODEUS"*, rivelando una connessione diretta con l'antica figura demonologica. Il colore nero dominante è reso ancora più inquietante da riflessi rossastri, che danno l'impressione di un marchio impresso a caldo, quasi vivo sulla pelle. Il simbolo emana un senso di ordine e malevolenza, come se fosse stato concepito per uno scopo specifico, forse rituale o identificativo. Non è solo un tatuaggio: è un segno carico di significati, un marchio che racconta di antichi legami e di un potere oscuro che sembra sfidare il tempo.»

Singer fece un'altra pausa, questa volta più lunga, quasi a voler lasciare il tempo che l'immagine del simbolo rimanesse impressa nelle loro menti e poi proseguì.

«Vázquez non era solo un trafficante qualsiasi, faceva parte di qualcosa di più grande, qualcosa di più oscuro. Il tatuaggio è il simbolo dei membri di una organizzazione su cui indago da anni.»

La stanza si fece ancora più silenziosa, se possibile. Sarah si sporse in avanti, come se avesse paura di perdere una parola. «Quale organizzazione?» chiese con un filo di voce.

Singer abbassò lo sguardo per un attimo, come se stesse riflettendo su quanto rivelare. Poi, sollevando gli occhi verso il gruppo, parlò con decisione.

«L'organizzazione si fa chiamare *"I Figli di Asmodeo"*. È un nome che circola sottovoce nei circoli criminali, ma le sue tracce sono rare, quasi invisibili. Questo tatuaggio però... questo è un segno che non lascia dubbi.»

David aggrottò la fronte, la tensione era visibile nei suoi occhi. «Quindi, questo Vázquez... faceva parte di questa organizzazione? La stessa che ha rapito Camila?»

Singer prese un respiro profondo, come se stesse raccogliendo le forze per rispondere. «Esatto. Ma il ritrovamento del corpo di Vázquez è la prima mossa falsa che questa organizzazione ha fatto in tanti anni. Arthur mi ha incaricato di indagare su di loro molto tempo fa e, fino ad ora, non erano mai usciti allo scoperto in questo modo. Questo corpo sepolto quasi frettolosamente, il marchio ancora in vista... sono segni che stanno diventando più audaci, o che qualcuno sta perdendo il controllo.»

L'aria nella stanza si era fatta pesante, come se il peso delle rivelazioni avesse saturato ogni angolo.

«Voglio essere chiaro,» continuò Singer, la sua voce ora era diventata ancora più seria. «Questo è solo l'inizio. Se Alfredo Vázquez è stato trovato qui, significa che *I Figli di Asmodeo* sono più vicini di quanto pensassimo. E se sono qui, ed è morto uno di loro, nessuno è al sicuro.»

«In passato», intervenne Arthur, «ero riuscito a scoprire il collegamento fra l'organizzazione e il pub della città, il The White Queen, uno dei loro punti di ritrovo.»

«Il pub dove si ritrova praticamente tutta la città?» domandò quasi incredulo David.

«Pensateci un attimo, quale posto migliore in città di un locale dove va praticamente chiunque?» disse Arthur, rivolgendosi a tutti. «Ragazzi, famiglie, persino poliziotti. È perfetto, no? Il classico stratagemma per riciclare denaro sporco senza attirare troppa attenzione. E poi, il nome del pub, o meglio, il vecchio nome, *"Sea Mood"*. È un anagramma di *"Asmodeo"*. Un tocco di ironia macabra, niente di troppo raffinato, ma abbastanza per far capire quanto siano audaci e spavaldi. È come se non gli importasse neanche di nascondersi davvero.»

Mark guardò Sarah di sfuggita, ma lei evitò il suo sguardo, concentrandosi sul caffè fumante davanti a lei. Steve si agitò sulla sedia, con un'espressione di fastidio sul volto.

«Questo... questo è assurdo,» esclamò. «Conoscevamo il vecchio proprietario, Luca Iellamo. Era sempre così gentile con noi, ci lasciava bere anche se eravamo troppo giovani.»

«A proposito di Iellamo...» precisò Singer. «Forse non lo sapete ma è scomparso misteriosamente sette mesi fa.»

«Anche Luca è scomparso? Faceva parte dei Figli di Asmodeo?» chiese Mark con un tono preoccupato.

«Di sicuro non poteva non sapere e se dovessi scommettere direi che era anche un uomo fidato, altrimenti non gli avrebbero permesso la gestione del pub per trent'anni» rispose l'investigatore.

«E guarda caso lui sparisce e viene ritrovato il cadavere di Vásquez. Strano, no?» riflettè Steve ad alta voce, come se cercasse conferma dagli altri. Il silenzio che seguì lo lasciò insoddisfatto, così si inclinò all'indietro sulla sedia, incrociando le braccia con una smorfia. «Quindi, potrebbe essere che anche i nuovi proprietari del pub siano coinvolti?» aggiunse, lasciando la domanda in sospeso, il tono carico di un misto di dubbio e intuizione.

«Non ci sono prove concrete al momento,» rispose Singer, scrutando ognuno di loro con attenzione. «Ma è chiaro che c'è qualcosa che non torna in tutto questo. E dovremo essere estremamente cauti nell'indagine da ora in poi.»

Mentre la colazione proseguiva, il cibo nei piatti rimase quasi intatto. La tensione nella stanza era palpabile, pesante come una corda tesa pronta a spezzarsi. I quattro amici si scambiarono sguardi carichi di preoccupazione, ognuno cercando invano un barlume di sicurezza negli occhi degli altri. Il mistero continuava a infittirsi, e con esso cresceva la consapevolezza che il pericolo fosse molto più vicino di quanto avessero immaginato.

CAPITOLO 18

TATUAGGI

La notte era avanzata e la casa di Thomas giaceva come un relitto sommerso in un oceano di oscurità e silenzio. L'intera struttura pareva trattenere il respiro, un vuoto carico di presagi dove ogni scricchiolio sembrava amplificarsi, come se i muri stessi cercassero di sussurrare segreti antichi e dimenticati.

Bill e Claire si erano rifugiati nella casa dell'ormai ex guardiano del bosco, nella speranza di sfuggire al controllo del sindaco Camberdille e dello sceriffo Cattellan e di chissà di chi altro era invischiato in questa faccenda. Non osavano accendere le luci: un solo bagliore avrebbe potuto tradirli, attirando occhi che non avrebbero dovuto vederli. Nemmeno il camino poteva essere acceso, per quanto il gelo che filtrava dal bosco e l'umidità che s'insinuava dalle travi della vecchia dimora li facesse tremare fino alle ossa.

L'unica luce proveniva da una manciata di candele tremolanti, trovate in qualche angolo dimenticato. Le fiammelle ondeggiavano come anime inquiete, proiettando ombre distorte sulle pareti, confondendo i contorni della realtà e rendendo ogni cosa surreale e minacciosa. Bill e Claire, rannicchiati sotto una coperta logora sul vecchio divano, cercavano di scaldarsi a vicenda, ma il freddo non veniva solo da fuori: era come se il gelo stesso fosse parte della casa, insinuandosi dalle finestre chiuse, afferrando i loro cuori con dita invisibili.

La tensione tra loro era una presenza tangibile, quasi soffocante. Ogni respiro era intriso di incertezza, ogni sguardo era un riflesso della paura che aleggiava tra le ombre. Il buio intorno a loro non era solo una mancanza di luce, ma un abisso di incognite, e in quella stanza, immersi nel silenzio e nel freddo, Bill e Claire sapevano che stavano sfidando qualcosa di molto più grande di loro stessi.

Bill si passò una mano tra i capelli. Aveva il volto contratto dalla frustrazione. «Ci deve essere qualcosa che ci sfugge, Claire. Qualcosa di evidente che non riusciamo a vedere.»

Claire, con lo sguardo fisso sul libretto che Bill aveva posato sul tavolino, annuì lentamente.

«Thomas non era uno sprovveduto. Se ha lasciato questo libretto, dev'esserci una ragione. E quelle pagine bianche... non possono essere solo un errore.» Commentò a voce alta Bill.

«Cosa intendi?» chiese Claire incuriosita da questa teoria.

«Credo che Thomas stesse cercando di separare qualcosa, forse i suoi pensieri, i ricordi. Come se volesse lasciare un messaggio nascosto, una traccia che solo chi è attento può scoprire.»

All'improvviso, il computer di Bill emise un segnale acustico. L'uomo sobbalzò leggermente, rompendo il silenzio che li avvolgeva. Si avvicinò al dispositivo, un vecchio portatile che aveva portato con sé per necessità e notò che aveva ricevuto una mail. Era dal medico legale. Aprì la mail con un senso di urgenza, mentre Claire si avvicinava curiosa.

«Niente di buono,» mormorò Bill, scorrendo velocemente il contenuto. «Il cadavere è stato identificato... Alfredo Vázquez. Ma c'è di più.»

142

Claire inclinò la testa, avvicinandosi di più per leggere sopra la spalla di Bill. «Cos'altro dice?»

Bill mostrò la mail a Claire.

Vice Sceriffo,

ho tentato di contattarla telefonicamente, ma senza successo. Sapendo che l'argomento era di suo interesse e rivestiva estrema urgenza le invio, tramite questa mail, qualche informazione, che sono riuscito a raccogliere. Ovviamente, per qualsiasi ulteriore dettaglio, rimango a sua disposizione e può passare da me a ritirare il referto medico completo.

Per quanto riguarda l'identificazione del corpo, siamo stati, per così dire, fortunati. La vittima è Alfredo Vázquez, un uomo colombiano di 46 anni, schedato nel database nazionale per precedenti penali. Sono sicuro che voi potrete accedere ad ulteriori dettagli sulle sue attività pregresse.

L'autopsia non ha rilevato elementi di grande rilievo, ma alcuni particolari meritano attenzione. Il corpo presenta diverse vecchie ferite, tra cui cicatrici da proiettile e tagli profondi, che sembrano essere state trattate con una cura sorprendente. Le suture e la precisione dei trattamenti indicano chiaramente che Vázquez ha ricevuto cure da parte di chirurghi esperti, probabilmente in strutture mediche di alto livello o forse in ambienti clandestini altrettanto ben attrezzati. Questo aspetto potrebbe suggerire collegamenti a persone o organizzazioni con risorse significative. Difficile che un criminale comune abbia accesso a cure di questo livello.

Tuttavia, c'è un dettaglio che ha destato la mia attenzione in modo particolare: uno dei tatuaggi di Vázquez, uno tra i tanti che coprono il suo corpo, è stato quasi completamente rimosso. La lesione è evidentemente post-mortem, eseguita da una mano inesperta, come se qualcuno avesse cercato di cancellare un segno distintivo o un'informazione cruciale. Questo gesto, goffo e approssimativo, sembra essere stato compiuto in fretta, forse nel tentativo di eliminare un elemento che avrebbe potuto rivelare troppo. Ho allegato alla mail una fotografia dettagliata della ferita, che potrebbe fornirle ulteriori indizi.

Rimango in attesa di un suo riscontro.

Dr. Reynolds

Il respiro di Bill si fermò quando apparve l'immagine allegata alla mail: il tatuaggio era un simbolo inciso sulla pelle del cadavere, un marchio oscuro che sembrava bruciare anche attraverso lo schermo.

Claire sgranò gli occhi. «Sappiamo cosa significa?»

«Non ancora Claire» rispose Bill, il medico ha già fatto un miracolo a identificare il nome. Ho la necessità di accedere al database della centrale per avere ora più dettagli.

Bill chiuse il portatile, lasciando che il peso di quella scoperta si depositasse su di loro. «Mi sembra che ogni volta riusciamo solo a grattare la superficie di qualcosa di molto più grande.» Bill sospirò, frustrato. «Alfredo Vázquez... è solo un altro nome, un altro tassello senza collegamento.»

«Ma forse è il pezzo che ci mancava,» rifletté Claire. «Forse Alfredo è la chiave di tutto questo. Ma chi era veramente? Forse quel tatuaggio è più importante di quanto pensiamo.»

La discussione si fermò per un attimo, mentre entrambi cercavano di collegare i fili di un enigma che sembrava troppo intricato. Il freddo della notte li costringeva a stringersi di più sotto la coperta, e la vicinanza, invece di confortarli, accendeva un fuoco diverso, più pericoloso.

Il cuore di Claire iniziò a battere più forte mentre sentiva il calore del corpo di Bill contro il suo. Il loro respiro si sincronizzava, lento e profondo, e il silenzio nella stanza divenne carico di aspettative non dette. Claire si voltò leggermente, i suoi occhi trovando quelli di Bill nella penombra. «C'è qualcosa che non riesco a togliermi dalla mente, Bill,» sussurrò, la sua voce carica di un'emozione che non era solo paura.

«Che cosa?» chiese lui, la sua voce più bassa, quasi un bisbiglio.

«Il modo in cui mi fai sentire... Anche adesso, mentre tutto intorno a noi sembra crollare.»

Le parole di Claire colpirono Bill come un fulmine. C'era qualcosa di profondamente familiare in quel momento, una sensazione che aveva sepolto per anni. Senza pensare, le sue mani trovarono il viso di Claire, i pollici tracciando lentamente le linee delle sue guance, e la baciò. Fu un bacio carico di passione repressa, un'esplosione di desiderio che aveva atteso troppo tempo per essere liberato.

Claire rispose con la stessa intensità, il suo corpo avvicinandosi ancora di più a quello di Bill. Le loro mani iniziarono a esplorarsi, affamate di contatto, mentre i vestiti cadevano uno ad uno, abbandonati senza cura sul pavimento. Bill avvertì il calore crescente di Claire, la morbidezza della sua pelle contro la propria e il mondo intorno a loro sembrò scomparire.

Le dita di Bill tracciavano percorsi lungo il corpo di Claire, soffermandosi sui punti che sapeva la facevano rabbrividire. Claire si abbandonò completamente a quella sensazione, le sue mani che scorrevano lungo il torso scolpito di Bill, esplorandone i muscoli tesi. I suoi seni sodi premevano contro il petto di lui e Bill li afferrò con delicatezza, sentendo il respiro di Claire accelerare mentre le sue labbra percorrevano delicatamente il collo di lei.

Ma proprio mentre il desiderio li consumava, qualcosa attirò l'attenzione di Bill. Con la coda dell'occhio, vide il libretto, abbandonato sul tavolino, le pagine che si increspavano alla luce tremolante delle candele. E poi, come se un'ombra si fosse sollevata, vide comparire delle scritte.

Si staccò improvvisamente da Claire, i polmoni che bruciavano per il respiro trattenuto.

«Aspetta,» disse con la voce spezzata tra il desiderio e l'urgenza di quella scoperta.

Lei lo guardò, ancora immersa in quel vortice di sensazioni, ma lo seguì con lo sguardo mentre Bill si avvicinava al libretto.

«Che cosa c'è?» chiese, cercando di recuperare la lucidità.

«Le pagine...» Bill afferrò il libretto con mani tremanti, avvicinandolo alla fiamma di una delle candele. «Sono scritte, Claire. Thomas ha usato l'inchiostro invisibile!»

Claire si avvicinò, la sua confusione mescolata all'eccitazione della scoperta. «Ma è incredibile! Come abbiamo fatto a non pensarci prima?»

Bill scosse la testa, incredulo. «Era così semplice... eppure non ci è venuto in mente. Questo vecchio trucco... era un classico, uno di quei giochi che facevamo da bambini.» Le sue dita scorrevano rapidamente sulle righe che emergevano dalla pagina, mentre il mistero di Thomas si rivelava finalmente ai loro occhi.

«In un'epoca dominata dalla tecnologia, dove tutto è digitale, chi penserebbe mai ad uno stratagemma così semplice e antico? L'inchiostro invisibile sembra quasi fantascienza al giorno d'oggi, qualcosa che la maggior parte dei giovani probabilmente non conosce nemmeno. Ma è proprio questo il genio di Thomas... Ha nascosto i suoi segreti nel modo più evidente e al contempo più celato.»

Mentre le parole prendevano forma, Bill si rese conto che forse Thomas non era stato così folle come avevano creduto. Il vecchio aveva cercato di nascondere i suoi appunti agli occhi distratti e superficiali, lasciando una traccia che solo chi era davvero attento avrebbe potuto trovare.

«Thomas ci ha lasciato qualcosa di importante,» disse Bill, senza distogliere lo sguardo dalle parole che emergevano lentamente. «Dobbiamo capire cosa voleva dirci. Forse è la chiave per tutto.»

E in quel momento, con la fiamma delle candele che svelava nuove parole, Bill e Claire si resero conto che il loro viaggio era appena iniziato. Le pagine nascoste di quel libretto potevano contenere le risposte che cercavano, ma anche rivelare segreti che avrebbero cambiato tutto.

Bill sfogliava le pagine del diario di Thomas, il fruscio della carta era l'unico suono che interrompeva il silenzio opprimente della stanza e Claire, rannicchiata accanto a lui, cercava di leggere oltre la luce fioca. Il gelo del bosco sembrava essersi insinuato nelle travi della casa, ma il contenuto del diario li congelava ancor di più.

«Thomas sapeva che per anni era stato drogato,» lesse Bill con voce bassa e carica di incredulità. Fece una pausa, alzando lo sguardo verso Claire, cercando nei suoi occhi la stessa comprensione mista a paura.

«È terribile,» sussurrò Claire, rabbrividendo. «Ha vissuto un incubo senza saperlo.»

Bill annuì, tornando a leggere. La mano gli tremava leggermente, come se la rivelazione fosse troppo da sopportare. Le righe successive rivelavano come Thomas, trent'anni prima, si fosse avventurato nel bosco per tagliare legna. Quella notte fredda e umida, avvolta nel buio impenetrabile degli alberi, era diventata il punto di svolta della sua vita.

«Si era perso,» continuò Bill con la voce sempre più tesa. «Ed è lì che ha visto qualcosa di... terribile.»

Claire trattenne il fiato, i suoi occhi fissati sul diario. «Cosa ha visto, Bill?»

Con un respiro profondo, Bill iniziò a leggere ad alta voce, permettendo a Thomas di raccontare la sua storia attraverso quelle pagine.

5 Giugno 1994

Mi ero avventurato nel bosco quella notte, come tante altre volte, per tagliare della legna. L'aria era densa di umidità e l'odore della terra bagnata mi riempiva le narici. I rami si spezzavano sotto i miei stivali, e il buio mi avvolgeva come un mantello, facendomi perdere l'orientamento. Ma non era solo la notte a confondermi, c'era qualcos'altro... una sensazione di inquietudine che non riuscivo a spiegare.

Thomas descriveva con dettagli vividi come, mentre cercava di ritrovare il sentiero, vide una luce fioca in lontananza. Incuriosito, si avvicinò in silenzio, nascondendosi dietro un albero massiccio.

Cosa ci fanno Luca e il preside Camberdille in questa radura sperduta del bosco? Non li avevo mai visti parlare al pub, ma quella notte, il ragazzo del pub e il sindaco della scuola erano lì, insieme. La mia curiosità ebbe la meglio e mi avvicinai di qualche passo, trattenendo il respiro.

Thomas riportava ogni parola, ogni sussurro che riuscì a captare.

«Sei sicuro che nessuno sappia niente?» aveva chiesto Luca a Camberdille.
«Nessuno,» rispose il sindaco, ma c'era una nota di preoccupazione nella

sua voce. «Ma dobbiamo essere veloci. Loro non vogliono che qualcuno ci veda.»
Fu in quel momento che sentì il rumore di un motore e il mio cuore saltò un battito. Un fuoristrada nero apparve dal nulla, i fari tagliavano la notte come coltelli. Il veicolo si fermò bruscamente e due uomini scesero, armati. Non sembravano del posto, forse sudamericani, con i volti duri come il ferro. Il sangue mi si gelò nelle vene mentre li guardavo avvicinarsi alla portiera posteriore.

Thomas descriveva l'uomo che uscì dal veicolo, un'immagine che gli sarebbe rimasta impressa nella mente per sempre.

Era un uomo alto, distinto, con capelli grigi e un abito elegante. Il suo aspetto era completamente fuori luogo in quella foresta. Ogni suo movimento trasudava autorità e quando Luca e il sindaco si avvicinarono, sembravano piccoli e insignificanti al suo cospetto.

Thomas proseguiva, descrivendo come i due uomini armati avessero fermato Luca e il sindaco, chiedendo loro di mostrare qualcosa.

Li vidi sollevare le maniche, mostrando un tatuaggio sul braccio. Sembrava una sorta di simbolo, un segno di appartenenza. Gli uomini li lasciarono passare solo dopo averlo visto. L'uomo distinto fece un cenno e Luca si diresse verso una grotta nelle vicinanze.

Thomas raccontava come, nascosto tra gli alberi, avesse osservato con orrore Luca uscire dalla grotta, trascinando con sé una ragazzina bendata e con le mani legate.

Non potevo credere ai miei occhi. La ragazzina era Giulia Grey, una studentessa della scuola. La vedevo sempre, ma era da un paio di giorni che non la incrociavo. Il terrore si impadronì di me. Dovevo fare qualcosa, ma ero paralizzato dalla paura.

Thomas descrisse come, combattuto tra il desiderio di intervenire e la consapevolezza del pericolo, avesse deciso di fuggire per cercare aiuto.

Senza pensare, corsi via, il cuore che mi martellava nel petto. Quando finalmente uscii dal bosco, incrociai la macchina del vice sceriffo Cattellan. Mi sembrò un miracolo. Con ampi gesti gli chiesi di fermarsi e gli raccontai tutto, cercando di trattenere il panico.

Il diario riportava il dialogo tra Thomas e Cattellan con precisione.

«Calmati, Thomas,» mi disse il vice sceriffo, cercando di tranquillizzarmi. «Salta in macchina, ti porterò in centrale per fare la tua deposizione.» Ma la realtà fu ben diversa.
Non appena mi voltai per salire in macchina, sentii un colpo sordo alla testa. Il mondo si fece buio.

Thomas si risvegliò legato a una sedia in un casolare abbandonato. La descrizione del luogo era talmente dettagliata che Bill e Claire potevano quasi sentirne l'odore di muffa e vedere le pareti scrostate.
Thomas scriveva di come, dopo aver ripreso coscienza, avesse sentito delle voci provenire dall'altra stanza.

«Cosa faremo di lui?» chiese una voce che non riconobbi.
La porta si aprì e Luca entrò nella stanza. Con la coda dell'occhio, vidi Cattellan allontanarsi, brontolando qualcosa su come non fosse d'accordo e su quanto fosse pericoloso quello che stava facendo.

Luca si sedette di fronte a me, con un sorriso che non aveva nulla di amichevole. «Stai calmo, vecchio mio,» mi disse, con quella voce che ora suonava stranamente diversa, più fredda, più distante. «Prima di tutto, ti racconterò una storia.»

Thomas trascriveva il racconto di Luca, un racconto intriso di odio e risentimento.

Luca iniziò a parlare della sua infanzia, di come fosse arrivato a Hallowbridge senza sapere che il suo vero padre vivesse lì. Ma quando lo incontrò, capì subito chi era.
«Ho scoperto di te molto tempo fa, Thomas,» disse Luca, la sua voce era come un sibilo velenoso. «Ma cominciamo dall'inizio.»

Luca raccontò come era cresciuto con sua madre a Napoli, in Italia. Una donna sola, distrutta dalla fatica e dalle difficoltà della vita, che cercava di mantenere una parvenza di normalità per suo figlio.

«Era una donna forte, mia madre. Ma la sua forza non bastava a tenerci al sicuro,» mi spiegò Luca. «Ci siamo trasferiti in Germania quando avevo appena otto anni, sperando in un futuro migliore. Ma la sua salute peggiorava e io passavo le giornate a cercare di capire chi fosse davvero mio padre, l'uomo che lei non voleva nominare.»

Luca scoprì il diario di sua madre quando lei era ormai sul letto di morte. Un quaderno consunto, nascosto tra le sue cose più care, pieno di confessioni dolorose e dettagli inquietanti.

«Tra quelle pagine, ho trovato il nome di un uomo... il tuo, Thomas,» disse Luca, con una scintilla di odio negli occhi. «C'era anche una descrizione. Mio padre era un marinaio, girava l'Europa in lungo e in largo. E poi c'era quel tatuaggio, una rosa dei venti, che si era fatto fare al porto di Marsiglia.»

151

Thomas ricordava quel tatuaggio, un ricordo lontano della sua gioventù. Mai avrebbe immaginato che sarebbe diventato la chiave di un segreto che lo avrebbe perseguitato per tutta la vita.

«Non sapevo cosa fare con quell'informazione,» continuò Luca. «Ero solo un ragazzo, e tu eri lontano, un'ombra nel mio passato. Ma non potevo ignorarlo. Così mi sono unito ai Figli di Asmodeo, un'organizzazione che mi ha accolto come una famiglia. Mi hanno addestrato, mi hanno dato uno scopo. Ma il mio vero obiettivo, il mio vero nemico, eri tu.»

Luca descrisse come, anni dopo, si presentò l'opportunità di andare negli USA, in questa schifosa cittadina, Hallowbridge, ed aveva colto l'occasione per ampliare le sue ricerche. Sapeva che il padre era americano ma non sapeva che il destino gli avrebbe sorriso così facilmente assecondando l'odio che provava verso un uomo che non aveva mai conosciuto. Lavorò in silenzio, cercando di raccogliere informazioni. Ogni parola che sentiva nel pub dagli abitanti o dagli stranieri di passaggio potevano fornirgli indizi.

La fortuna di Luca e la condanna di Thomas furono le chiacchiere di fronte ad una birra. Thomas amava raccontare le sue avventure giovanili e queste divennero indizi per la sua condanna.

«Poi una sera, quando eri così ubriaco da rovesciarti la birra addosso, ti togliesti la maglietta per pulirti. Fu allora che lo vidi. Il tatuaggio. La rosa dei venti,» sibilò Luca con il disprezzo nella sua voce quasi tangibile. «Fu in quel momento che tutto divenne chiaro. Tu eri il bastardo che aveva abbandonato mia madre. E io non ti avrei mai perdonato.»

Thomas solo allora ricordò la giovane ragazza conosciuta nel suo breve periodo a Napoli. Ricordò che era molto bella e che la sera prima di ripartire verso l'Inghilterra passarono una notte insieme ma non aveva la più pallida idea che lei fosse rimasta incinta. In quel momento non ricordava neanche il suo nome ma non ebbe il coraggio di dirlo a Luca per non peggiorare la situazione.

Durante il periodo in Inghilterra Thomas conobbe Fiona e qualche mese dopo, terminato il periodo in marina, decisero che lei lo avrebbe raggiunto a Hallowbridge dove si sposarono ed ebbero due figli, Andrew e Sofia.

Thomas riportò, subito dopo, il terrore che lo assalì quando comprese cosa stava succedendo.

Luca non voleva solo uccidermi. No, sarebbe stato troppo facile. Mi iniettò un veleno, qualcosa che mi fece impazzire, facendomi vedere cose che non esistevano, mostri, ombre... e ovunque, sentivo la sua voce. Sussurri che mi tormentavano, che mi facevano dubitare di ogni cosa.

Thomas continuava a raccontare come, ogni volta che cercava di ritrovare la lucidità, Luca tornava a tormentarlo, distruggendo la sua mente a poco a poco.

Alla fine, mi liberò. Tornai a casa, ma non ero più lo stesso. La mia mente era spezzata, e sapevo che non avrei mai potuto proteggere la mia famiglia. L'unica cosa che potevo fare era pregare Fiona di fuggire, di non tornare mai più.
All'epoca la mia mente era talmente confusa che non ricordavo più nulla né di Giulia Grey né di Luca. Ero ossessionato dalle ombre del bosco ed ubbidivo al Sussurratore. Solo ora a distanza di molti anni inizio ad avere sprazzi di lucidità ed ho deciso di scrivere prima di dimenticare ancora. Forse quello che mi somministrano non fa più effetto o il mio corpo ormai è abituato. È comunque difficile distinguere la verità dalla fantasia. Non so neanche ora se quello che ricordo è vero o lo sto immaginando.

«Lo ha spezzato,» disse Claire con le lacrime che le rigavano il viso. «Thomas non poteva più distinguere la realtà dalla follia.»

Bill chiuse il diario. Troppe informazioni; non riusciva ad andare avanti. Doveva prima assimilarle. Il cuore pesante e la mente affollata di pensieri lo stavano portando verso la confusione. La stanza, solitamente tranquilla, ora sembrava carica di presagi oscuri. Claire, accanto a lui, tremava, e non solo per il freddo. Sapevano entrambi che il passato di Thomas era riemerso, e con esso, il pericolo che incombeva su di loro era più reale che mai.

Bill si lasciò cadere pesantemente sulla poltrona e iniziò a sorseggiare una tisana calda. Un infuso di erbe aromatiche; in quel momento, qualunque cosa potesse rilassarlo era ben accetta. Doveva cercare di digerire le informazioni che il diario rivelava, oltre a tutto ciò che era accaduto in quella folle giornata.

Claire osservava Bill e dentro di lei iniziò a crescere la paura che i demoni del passato potessero avere la meglio sulla sua mente. Poi all'improvviso Bill cambiò espressione e con un'aria risoluta si sollevò dalla poltrona dalla quale era sprofondato.

«Dobbiamo continuare a leggere Claire. Follie o verità non abbiamo altro a cui attingere in questo momento», disse riaprendo il diario e sfogliando le pagine, ogni parola scritta la sopra gli faceva gelare il sangue nelle vene. Claire era accanto a lui, osservando con preoccupazione le espressioni di terrore e disgusto che si alternavano sul volto di Bill. Il diario era fitto di annotazioni, di confessioni che Thomas aveva scritto con una mano tremante, cercando di documentare l'orrore che lo circondava.

Bill si fermò su una pagina, il suo viso si contrasse mentre leggeva. «Qui Thomas parla di Luca... sembra che negli ultimi tempi Luca si facesse vedere sempre meno,» mormorò, senza distogliere lo sguardo dal diario. «Thomas sospettava che qualcun'altro lo stesse drogando, o forse il suo cervello era ormai così danneggiato che non serviva più nessuna droga per tenerlo in quello stato.»

Claire si avvicinò, cercando di leggere sopra la spalla di Bill. «E cosa dice dopo?» chiese, la voce piena di apprensione.

Bill riprese a leggere, scorrendo con gli occhi le righe successive. «Thomas scrive che stava riacquistando momenti di lucidità, ma sapeva di dover fingere. Doveva far credere a Luca e ai suoi complici che era ancora sotto il loro controllo. Ma non poteva restare con le mani in mano, doveva annotare tutto ciò che scopriva... sapeva che se l'avessero scoperto lucido, lo avrebbero di sicuro ucciso.»

Si fermò, la mano che stringeva il diario tremò leggermente. «Non riesco a immaginare cosa volesse dire vivere con quel terrore costante... sapere che ogni piccolo errore avrebbe potuto costarti la vita.»

Claire annuì, stringendo le mani in grembo. «Dev'essere stato un incubo. Ma continua, Bill... dobbiamo sapere cos'altro ha scoperto.»

Bill sfogliò alcune pagine, poi si fermò su un altro passaggio, il respiro che si fece più pesante. «Thomas scrive di avere vuoti di memoria di intere settimane... in quei periodi, non ricordava nulla di ciò che accadeva. Luca prendeva il controllo in quei momenti. O almeno è quello che pensa Thomas. Ricorda solo di aver eseguito ordini del Sussurratore e di aver vissuto perennemente nell'angoscia. E qui... qui descrive qualcosa di terribile.»

Claire si irrigidì, un senso di terrore crescente la invase. «Cosa dice?»

Bill deglutì, poi iniziò a leggere ad alta voce le parole di Thomas.

Non so quanto tempo sia passato da quando ho ripreso lucidità. Tutto è confuso, le settimane si fondono in un unico incubo indistinto. Ma ricordo... ricordo chiaramente l'ultima volta che Luca è venuto da me. Aveva gli occhi iniettati di sangue e mi ha parlato di quella che chiamano la "caccia". Mi ha detto, con un disprezzo che non avevo mai visto prima, che avevano preso un'altra ragazza. L'hanno tenuta prigioniera per giorni, forse settimane. La sentiva urlare, ma non poteva fare nulla. Poi un giorno, l'hanno portata via. Luca era presente... lui rideva, quasi isterico. Mi ha raccontato tutto.

L'hanno trascinata in un seminterrato, legata a una sedia. Ricordo ogni parola di Luca, il modo in cui descriveva la scena, come se cercasse di scaricare su di me il peso di quello che aveva visto. C'erano altri uomini lì, figure indistinte nell'ombra. Hanno cominciato a colpirla, prima lentamente, poi con sempre maggiore violenza. La sua resistenza si è spezzata in fretta e poi sono iniziate le torture vere e proprie. L'hanno seviziata in modi che non riesco neppure a scrivere... ma devo farlo, devo ricordare, perché il mondo deve sapere cosa accade qui.

Quando l'hanno lasciata, non era altro che un cumulo di carne martoriata, a malapena viva. Ma non era finita lì.

Uno di quegli uomini, uno dei capi, si è avvicinato e, con un gesto lento e deliberato, ha estratto un coltello.

La voce di Luca si incrinava mentre mi raccontava come l'avessero colpita con più coltellate, per poi tagliarle la gola con una lentezza agghiacciante. Lo facevano, mi ha detto, quando le ragazze non erano considerate adatte né per diventare spose dei capi dell'organizzazione, né per essere avviate al circuito della prostituzione. E dopo, quando il silenzio è tornato, l'hanno bruciata, seguendo uno dei rituali descritti nel Libro delle Leggende e dei Rituali del Bosco.

Mi chiedo se riuscirò mai a dimenticare il modo in cui Luca parlava... sembrava quasi... terrorizzato. Forse vedeva in me un uomo già morto, uno zombie inerte con il cervello completamente andato, incapace di reagire, e per questo si è sfogato. Ma ho capito una cosa: non è il più forte tra loro, è solo un ingranaggio in una macchina di orrore molto più grande.

Bill si fermò, incapace di proseguire. Le parole di Thomas erano state come un pugno allo stomaco e la stanza sembrava essere invasa da un silenzio carico di tensione e disperazione. Claire aveva le mani serrate sulla bocca, gli occhi pieni di lacrime.

«Non posso credere che abbiano fatto una cosa del genere... e che Luca ne fosse parte,» sussurrò, la voce tremante.

«Non è finita,» disse Bill sfogliando altre pagine. «Thomas continua a parlare di altre atrocità... di altre ragazze. Dice che Luca faceva parte di un'organizzazione molto più grande... un'organizzazione che decideva il destino di queste povere anime, che venivano vendute, uccise, o peggio.»

Claire sentì un'ondata di nausea invaderla.

«E Thomas... sapeva tutto questo?»

«Sì,» rispose Bill, con un sospiro pesante. «Sapeva tutto, ma era impotente. Doveva fingere di essere ancora sotto il loro controllo, di essere troppo distrutto per reagire, altrimenti lo avrebbero ucciso.»

«Ma perché lo facevano? Perché tanta crudeltà?» chiese Claire, quasi implorando una risposta.

Bill trovò la forza di leggere ancora. «Scrive che c'erano uomini molto potenti coinvolti... politici, poliziotti, sindaci. Camberdille e Cattellan... Thomas li nomina, dice che uno è diventato sindaco e l'altro sceriffo, come ricompensa per i loro servizi. E Luca... Luca doveva continuare a gestire il traffico di armi, droga e ragazze da un luogo che chiamavano il Tempio di Asmodeo, che in realtà è il pub di Hallowbridge.»

Claire si alzò di scatto, come se quelle ultime parole avessero finalmente spezzato la sua calma apparente. «Dobbiamo fare qualcosa, Bill! Non possiamo lasciarli continuare... non dopo tutto questo.»

Bill annuì, ma i suoi occhi tradivano l'incertezza. «Lo so, Claire... ma dobbiamo essere estremamente cauti. Questi uomini sono pericolosi e se capiscono che sappiamo qualcosa... non esiteranno a farci fuori.»

Un altro tuono rimbombò in lontananza, come un presagio di ciò che stava per accadere. Bill chiuse il diario, sentendo che le parole di Thomas erano diventate un fardello troppo pesante da portare. Ma sapeva anche che non potevano più ignorare ciò che avevano scoperto. Dovevano agire, e dovevano farlo presto.

CAPITOLO 19
AMANDA

Amanda si svegliò di colpo, come se qualcosa o qualcuno la stesse chiamando. Il risveglio improvviso le fece battere il cuore furiosamente nel petto, mentre l'angoscia che la avvolgeva non accennava a diminuire, accentuata dall'oscurità opprimente che la circondava.

Le pareti della sua prigione erano fredde e umide, fatte di pietra grezza ricoperte da una patina di muffa che emanava un odore acre e stagnante. Non aveva idea di dove fosse né di quanto tempo fosse passato da quando l'avevano rinchiusa lì.

Il silenzio era interrotto solo da gocce d'acqua che, con un ritmo lento e monotono, cadevano da qualche punto indefinito del soffitto. Un silenzio così denso e opprimente che, ogni volta che Amanda provava a emettere un suono, sembrava venir risucchiato nel nulla. I suoi sensi, privati della vista, si erano acuiti fino al punto di farle percepire ogni minima variazione nell'aria. E così, in quel buio opprimente, a volte le sembrava di udire sussurri lontani, portati da correnti d'aria gelide che si insinuavano tra le fessure della pietra e dalle sbarre della cella di fronte a lei.

Ogni tanto riusciva a scorgere qualcuno che si avvicinava alla sua cella. Le loro figure, mascherate e silenziose, si stagliavano nell'ombra come sagome sfocate. La cosa più difficile da accettare era che non le rivolgevano mai la parola, non le davano alcuna spiegazione e sembravano ignorare completamente le sue urla e suppliche.

Tuttavia, c'erano momenti in cui, trasportati dal vento, le arrivavano frammenti di conversazioni. Sebbene non riuscisse a comprendere chiaramente le parole, intuiva che parlassero di un piano che la riguardava. Ma i dettagli le sfuggivano, confusi e frammentati come le frasi che riusciva a cogliere.

Nella sua cella era impossibile distinguere il giorno dalla notte, e senza la luce del sole, il tempo era diventato un concetto vago, fluido, privo di senso. Forse erano passati giorni, forse settimane. L'unica cosa certa era che il suo corpo iniziava a mostrare segni inequivocabili di stanchezza, fame e paura.

Solo la rabbia, un fuoco che le ardeva nel petto, alimentato dal desiderio di sopravvivere e di scoprire chi fossero i suoi carcerieri e quale fosse il loro scopo, la teneva aggrappata alla realtà. Era quella rabbia a fornirle l'energia per combattere e sopravvivere.

Le poche volte in cui Amanda riusciva a dormire, veniva perseguitata da incubi in cui le stesse mura della sua prigione si chiudevano su di lei, fino a schiacciarla. E quando si svegliava, il buio era lì, ad aspettarla, implacabile e onnipresente, alimentando ancora di più le sue paure e angosce.

Un giorno, o forse una notte, Amanda percepì una presenza diversa fuori dalla cella. I passi erano più leggeri, quasi felini, e una voce bassa, appena udibile, si insinuò tra le sue orecchie. Questa volta non era un sussurro portato dal vento, ma una voce reale, vicina, che sembrava parlare a qualcuno proprio fuori dalla sua cella.

«Sarà pronta presto,» disse la voce, mascherata e distorta. «Non manca molto.»

Amanda trattenne il respiro, cercando di non fare alcun rumore. Chiunque fosse lì fuori, non doveva sapere che lei stava ascoltando, oppure, più probabilmente, non era preoccupato del fatto che lei potesse sentire.

«Abbiamo seguito le istruzioni,» rispose un'altra voce, più profonda. «Il rituale si completerà come previsto. Nessuno sospetterà nulla.» Il silenzio tornò improvviso, come se quelle parole fossero state cancellate dall'aria stessa. Amanda si rannicchiò su sé stessa, sentendo una nuova ondata di terrore assalirla. Di quale rituale stavano parlando? E cosa significava che sarebbe stata "pronta presto"? In quell'oscurità angosciante, Amanda si rese conto che non poteva continuare a rimanere passiva. Doveva trovare un modo per uscire da lì, per sottrarsi a quel destino oscuro che sembrava ormai vicino a compiersi. Ma come poteva farlo, se non riusciva neanche a vedere le sue stesse mani davanti al viso?

La sua mente lavorava freneticamente, cercando di mettere insieme i pezzi di un puzzle fatto di paura, sussurri e ombre. Sapeva che il tempo stava per scadere, che doveva agire presto, o avrebbe perso ogni possibilità di sopravvivenza.

La ragazza si rannicchiò contro la parete fredda della sua cella, cercando di calmare i battiti del cuore che le martellavano nel petto. La paura costante, la claustrofobia di quel luogo angusto e buio, la stavano lentamente consumando. Ma non era solo il presente a tormentarla. Era il passato, quei ricordi che tornavano a galla, avvolti in un velo di terrore e dolore.

Si ricordava del giorno in cui tutto era cambiato, del momento in cui la sua vita, fino a quel momento normale e a volte monotona, aveva preso una piega inaspettata e orribile.

Era iniziato tutto con una lite, un diverbio acceso con quella che pensava fosse la sua migliore amica, Jennifer Price.

Avevano litigato per un ragazzo, Matthew, di cui Amanda le aveva confidato, in segreto, di essere innamorata.

Jennifer le aveva promesso di aiutarla, di fare da tramite se necessario e Amanda era stata felice della possibilità che la sua amica le stava offrendo. Finalmente vedeva una speranza per superare le sue difficoltà nell'esprimere i propri sentimenti e, forse, chissà, riuscire a stare vicino a Matthew.

Ma poi, qualche giorno dopo, passando per i corridoi della scuola, vide la sua amica, colei che doveva aiutarla, avvinghiata a Matthew in un bacio appassionato.

Inizialmente provò tristezza e sconforto: come aveva potuto farle una cosa del genere? Ma improvvisamente la rabbia l'accecò e un'ira bruciante la spinse ad aggredire verbalmente Jennifer proprio lì, davanti a tutti. La accusò di tradimento, di averle rubato l'unica cosa che, in quel momento, sembrava dare un senso alla sua vita.

Il ricordo delle lacrime che le rigavano il volto mentre correva fuori dalla scuola era vivido. Si era rifugiata nel parcheggio con il cuore in subbuglio e il respiro affannato.

Era lì che, persa nella sua tristezza e rabbia, aveva incontrato il preside Henry Greenwood. L'uomo, di solito così severo e distante, si era avvicinato a lei con un'espressione preoccupata e un tono gentile, quasi paterno. Amanda come prima reazione si era irrigidita, temendo di essere sgridata per aver abbandonato la scuola durante le lezioni, ma poi il preside riuscì a sorprendere le sue aspettative.

«Che ci fai qui fuori, Amanda?» le aveva chiesto con voce calma, cercando di incontrare il suo sguardo abbattuto. «Vieni nel mio ufficio, prepariamo un po' di tè e ne parliamo.»

Amanda, in quel momento, aveva bisogno di qualcuno con cui sfogarsi e, contro ogni logica, si era lasciata condurre nell'ufficio del preside. Una volta seduta su una delle poltrone imbottite, aveva avvertito un senso di sollievo mentre il calore della tazza di tè le scaldava le mani tremanti. Greenwood le aveva chiesto cosa la turbasse e Amanda, spinta da quel bisogno urgente di essere ascoltata, aveva iniziato a raccontare tutto. Le aveva parlato del tradimento di Jennifer, della rabbia che sentiva crescere dentro di sé, ma anche della sua situazione familiare, molto più complessa.

«Sa, mio padre ci ha lasciato,» aveva detto con un filo di voce, guardando fisso la sua bevanda che girava nella tazza. «Un anno fa, è andato via... non si è più fatto vedere. Vive con una modella australiana adesso e mia madre... lei lavora tutto il giorno, fa due lavori per mantenerci. Io... io devo badare a mia sorella Lucy e a volte è così difficile...»

Il preside l'aveva ascoltata in silenzio, annuendo comprensivo. Poi, con una voce che era un misto di autorità e dolcezza, le aveva promesso che avrebbe fatto tutto il possibile per aiutarla.

«Conosco il sindaco Camberdille, siamo vecchi amici. Sono sicuro che possiamo fare qualcosa per la tua famiglia.»

Amanda ricordava ancora il sorriso che si era stampato sul volto del preside quando aveva preso il telefono e chiamato il sindaco davanti a lei. «Ho un caso che merita la tua attenzione,» aveva detto con un tono di voce diventato improvvisamente più formale. «Una giovane ragazza di diciassette anni, con una situazione familiare difficile. Il padre è sparito, la madre è sopraffatta...»

Amanda si era sentita imbarazzata e nervosa quando il preside le aveva passato il telefono. La voce del sindaco Camberdille dall'altro lato della linea era calda, ma anche vagamente intimidatoria. Le aveva promesso che avrebbe fatto il possibile per aiutarla, ma le aveva chiesto di mantenere il tutto segreto.

«Voglio aiutarti, Amanda. Però, per ora, non dire niente a nessuno, mi raccomando. Spero che tu capisca, ma non posso aiutare tutti, e se la cosa si viene a sapere, mi ritroverei con le mani legate. Ci vedremo presto per capire come risolvere la situazione. Fatti trovare nel parcheggio della scuola questa sera alle sei.»

Il ricordo di quella conversazione si scontrava nella mente di Amanda con la consapevolezza di quanto fosse stata ingenua. Alle sei in punto, come le era stato chiesto, si era presentata nel parcheggio della scuola, ormai deserto. Dopo pochi minuti l'aveva raggiunta una berlina grigio scuro, una macchina lussuosa che era impossibile non notare. Il finestrino si era abbassato lentamente, rivelando il volto di un uomo che, con voce calma, le aveva domandato se fosse Amanda.

«Sì, sono io,» aveva risposto con un filo di voce, sentendo una strana inquietudine serpeggiare nel suo stomaco. L'uomo aveva accennato un sorriso rassicurante e l'aveva invitata a salire in macchina. «Perfetto, non preoccuparti, ho ricevuto indicazioni di accompagnarti dal sindaco. Si trova, in questo momento, nel suo chalet vicino al bosco. Finito l'incontro, ti riporterò direttamente a casa.»

L'aspetto dell'uomo era curato, quasi impeccabile. Indossava un completo scuro, elegante, che contrastava con il suo volto dai lineamenti forti ma gentili. Non sembrava un autista né un dipendente comunale. Amanda, seppur confusa e un po' nervosa, si era lasciata convincere dal suo tono rassicurante.

Sentiva il cuore battere forte contro le costole mentre si avvicinava alla casa di Camberdille. L'edificio, avvolto nella penombra del tramonto, sembrava più minaccioso di quanto avesse mai immaginato. Le finestre scure la osservavano come occhi vuoti, scrutando ogni suo movimento. Scese dall'auto che, senza attendere il suo ingresso allo chalet, si allontanò.

"Non doveva aspettarmi?" pensò la ragazza leggermente turbata. Poi vide la porta socchiusa dell'abitazione e decise di togliersi velocemente il pensiero. *"Forse è andato a parcheggiare."*

Appena varcò la soglia, un silenzio opprimente la avvolse, come se la casa stessa trattenesse il respiro in attesa del suo arrivo.

«Buonasera, c'è qualcuno? Sindaco Camberdille sono Amanda Rossi, avevamo appuntamento.»

Amanda trovò strano che la porta fosse aperta e dentro non ci fosse nessuna ad accoglierla. Chiuse delicatamente la porta e fece qualche passo per cercare con lo sguardo qualcuno all'interno dell'edificio.

All'improvviso, un colpo violento la raggiunse alla nuca, facendole provare un dolore così forte da impedirle qualunque reazione. Barcollò, cercando di mantenere l'equilibrio, ma le forze la abbandonarono e cadde pesantemente a terra. L'oscurità la inghiottì per un istante, ma non abbastanza da spegnere il suo istinto di sopravvivenza. Mentre le mani ruvide del suo assalitore cercavano di legarla, Amanda, con un ultimo scatto di energia, afferrò un oggetto vicino a sé. Non aveva tempo per capire cosa fosse e con tutta la forza che le rimaneva, lo scagliò contro il volto del suo aggressore.

Sentì un urlo soffocato e la presa su di lei si allentò. L'uomo si ritrasse, portandosi una mano al viso. Non si lamentò, ma il suo respiro pesante e affannato, simile a un grugnito, riempiva l'aria.

Amanda, ancora confusa e con un fastidioso ronzio nelle orecchie, cercò di mettere a fuoco la figura davanti a lei. A pochi passi di distanza si stagliava la sagoma di un uomo robusto, forse sui cinquant'anni, con spalle larghe e un fisico imponente. I suoi movimenti erano lenti e pesanti, come se la goffaggine lo ostacolasse. La tensione cresceva, ma Amanda intuì che forse quell'uomo non era così pericoloso come il suo aspetto suggeriva. Doveva sfruttare quel momento di esitazione per capire la situazione e trovare una via d'uscita.

La paura le attanagliava la mente, ma il desiderio di sopravvivere era più forte. L'unico pensiero chiaro era quello di scappare. Si alzò a fatica, combattendo contro il suo stesso corpo che non era ancora pronto e corse verso le scale. Tentò di urlare, di chiedere aiuto, ma la voce le rimase strozzata in gola, soffocata dal terrore. Il suo fiato era corto, i polmoni bruciavano mentre saliva di corsa i gradini, aggrappandosi alla ringhiera per mantenere l'equilibrio.

Raggiunto il piano superiore, si gettò nella prima stanza che trovò aperta, chiudendo la porta dietro di sé con un tonfo sordo. Il suo corpo era scosso da fremiti mentre cercava invano la chiave per chiudere la porta. Dovette accontentarsi di spingere un vecchio mobile contro la porta sperando che potesse isolarla dal pericolo.

L'uomo, che nel frattempo si era ripreso e l'aveva seguita con passo deciso per le scale, iniziò a bussare violentemente alla porta, i colpi riecheggiavano nella stanza come un tamburo che preannunciava qualcosa di oscuro. Amanda indietreggiò con il respiro spezzato dalla paura, finché la schiena non incontrò la fredda parete dietro di lei. L'unica fonte di luce in quella stanza era il debole bagliore del tramonto che filtrava dalle tende pesanti, tingendo la stanza di un arancione tenue e sinistro. Poi, in un attimo di lucidità, dettato dall'istinto di sopravvivenza, la ragazza percepì un nuovo pericolo. La stanza, che sembrava essere il suo rifugio, si rivelò essere una trappola letale. Sentì una presenza che non aveva percepito inizialmente e si girò di scatto, trovandosi faccia a faccia con il sindaco Camberdille. Il suo volto era contorto in un sorriso gelido e crudele, gli occhi che scintillavano di una malvagità nascosta sotto un'apparente gentilezza.

«Oh, Amanda, Amanda... dove pensi di poter andare?» le chiese con una voce calma, quasi divertita dalla sua paura. Prima che potesse reagire, sentì il freddo metallo di un ago penetrarle rapidamente la pelle del collo. Subito dopo, una sensazione di torpore cominciò a diffondersi lungo il suo corpo, come se un'onda pesante la stesse avvolgendo. Il mondo intorno a lei diventò ovattato, sfocato e i suoi sensi si affievolirono inesorabilmente, trascinandola verso l'oblio.

Al suo risveglio, era nella cella in cui si trovava ora, prigioniera, sola e immersa in un incubo senza fine.

Amanda scosse la testa, cercando di allontanare quei ricordi. Il suo petto era un turbinio di emozioni, di rabbia per la sua ingenuità, di terrore per ciò che le avevano fatto. Ma sapeva che non poteva permettere a quei sentimenti di sopraffarla. Doveva mantenersi lucida, doveva trovare un modo per uscire da lì. La speranza era tenue, ma era tutto ciò che le rimaneva.

Ora giaceva sulla fredda pietra della cella e il suo corpo era avvolto dal gelo e dalla disperazione. Ogni respiro sembrava un lamento e ogni pensiero su ciò che era accaduto una fitta di dolore. Ma nel profondo della sua anima, una scintilla di determinazione brillava ancora, debole ma presente. Non poteva rimanere lì ad aspettare la morte o qualunque cosa avessero in mente quegli uomini; doveva combattere, doveva trovare una via di fuga, qualunque essa fosse.

La solita routine le era ormai familiare: l'uomo che le portava da mangiare ogni giorno, sempre alla stessa ora, sempre con la stessa espressione impassibile era un omone alto e robusto, dai lineamenti duri e con una cicatrice che gli attraversava il volto da un lato all'altro. Non le parlava mai, non la guardava mai negli occhi. Depositava il

167

cibo attraverso una piccola fessura sotto la porta della cella e se ne andava, senza una parola, senza un segno di pietà.

Ma quel giorno, Amanda decise di giocarsi tutto. Doveva provare a interagire con lui, a creare una connessione, a sfruttare ogni debolezza che potesse trovare. Era la sua unica possibilità.

Quando sentì i suoi passi pesanti avvicinarsi lungo il corridoio, si preparò. Si inginocchiò davanti la porta, cercando di apparire il più fragile e vulnerabile possibile, mantenendo lo sguardo fisso a terra. Sentì il tintinnio delle chiavi, poi il cigolio della fessura che si apriva. «Ti prego...» sussurrò, mantenendo il tono della voce disperato, quasi in lacrime. «Ti prego, non ce la faccio più... aiutami...»

L'uomo si fermò. Un istante di silenzio assoluto seguì le sue parole. Amanda trattenne il respiro, sperando e pregando che la sua disperazione potesse toccare qualche corda nascosta nel cuore di quell'uomo. Poi sentì il metallo della fessura grattare contro la pietra del pavimento quando l'uomo la richiuse. Per un momento la ragazza temette che se ne sarebbe andato, ignorandola come sempre. Ma poi, con sua grande sorpresa, udì il tintinnio delle chiavi, seguito dal suono pesante della serratura che scattava e la porta si aprì lentamente. La figura massiccia dell'uomo apparve sulla soglia, con la luce fioca del corridoio alle sue spalle che gli creava un'aura spettrale mentre i suoi occhi si fissarono su di lei, freddi e diffidenti.

«Che cosa vuoi?» grugnì con la sua voce profonda e roca, come se non parlasse da giorni.

Amanda deglutì, cercando di trattenere le lacrime. «Solo... solo vedere un volto umano... parlare con qualcuno. Non posso sopportare questo silenzio... questo buio... per favore.»

L'uomo non rispose, esaminandola con uno sguardo indecifrabile. Lei sapeva di dover giocare bene le sue carte. Aveva notato una pietra appuntita vicino al muro, un pezzo di calcinaccio caduto dalle pareti, e la sua mente lavorava freneticamente, elaborando un piano. Doveva agire con rapidità e precisione.

«Parlare, eh?» disse all'improvviso l'uomo con una voce sprezzante, ma con un'ombra di curiosità negli occhi. Fece un passo avanti, riducendo la distanza tra loro. Amanda si ritrovò a fissare il suo volto segnato dalla vita, quella cicatrice che gli attraversava il volto sembrava pulsare sotto la luce fioca.

«Sì... solo per un momento...» continuò Amanda, mentre la sua mano destra si muoveva lentamente dietro di sé, cercando alla cieca la pietra. «Non voglio morire qui... da sola...»

L'uomo grugnì, piegando leggermente la testa di lato, come se stesse cercando di capire se la ragazza fosse sincera o se stesse mentendo. «Tutti muoiono da soli, ragazzina,» rispose con un tono ruvido. «Questo è il mondo.»

Amanda trovò la pietra e le sue dita la strinsero con forza. Sentì un'ondata di panico attraversarle il corpo, ma si costrinse a rimanere calma. Doveva aspettare il momento giusto, un solo errore e sarebbe stata la fine.

«Ma non qui... non così...» mormorò, abbassando lo sguardo come se fosse sul punto di crollare. Il suo corpo tremava leggermente, non solo per il freddo, ma per l'adrenalina che pompava attraverso le sue vene. «Non ho fatto nulla per meritare questo...»

Il silenzio cadde nuovamente tra loro. L'uomo sembrava esitare, la sua espressione si ammorbidì leggermente e si avvicinò un po' di più per fissarla meglio. Amanda sapeva che era il momento.

Con un movimento fulmineo, si lanciò in avanti, affondando la pietra nel collo dell'uomo con tutta la forza che riuscì a raccogliere. Sentì il metallo della pietra squarciare la carne e il sangue caldo schizzarle sulle mani. L'uomo emise un grido soffocato, portando istintivamente una mano alla ferita mentre barcollava all'indietro con gli occhi spalancati dall'orrore e dalla sorpresa. Amanda, spinta dall'adrenalina, lo spinse via con tutte le sue forze, facendolo cadere a terra con un tonfo sordo.

Rimase immobile, con il respiro affannato, mentre fissava il corpo dell'uomo che giaceva inerme sul pavimento e il sangue che si allargava lentamente in una pozza scura attorno a lui. Le sue mani iniziarono a tremare violentemente, macchiate di rosso. Poi sentì un'ondata di nausea salirle dallo stomaco, ma si costrinse a non cedere al panico. Doveva andare via, subito.

Scavalcò il corpo e corse fuori dalla cella, il cuore le batteva così forte da sentirlo rimbombare nelle orecchie. Le gallerie erano un labirinto oscuro, le pareti umide e irregolari si stringevano attorno a lei, ma non poteva fermarsi. Doveva trovare l'uscita, doveva farlo prima che gli altri si accorgessero di quello che aveva fatto.

Non si era ancora allontanata abbastanza quando iniziò a sentire le urla e il rumore dei passi che rimbombavano nel silenzio, tra le pareti di quelle che sembravano essere grotte sotterranee. Qualcuno aveva trovato il corpo dell'uomo nella cella. Ora sapevano che era fuggita.

Sentiva i rumori dei suoi inseguitori alle calcagna, le urla che risuonavano nell'aria come una caccia mortale che la spingeva a correre più veloce, nonostante le gambe stanche e il fiato corto.

«Prendetela!» urlò una voce dietro di lei, una voce fredda e crudele, piena di rabbia. Si girò appena per vedere le sagome degli uomini che la inseguivano. Non aveva più tempo. Doveva trovare un modo per seminarli.

Continuò a correre fino a quando non vide una svolta nel lungo corridoio che stava percorrendo. Si gettò nella direzione opposta, sperando che il buio la nascondesse, che la proteggesse. Ma quando girò l'angolo, sentì il terreno mancarle sotto i piedi.

Amanda urlò mentre il suo corpo cadeva nel vuoto, un grido che si perse nell'oscurità. Rotolò lungo una ripida pendenza, il suo corpo sbatteva contro le rocce e i detriti, incapace di fermarsi e l'aria gelida le tagliava il viso mentre precipitava sempre più in basso.

Quando finalmente colpì il fondo, l'impatto fu devastante. Un dolore acuto le attraversò il corpo, costringendola a rimanere immobile, paralizzata dalla sofferenza. Tentò di muoversi, di sollevarsi, ma ogni movimento era un'agonia.

Sentì le voci dei suoi inseguitori sopra di lei, ma non aveva più la forza di fuggire. Gli occhi le si chiusero lentamente, mentre la coscienza la abbandonava, lasciandola cadere nell'oblio.

Il buio si chiuse su di lei, silenzioso e implacabile, avvolgendola in un abbraccio freddo e impenetrabile. Il mondo svanì, lasciandola sola con i suoi pensieri, con il dolore e la disperazione che finalmente la travolsero completamente per poi abbandonarla ad una sensazione di benessere e pace.

Il suo ultimo pensiero, prima di perdere del tutto la consapevolezza, fu un'immagine confusa: il volto di sua sorella Lucy, il sorriso luminoso che tanto le mancava. Poi, il nulla.

CAPITOLO 20

PROBLEMI

Terminata la colazione Steve, con l'aria molto pensierosa, fu il primo ad alzarsi dal tavolo. Il sole del mattino filtrava dalle ampie finestre, illuminando il vapore che si alzava dalle tazze di caffè. La conversazione era stata proficua sotto il punto di vista delle nuove informazioni acquisite. Mark, David e Sarah avevano avuto durante le rivelazioni di Singer espressioni altalenanti ma concordavano sull'estrema utilità di quanto appreso. Steve, invece, aveva sentito un peso dentro di sé, un'inquietudine che non riusciva a scrollarsi di dosso.

Decise di uscire nel giardino, dove il sole quasi estivo scaldava l'aria fresca del mattino, sentendo il bisogno di stare un po' da solo. Si diresse verso una vecchia panchina vicino alla fontana ed iniziò a fisare i getti d'acqua che fuoriuscivano dalla stessa. L'acqua veniva spruzzata con un'intermittenza studiata creando un gioco di immagini e suoni. Probabilmente in passato era stata oggetto di profonda ammirazione fra i visitatori della villa ma ora a lui sembrava solo un inutile spreco di acqua.

Seduto sulla panchina si lasciò andare contro lo schienale di legno, il suono dell'acqua della fontana divenne una sorta di colonna sonora per i suoi pensieri confusi e osservare l'acqua scorrere non lo aiutava a calmare la tempesta di pensieri nella sua mente. Come aveva potuto non accorgersi di nulla? Camila... era sua sorella. Il pensiero gli fece stringere lo stomaco. «Com'è possibile?» mormorò a sé stesso con la voce tremante dovuta al tumulto di emozioni che stava vivendo dentro.

Le immagini di Camila, si mescolavano nella sua mente come un incubo dal quale non riusciva a svegliarsi. E suo padre... il pensiero di quell'uomo che odiava intensamente ma che alla fine aveva sempre rispettato considerandolo un pilastro della sua vita, lo tormentava. Come aveva potuto tenergli nascosto un segreto così devastante?

Il senso di tradimento gli riempiva il petto di dolore e rabbia. *"Tutto questo tempo... tutto questo tempo e io non ho mai sospettato nulla,"* pensò, sentendo un nodo alla gola che minacciava di soffocarlo. La tristezza lo invase come un fiume in piena, mentre si chiedeva se Camila avesse saputo o se anche lei fosse stata vittima dell'inganno.

I suoi pensieri si affollavano nella sua mente, ognuno più angosciante dell'altro. In mezzo a questo caos mentale, un suono improvviso lo strappò ai suoi pensieri.

Il telefono vibrò nella tasca, infrangendo il silenzio come un tuono inatteso. Steve sobbalzò, sentendo il cuore fermarsi per qualche secondo, mentre l'adrenalina gli pizzicava la pelle. Con un gesto automatico estrasse il suo iPhone, l'ultimo modello, un parallelepipedo di vetro e metallo color titanio, che emanava una luce fredda e distante. L'icona dei messaggi mostrava un solitario "1", un promemoria inquietante che qualcosa di irrisolto lo attendeva. Ancora leggermente frastornato, premette l'indice sull'icona e l'applicazione si aprì. Sullo schermo, da un numero sconosciuto, compariva una singola parola: "Problemi".

Il sangue gli si gelò nelle vene. Chiunque avesse mandato quel messaggio sapeva qualcosa che lui non poteva ignorare. Il suo primo istinto fu di guardarsi attorno, come se l'autore del messaggio potesse apparire da un momento all'altro. Ma il giardino era deserto, silenzioso se non per il mormorio della fontana.

Steve si asciugò il sudore freddo dalla fronte, cercando di reprimere il panico che minacciava di sopraffarlo. Doveva restare calmo, doveva mantenere il controllo. La sua mente, abituata a risolvere problemi in situazioni di alta pressione, gli ordinava di restare lucido. Respirò profondamente, chiuse per un attimo gli occhi e, quando li riaprì, il suo volto aveva riacquistato la solita espressione imperturbabile.

Mentre si alzava dalla panchina, deciso a scoprire cosa fosse accaduto, una figura familiare apparve davanti a lui. Era Sarah, la sua amica di sempre, con i lunghi capelli neri e i suoi occhi verdi scintillanti che brillavano sotto il sole mattutino. Gli sorrise dolcemente, ma Steve notò subito la lieve preoccupazione nel suo viso.

«Steve, tutto bene? Ti vedo un po'... strano,» disse, inclinando leggermente la testa da un lato, come faceva sempre quando cercava di capire cosa stesse succedendo nella mente di qualcuno.

Steve cercò di mantenere la calma, anche se sentiva il cuore battere più velocemente. Non poteva permettersi di far trasparire la sua agitazione. «Tutto a posto, Sarah. Solo una mattina un po' confusa, niente di che,» rispose con un sorriso rassicurante, cercando di deviare l'attenzione. Ma la sua amica non sembrava del tutto convinta. «Sei sicuro? Non sembri il solito te,» insistette, avvicinandosi di qualche passo. Steve poté sentire il suo profumo delicato, quel profumo che lo faceva sempre vacillare.

Ma non poteva lasciarsi distrarre. Non ora. Il messaggio che aveva ricevuto lo aveva scosso profondamente, anche se non poteva permettersi di mostrare quanto.

Sarah era sempre stata bellissima, una visione che lo ammaliava ogni volta che la vedeva. Era sempre stata così per lui, fin da quando erano bambini: radiosa, magnetica, impossibile da ignorare. Eppure, nonostante tutto, lei non l'aveva mai visto come vedeva gli altri. Per Sarah, lui era sempre stato il "bravo ragazzo ricco", non qualcuno di cui innamorarsi perdutamente. Il desiderio che provava per Sarah era diventato quasi un'ossessione nel tempo. Avrebbe voluto stringerla tra le braccia, farle capire quanto si sbagliava sul suo conto, quanto era diverso da ciò che lei pensava. Ma sapeva che quello non era il momento. Il messaggio che aveva ricevuto era un segnale d'allarme. Qualcosa di grave era successo o stava per succedere e lui doveva essere pronto.

Ora non poteva permettersi di lasciarsi andare a quei sentimenti, anche se era la cosa di cui più aveva bisogno.

«Davvero, sto bene,» rispose con un tono più fermo, cambiando argomento con maestria. «Ho solo un paio di cose da sbrigare, ma nulla di cui preoccuparsi. E tu? Come stai? Spero che quanto rivelato oggi da Singer non ti abbia scosso troppo.» Sorrise, con quel sorriso carico di fascino e sicurezza che sapeva usare così bene per mascherare le sue emozioni.

Sarah parve voler insistere, ma alla fine cedette, restituendo il sorriso. «Sì, tutto bene,» disse, ma i suoi occhi rimasero fissi su di lui, come se cercasse ancora di penetrare quella maschera di tranquillità.

Steve si congedò con un cenno, mentre la tensione dentro di lui cresceva. «Devo proprio andare. Ci sentiamo più tardi, ok?» disse, facendo un passo indietro.

Mentre si allontanava, però, non poté fare a meno di ripensare a quanto fosse sbagliata l'immagine che Sarah aveva di lui.

"Se solo sapesse..." pensò amaramente, stringendo i pugni. Se solo avesse capito chi era veramente, forse sarebbe stato lui a passare quelle notti insieme a lei, non Mark.

Ma il momento non era giusto per queste riflessioni. Il messaggio misterioso aleggiava nella sua mente come una minaccia. Doveva capire chi lo aveva inviato e, soprattutto, cosa significava davvero "Problemi".

La giornata era appena iniziata, ma sentiva che qualcosa di oscuro si stava avvicinando.

CAPITOLO 21
VELENO

Bill sentiva un'inquietudine crescere dentro di sé mentre si preparava a lasciare la casa di Thomas. La mail del Dr. Reynolds e le informazioni sul diario lo avevano lasciato con più domande che risposte, ma sapeva di dover agire.

«Devo andare a parlare con Reynolds e poi accedere ai file della polizia in centrale,» disse, mentre si avvicinava alla porta. La sua voce era determinata, ma il suo sguardo tradiva un'ombra di preoccupazione.

Claire lo fissò, con i suoi occhi nocciola pieni di apprensione.

«Io, non sono convinta. Dovremmo rimanere insieme, è troppo pericoloso dividersi. Non sappiamo di chi possiamo fidarci. E poi sei stato sospeso, come farai ad accedere?»

Lui scosse la testa. «Claire, dobbiamo essere intelligenti. Se andiamo insieme attireremo troppa attenzione. Sarò più veloce da solo e tu sarai più al sicuro qui, nascosta.» Fece una pausa, sospirò come a voler raccogliere le energie per essere più credibile e continuò, «E poi ho le mie carte da giocare alla centrale. Fidati di me. Aspettami e tornerò presto con le informazioni di cui abbiamo bisogno.»

Claire voleva protestare, ma l'ostinazione di Bill era evidente. Alla fine annuì, anche se riluttante. «Va bene, ma stai attento. Se qualcosa va storto, chiamami subito.»

Bill le diede un rapido bacio sulla fronte e si diresse verso la porta. Ma appena fece qualche passo, un senso di vertigine lo colpì improvvisamente. Il mondo intorno a lui iniziò a girare, le immagini nella sua testa divennero sfocate e le sue gambe si fecero di colpo deboli. «Claire...» sussurrò, cercando di mantenere l'equilibrio, ma senza successo. Poi crollò a terra, con un tonfo così pesante da sembrare che fosse stato scaraventato dal piano superiore.

Claire si precipitò accanto a lui con un senso di panico che le serrava la gola. «Bill! Bill! Cosa ti sta succedendo? Rispondimi ti prego.»

Gli occhi di Bill si chiusero a metà e il suo respiro si fece pesante. Sentiva un freddo che gli avvolgeva la mente, come se un velo oscuro si stesse abbassando su di lui.

«Ho paura... è buio...» mormorò parole confuse che si perdevano tra i suoi sospiri. «Il bosco no!» continuò a farfugliare. «È troppo tardi... Claire.»

Il delirio iniziò a prendere il sopravvento e le sue parole divennero incoerenti. Claire si sentiva impotente, senza sapere cosa fare né come aiutarlo. Il terrore cresceva dentro di lei, ma non poteva permettersi di restare immobile. Doveva agire, e in fretta.

Afferrò il telefono di Bill e chiamò il Dr. Reynolds. Cercò di spiegare la situazione, ma l'agitazione le rendeva difficile trovare le parole giuste.

«Dottore, mi chiamo Claire. Mi scusi se la disturbo, ma so che Bill si fida di lei.»

Dall'altra parte, la voce di Reynolds si fece attenta. «Evans? Il vice sceriffo?»

«Sì, sì, lui!» rispose Claire, con il fiato corto. «Noi non ci conosciamo direttamente, ma lui sta male! Sta delirando, come se fosse drogato... ma non so come aiutarlo!»

Reynolds non perse tempo. «Arrivo subito. Non lo lasci solo. Mi dia l'indirizzo.»

Passarono circa venti minuti, che sembrarono eterni. Quando il dottore arrivò, Bill era ancora a terra, prigioniero di un torpore che pareva volerlo trascinare via. Reynolds fece un rapido controllo dei segni vitali: battito, respiro, pressione. Verificò anche i polpastrelli e le pupille, poi decise di agire in fretta, iniettandogli un farmaco direttamente in vena. Claire osservava ogni movimento con il cuore in gola.

«Cosa gli ha dato?» chiese, preoccupata.

«Un antidoto contro l'overdose da droga. Possiamo solo sperare che sia quello giusto» rispose il dottore, con un'aria che non prometteva grandi rassicurazioni.

Per un momento, il tempo sembrò fermarsi. Poi, lentamente Bill iniziò a riprendersi. Il colore tornava sul suo volto e il respiro si faceva più regolare.

Rimase quasi mezz'ora addormentato e poi finalmente aprì gli occhi. Reynolds si sedette accanto a lui, con uno sguardo preoccupato. «Ha preso una brutta dose di qualche sostanza, vice sceriffo. Direi con certezza che è stato drogato.»

Bill si passò una mano sul viso, cercando di liberare la mente dalla nebbia che ancora lo avvolgeva. «Drogato? Ma da chi?»

Claire e Reynolds si scambiarono uno sguardo e fu lei a parlare per prima. «La tisana... pensiamo che potrebbe essere quella che ti ha ridotto in questo modo.»

Reynolds annuì lentamente. «È la cosa più probabile. Porterò un campione in laboratorio per analizzarlo ed averne certezza.»

Bill, ancora frastornato, ebbe una sorta di illuminazione che lo colpì come un pugno allo stomaco. «È così che hanno fatto con Thomas... lo stavano drogando a sua insaputa.»

Poi all'improvviso fu colto da un senso di nausea. Il suo stomaco si contrasse dolorosamente e, senza dire una parola, si alzò di scatto e corse verso il bagno. Si chinò sul gabinetto appena in tempo, mentre il conato lo travolgeva.

Claire lo seguì di corsa, preoccupata, ma quando si avvicinò, lui sollevò una mano per fermarla, facendole cenno di non avvicinarsi. «Sto bene...» riuscì a mormorare, ancora piegato su se stesso.

Ci volle qualche minuto prima che si riprendesse. Poi, con un respiro profondo, si sollevò a fatica, afferrò della carta igienica per pulirsi il viso e si sciacquò con l'acqua fredda del lavandino. Quando finalmente si sentì pronto, uscì dal bagno barcollando, ignorando la stanchezza che gli appesantiva le gambe.

Tornò a sedersi sul divano, rifiutando l'aiuto sia di Claire che del Dr. Reynolds. Non voleva che lo trattassero come un uomo malato. Forse lo era, ma non ancora abbastanza da lasciarsi abbattere.

Il dottore posò una mano sulla spalla di Bill. «Deve riposare ora e dare al suo corpo il tempo di riprendersi.»

Ma lui scosse la testa con decisione. «Non posso, dottore. Devo andare alla centrale. Ho bisogno di informazioni su Vázquez. Devo capire cosa sta succedendo prima che sia troppo tardi.»

Reynolds lo guardò con un misto di frustrazione e ammirazione. «È ostinato. Ma mi prometta che sarà cauto. Un altro episodio come questo potrebbe non andare così bene e soprattutto si ricordi che il suo corpo è debilitato.»

Bill si alzò con difficoltà, ma cercò di non mostrarlo. Il suo corpo era ancora debole e provato ma la sua mente ormai si era focalizzata su quello che doveva fare. «Sarò cauto, lo prometto, ma devo andare.»

Claire lo guardò con apprensione. «Bill, non dovresti. Non sei in condizione e soprattutto non puoi farlo da solo...»

«Non c'è altra scelta. Te l'ho già detto. Sarò più veloce e meno visibile se vado da solo. Resta qui e aspettami. Tornerò presto.»

Poi si girò verso il dottore. «Dr. Reynolds mi può dare un passaggio in città?»

L'aria fredda del finestrino aperto gli pungeva la pelle mentre si dirigeva verso la città, ma era un metodo efficace per riprendersi più rapidamente. Arrivati a poche centinaia di metri dalla Centrale di Polizia, Bill chiese a Reynolds di accostare.

«Mi lasci pure qui. La ringrazio per tutto. Vado da solo, due passi mi faranno bene.»

Il dottore si limitò a fare un cenno di assenso, accostò e lo fece scendere. Poi riavviò il motore e proseguì per la sua strada.

Il passo di Bill, invece, era più lento del solito, ma la sua determinazione lo guidava e nulla lo avrebbe fermato.

Quando arrivò, l'edificio era avvolto in un silenzio spettrale. Gli agenti Anna e Robert, come previsto, erano nella sala d'ingresso impegnati in una conversazione che sembrava più un flirt che altro.

Sfruttò l'occasione per sgattaiolare all'interno senza essere visto e raggiungere il suo ufficio. Il suo stato fisico, unito alla mancanza di abitudine a infrangere le regole, gli faceva battere il cuore furiosamente nel petto. Inserì la chiave nella serratura cercando di fare meno rumore possibile e una volta aperta la porta e si chiuse dentro, finalmente al sicuro da sguardi indiscreti.

Sapeva di non avere molto tempo, così si affrettò ad accendere il computer e a cercare il file di Vázquez. Ciò che scoprì sui suoi precedenti e sul significato del tatuaggio gli fece gelare il sangue nelle vene. Le informazioni che lo collegavano al gruppo noto come *"I Figli di Asmodeo"* erano ben documentate. Purtroppo, però, molte di esse erano secretate.

Probabilmente, per sua esperienza, ciò avveniva quando era in corso qualche indagine federale.

"Perché i federali stanno indagando?" pensò tra sé e sé.

Bill non aveva mai sentito parlare di quella organizzazione, ma il nome stesso evocava immagini di rituali oscuri e diabolici.

Il suo cuore accelerò mentre continuava a leggere, realizzando che ciò che stava affrontando era molto diverso da quanto avesse mai immaginato. E capì che il tempo per agire stava per scadere.

Non aveva molto tempo a sua disposizione. Prima o poi quei due, anche se non erano gli agenti più svegli che avesse conosciuto, avrebbero notato la sua presenza. Le dita sudate si muovevano freneticamente sulla tastiera, tentando di copiare i file riservati sul suo dispositivo USB. Ogni secondo sembrava allungarsi all'infinito, mentre il tempo minacciava di tradirlo. Anche il lieve ronzio del computer sembrava amplificarsi, un suono che in altre circostanze sarebbe stato confortante, ora si era trasformato in un monito angosciante.

All'improvviso, un suono diverso, pesante, lo fece trasalire. Bill sentì distintamente i passi decisi e autoritari di qualcuno che si avvicinava. Non ci volle molto per riconoscere la voce grave e inconfondibile dello sceriffo Ralph Cattellan, che tuonava ordini e maledizioni non appena entrato nell'edificio. Il panico esplose nel suo petto e si nascose istintivamente dietro la sua scrivania avendo cura di spegnere il monitor del computer.

Dalla sua posizione, ben nascosta alla vista dei suoi ex colleghi, riusciva solo a percepire l'odore della polvere accumulata e il freddo del pavimento sotto le mani. Trattenne il respiro, che in quella situazione sembrava sovrastare le voci in lontananza e cercò di ascoltare la conversazione tra lo sceriffo e i due agenti. La tensione nell'aria era quasi palpabile, come una coltre densa che si attorcigliava intorno a loro.

«Che diavolo sta succedendo qui?» tuonò Cattellan, la sua voce rimbombava tra le pareti strette della stanza. Ogni parola era una frustata che faceva trasalire i due agenti.

«Il vice sceriffo Bill Evans è stato sospeso e doveva essere messo sotto osservazione. Come mai è ancora in giro? E perché voi siete qui a cazzeggiare?»

Bill poteva immaginare lo sguardo fulminante che accompagnava quelle parole, un misto di rabbia e sospetto. Anna e Robert balbettarono qualche scusa, ma furono zittiti immediatamente.

«Andate immediatamente a casa sua. Voglio intercettazioni, appostamenti e non voglio che faccia un solo passo senza che voi lo sappiate!» ordinò loro, con un tono che non ammetteva repliche. Poi si diresse verso il suo ufficio e urlò nuovamente ai due agenti di muoversi.

Bill si accovacciò ancora di più nel suo angolo, sentendo il sudore colargli lungo la schiena. Il suo respiro era affannato, cercava di controllarlo, ma l'adrenalina lo travolgeva. Doveva uscire da lì.

I passi di Anna e Robert si allontanarono, l'eco dei loro stivali riempiva i corridoi deserti. Lo sceriffo Cattellan, rimasto solo, si lasciò cadere sulla sedia dietro la sua scrivania, sbuffando irritato. Attese qualche secondo, scrutando la porta per assicurarsi che i due agenti fossero usciti dalla centrale. Poi allungò una mano verso il telefono, prese la cornetta e iniziò a comporre un numero.

Bill, che osservava tutto da lontano, capì di aver fatto la scelta giusta andando a casa di Thomas e sbarazzandosi dei telefoni. Se fosse rimasto nella sua abitazione, sarebbe stato una preda troppo facile da monitorare. Ora, però, la sua mente doveva correre veloce ed elaborare un piano. Era fondamentale saperne di più e capire cosa stesse succedendo.

Con passi felini, quasi impercettibili, Bill si mosse verso l'ufficio del suo capo, tenendosi nascosto nelle ombre. Ogni suono, ogni scricchiolio delle vecchie assi di legno sotto i suoi piedi sembrava amplificato nella sua mente, ma continuava a muoversi, silenzioso come un predatore. Raggiunse la porta, abbastanza vicino da sentire Cattellan parlare al telefono. La voce di Cattellan era un misto di rabbia e preoccupazione, un tono che Bill non aveva mai sentito prima.

«Come è potuto accadere?! Manca poco all'incontro,» sbraitò lo sceriffo con la voce che quasi tremava dall'agitazione. Bill si avvicinò ancora di più, con il cuore che gli pulsava nelle orecchie. Ogni parola che Cattellan pronunciava lo faceva sentire sempre più vicino alla verità, ma era una verità che forse avrebbe preferito non conoscere.

Dopo una breve pausa, il tono dello sceriffo cambiò, diventando incredulo.

«Un'altra? Ma non è mai stato permesso! Come facciamo ora? Se lo scoprono rischiamo di farli incazzare.» Le parole erano dense di paura, qualcosa che Bill non avrebbe mai associato a quell'uomo imponente e autoritario. Il suo respiro si fece più superficiale mentre cercava di cogliere ogni dettaglio.

Poi arrivò la frase che lo gelò. «Ok, Cristo, ci vediamo al tempio. Dobbiamo agire subito. Avvisa Camberdille. Fra un'ora lì,» disse prima di riagganciare, con un gesto secco che fece tremare leggermente la porta.

Bill si immobilizzò mentre sentiva lo sceriffo alzarsi dalla sedia e dirigersi verso la porta. Non aveva tempo, doveva nascondersi. Gli occhi cercarono freneticamente un rifugio e lo trovarono nell'armadio dell'armeria, che per fortuna era stato lasciato aperto ed era abbastanza grande da contenerlo. Senza perdere tempo, si gettò dentro, stringendosi tra le armi mentre il sudore, dovuto all'agitazione e alla debolezza che ancora lo pervadeva, gli colava copiosamente sulla fronte. Sentiva l'odore pungente dell'olio per armi e il freddo del metallo contro la pelle, ma non osava muoversi.

Cattellan, che aveva sentito un rumore provenire dalla sala principale, uscì dal suo ufficio e con i suoi occhi indagatori scrutò ogni angolo. Ogni secondo che passava sembrava un'eternità per Bill mentre pregava di non essere scoperto. Lo sceriffo guardò sotto le scrivanie, dietro le sedie, cercando qualcosa o qualcuno. Era come un animale in caccia, i suoi sensi tesi e i suoi movimenti lenti e misurati.

Ma per un colpo di fortuna, il suo nascondiglio era passato inosservato. Cattellan, apparentemente soddisfatto, uscì dalla stanza, ma non prima di fermarsi un'ultima volta, come se avesse percepito una presenza o un rumore. Poi, con un grugnito, si diresse verso l'uscita.

Bill rimase nascosto ancora per qualche istante, ascoltando i passi che si allontanavano. Quando fu finalmente sicuro che se ne fosse andato, uscì dall'armadio, ancora provato da quanto accaduto. Purtroppo per lui non era il momento di gioire né di riposarsi. Doveva seguirlo per capire cosa stesse succedendo. Con mani esperte aprì il cassetto delle chiavi di riserva dei veicoli della polizia e prese quelle di una moto e senza fare troppo rumore corse nel parcheggio antistante e avviò il mezzo. Il motore ruggì sommessamente e, con i fari spenti, si mise all'inseguimento dell'auto di Cattellan.

Le strade di Hallowbridge erano avvolte dall'oscurità e il vento gelido della notte sferzava il suo volto mentre seguiva lo sceriffo. Ogni curva, ogni svolta sentiva che lo stava avvicinando ad un nuovo pericolo ma non poteva più fermarsi. Doveva sapere.

Finalmente, Cattellan si fermò. Aveva parcheggiato all'esterno del *The White Queen*, un locale dall'apparenza innocua, ma che in quella notte sembrava avvolto da un'aura di inquietante mistero.

Bill, mantenendosi a distanza, spense il motore della moto e osservò con attenzione. Vide lo sceriffo scendere dall'auto, ma invece di dirigersi verso l'ingresso principale, imboccò senza esitazione la strada che portava al seminterrato. Un dettaglio che non poteva passare inosservato.

Decise di seguirlo, rimanendo nascosto nelle ombre e calcolando ogni passo con precisione per non fare rumore ed evitare di essere scoperto. Scese le scale con cautela, appoggiando le mani alle pareti per distribuire meglio il peso dei suoi movimenti, mentre il freddo umido del cemento sembrava insinuarsi sotto la pelle. Giunto alla finestra che dava sull'ingresso, si fermò. Da lì aveva una visuale perfetta della scena che si stava svolgendo all'interno.

Tre uomini stavano discutendo con toni veementi. Uno era Cattellan, l'altro Camberdille, ma l'ultimo... il terzo uomo, voltato di spalle, aveva qualcosa di familiare che non riusciva a identificare.

La conversazione all'interno era tesa, carica di una minaccia sottile ma letale.

«Come hanno fatto a farla scappare?» gridò Cattellan. La voce di Camberdille era, invece, gelida come il ghiaccio. «Ora è morta e dobbiamo trovarne un'altra. Ma soprattutto, questo deve rimanere un segreto. Nessuno, a parte noi, dovrà mai venirne a conoscenza.»

Quelle parole si insinuarono nella mente di Bill come un veleno. Si stava avvicinando alla verità, anche se probabilmente era ben diversa da quella che sperava. Il terzo uomo, il cui volto era ancora nascosto, parlò con tono deciso. «I due uomini rimasti nel bunker devono morire. Racconteremo che hanno tradito il giuramento e che stavano per rivelare informazioni ai federali. Li abbiamo dovuti punire.»

Il volto di Camberdille divenne teso e risoluto e i suoi occhi erano freddi come il ghiaccio. «Bene, ho già un'idea per i prossimi passi, ma dobbiamo muoverci rapidamente. Prima di tutto, sistemiamo i due nel bunker.» Cattellan annuì lentamente, come se stesse riflettendo sulle parole di Camberdille. Poi replicò con una voce carica di minaccia: «Non possiamo permetterci altri errori, questa volta lo facciamo noi stessi. Non ci sarà margine di errore.»

Bill sentì il sangue gelarsi nelle vene. Sapeva che quella conversazione era la chiave per smascherare la rete di corruzione che aveva avvolto Hallowbridge, ma restare lì a origliare lo esponeva a un pericolo mortale. Doveva muoversi, ma non poteva farlo finché non avesse raccolto tutte le informazioni necessarie.

Camberdille prese il telefono e fece una chiamata rapida. «Henry, mi serve un nuovo nome e mi serve subito,» ordinò con un tono che non ammetteva repliche. Ascoltò per un secondo e poi, con tono più veemente, aggredì il suo interlocutore. «Non me ne frega un cazzo di quello che ti avevo detto. Fai finta che siano passati dieci anni, stupido coglione. Con quello che ti pago, fai quello che ti dico quando te lo dico,» rispose, stizzito da una probabile osservazione del suo interlocutore. «Vedi di muoverti, hai un'ora per identificarla. Al resto ci penso io.»

Bill trattenne un grido di rabbia. Stavano scegliendo la loro prossima vittima come si sceglie un numero da un elenco. Il disprezzo per la vita umana era palpabile.

Dopo aver chiuso la conversazione, Camberdille si rivolse a Cattellan e al terzo uomo nella stanza. «Uno di voi deve occuparsi della ragazza e l'altro dei due al bunker. Questa consegna dobbiamo gestirla personalmente. Non possiamo più rischiare.»

Cattellan annuì di nuovo, mentre il terzo uomo rimase in silenzio e immobile, con le spalle rivolte verso di lui, impedendogli di vederlo in viso e riconoscerlo. «Non ci saranno errori questa volta,» disse con una voce profonda e ferma. «Se falliamo, sappiamo cosa ci aspetta.»

Bill sentiva che il tempo stava per scadere. Doveva allontanarsi prima di essere scoperto, ma appena si mosse per ritirarsi fece un passo falso e un lieve rumore di metallo risuonò nel silenzio del seminterrato. Cattellan si voltò verso la porta, allarmato. «Avete sentito?» chiese, la sua voce ora carica di sospetto.

«Controllate subito,» disse Camberdille con un tono che fece gelare il sangue di Bill. Aveva pochi secondi per decidere cosa fare.

Con un movimento rapido e silenzioso, si girò e risalì velocemente le scale. Appena uscì all'aperto, sentì l'aria fredda della notte sulla pelle, un improvviso sollievo dal soffocante clima che aveva respirato fino a qualche attimo prima. Doveva raggiungere la moto che aveva nascosto, ma sentì dei passi dietro di sé. Erano loro.

Proprio mentre stava per essere visto, una mano lo afferrò e lo tirò violentemente dietro un angolo. Si girò pronto a combattere, ma si trovò di fronte Luca Iellamo, con una pistola silenziata puntata verso l'ingresso del seminterrato. «Luca!» Bill ansimò, confuso e spaventato. «Che diavolo stai facendo?»

«Salvarti la vita, idiota,» rispose, mantenendo la sua voce bassa. «Non hai idea di cosa stai affrontando qui.»

Bill non riusciva a credere alle sue orecchie. Luca, il vecchio gestore del pub, sparito da molti mesi ora era lì, armato e stava cercando di aiutarlo? Ma non c'era tempo per domande. Sentì le voci degli altri avvicinarsi.

«Vieni, dobbiamo andare,» insistette Luca, spingendolo verso una vecchia auto che aveva nascosto poco distante. «Non possiamo affrontarli qui. C'è troppo in gioco.»

Bill lo seguì, ancora disorientato e salirono insieme sull'auto. Luca accese il motore e, con i fari spenti, si allontanarono rapidamente dal locale, lasciandosi alle spalle le luci della città mentre correvano verso l'oscurità della campagna.

«Perché stai facendo questo?» gridò Bill, cercando di farsi sentire sopra il rombo del vecchio motore dell'auto. «Pensavo fossi sparito e che lavorassi per loro!»

Luca non rispose subito, concentrato sulla guida e sulla possibilità di essere seguiti. Solo quando furono abbastanza lontani dal pub rallentò e parlò. «È vero. Ho lavorato per loro per quasi trent'anni e solo dopo qualche anno ho capito chi fossero realmente i Figli di Asmodeo. Potevo scappare, certo... ci ho pensato più volte, ma non me lo avrebbero permesso. Così ho finto di essere dalla loro parte per capire cosa stesse succedendo davvero.» Poi fece una pausa e sospirò. «Ma ora che hai ascoltato quella conversazione siamo entrambi in pericolo. Non si fermeranno finché non ci avranno uccisi.»

«Mi perdonerai, ma faccio fatica a crederti,» ribatté Bill, stizzito. «Una persona innocente non lavora per trent'anni con dei pazzi criminali, non sparisce per sette mesi e, soprattutto, non droga suo padre portandolo alla follia!» Urlò con disprezzo.

189

Luca si girò verso di lui e lo fissò per qualche istante. Poi, con un tono triste e sorpreso, gli chiese: «E tu come fai a sapere di mio padre?»

«Thomas è morto. Ho trovato degli appunti a casa sua, dove descriveva cosa gli facevi e chi eri,» rispose con freddezza.

«Thomas è morto,» ripeté Luca, quasi sussurrando.

«Finalmente sarai soddisfatto, hai avuto la tua vendetta, psicopatico del cazzo,» continuò Bill, velenoso.

«Non hai capito nulla,» replicò Luca, con un tono dimesso. «Ho fatto tutto questo per salvargli la vita.»

Bill rimase interdetto da quelle parole. «Salvargli la vita? Ma se lo hai portato alla pazzia!»

«Purtroppo, all'epoca non conoscevo i reali effetti di quella droga e anche quando ho smesso di dargliela, lui non si è più ripreso.» Luca sembrava immerso in un dolore profondo, come se stesse rivivendo un passato tormentato.

«Non capisco se mi stai prendendo per il culo! Ma se è stato drogato per anni? Anche ora abbiamo trovato droga nelle sue bevande!» tuonò Bill, incredulo.

Luca rimase in silenzio per un attimo, cercando le parole giuste. Il suo sguardo era colmo di incertezza, come se faticasse a credere a ciò che Bill gli stava raccontando. Rimase perplesso, elaborando le informazioni, poi finalmente riprese a parlare.

«È la verità. All'epoca non avevo scelta. Drogarlo era l'unica opzione per salvarlo dalla morte. Aveva visto cose che non avrebbe dovuto vedere.» Bill ricordò quanto scritto da Thomas nei suoi appunti.

«Ho sempre sospettato che non si fidassero di me, che qualcuno lo stesse continuando a torturare, ma non avevo le prove e non potevo espormi troppo per non farmi scoprire. Ci sono troppe vite in gioco.»

Luca fece una pausa più lunga, sospirò e poi guardò Bill dritto negli occhi. «Che tu ci creda o no, passo informazioni ai federali da quasi venticinque anni e in tutto questo tempo non sono mai riusciti a fermarli.»

Bill rimase sorpreso da quanto appena sentito. «Federali? E non sono mai intervenuti?» sbottò.

«Non avevano mai abbastanza prove e i Figli di Asmodeo sono abili nel nascondersi. Prendere i pesci piccoli non serve a nulla. L'FBI vuole tagliare la testa a questa organizzazione,» continuò. «Ma sette mesi fa, non so come, mi hanno scoperto e hanno mandato qualcuno ad uccidermi. È venuto al tempio, il seminterrato del pub dove sei appena stato, con la scusa di fornirmi nuove direttive. Solo per miracolo sono ancora vivo. Nella colluttazione ho ucciso l'uomo che hanno inviato e ho dovuto nascondere il suo cadavere nel bosco. Da quel momento mi sono nascosto, osservandoli da lontano nella speranza di raccogliere abbastanza informazioni per i federali e riavere la mia vita... e la loro protezione.»

«Hai ucciso Alfredo Vázquez?» chiese Bill.

«Come fai a conoscerlo?» rispose Luca, il suo viso sbiancò e la sua voce parve colma di sorpresa e terrore.

«Abbiamo ritrovato il cadavere due giorni fa.»

«Capisco. Allora è la fine, lo avranno scoperto anche loro.»

Bill lo guardò, cercando di leggere la verità nei suoi occhi. C'era ancora qualcosa di oscuro in quell'uomo, qualcosa che non riusciva a decifrare, ma per ora doveva fidarsi. Non aveva altra scelta. Poi, con veemenza, dichiarò: «Se è come dici, mi aiuterai a fermarli. Non mi interessa quanto siano pericolosi. Dobbiamo impedire che uccidano o facciano del male a qualcun altro.»

191

Luca annuì. «Hai ragione, ma ci serve un piano. Non possiamo affrontarli a viso aperto. Sono troppi e sono potenti.»

Mentre guidavano, nel buio della notte, verso un destino incerto, Bill sapeva che Hallowbridge era diventata una trappola mortale e lui, insieme a Luca, erano forse gli unici a poter impedire che altri innocenti venissero sacrificati.

CAPITOLO 22

CONFESSIONI DAL PASSATO

La vecchia Chevrolet di Luca cigolava leggermente mentre si fermava su una strada sterrata, lontano dalla città. La luna alta nel cielo illuminava appena il profilo della campagna circostante, un mare scuro di campi interrotto solo da gruppi sparsi di alberi e qualche rudere abbandonato. Il vento che soffiava attraverso i finestrini socchiusi portava con sé un profumo denso e pungente, che si insinuava nelle narici come un avvertimento.

Luca spense il motore e un silenzio profondo si riversò nell'abitacolo. Solo il ticchettio del motore che si raffreddava riempiva quel vuoto, mentre l'oscurità circostante sembrava avvolgerli in un abbraccio soffocante. Bill, seduto accanto a lui, si voltò per guardare dietro; i suoi occhi, neri e profondi come l'ombra che li avvolgeva, scrutavano la strada deserta alle loro spalle. Ogni muscolo del suo corpo era teso e in allerta, pronto a scattare come una molla compressa.

«Pensi che ci abbiano seguiti?» chiese Bill con la voce roca ancora carica dell'adrenalina della fuga. La sua mano, appoggiata sul cruscotto, tamburellava piano, un ritmo costante e quasi impercettibile, ma sufficiente a tradire il nervosismo che tentava invano di mascherare.

Luca, con un movimento lento e controllato, scosse la testa. I suoi occhi castani, normalmente vivaci, ora erano opachi, come se un velo di tristezza li avesse offuscati.

«Non credo. Ma non possiamo essere certi di nulla.» La sua voce era bassa, profonda, come se le parole fossero pesanti, faticose da pronunciare.

Luca era un uomo alto e magro, con i capelli scuri che cominciavano appena a mostrare qualche filo d'argento. Le rughe che gli solcavano il viso raccontavano una storia di lotta e dolore, di notti insonni e decisioni tormentate. Anche nel buio dell'auto, il suo viso mostrava i segni di un passato troppo pesante da portare. Indossava una giacca di pelle logora, le cuciture allentate in più punti, e le sue mani erano callose, mani che avevano conosciuto il lavoro duro e non solo. Il suo respiro era affannoso, il petto si alzava e abbassava in modo irregolare, come se cercasse di mantenere il controllo di sé stesso.

Bill lo osservò attentamente, percependo che stava per dire qualcosa di importante. La tensione nell'auto si faceva sempre più palpabile, quasi elettrica. Il silenzio diventava insopportabile e alla fine fu Bill a romperlo.

«Luca, dobbiamo parlare seriamente e in maniera onesta. Non possiamo continuare così. Ho bisogno di sapere tutta la verità.»

Luca si rigirò nervosamente sul sedile, evitando lo sguardo di Bill. Le sue mani si strinsero intorno al volante. Per un lungo momento sembrò combattere una battaglia interna, cercando di decidere se fosse più sicuro continuare a mentire o affrontare il suo passato una volta per tutte. Quando finalmente parlò, la sua voce era flebile, incrinata dal peso dei ricordi.

«Non so da dove cominciare...» sussurrò, con lo sguardo perso nel buio fuori dal parabrezza. La campagna attorno a loro era un mare nero, incombente, come i fantasmi del suo passato che tornavano a tormentarlo.

Bill non lo incalzò, sapeva che Luca doveva trovare da solo la forza per parlare. Rimase in silenzio, dandogli lo spazio necessario per confessarsi.

«Dopo la morte di mia madre sono caduto in un abisso,» iniziò. Le sue parole erano lente e misurate. «Ero giovane, arrabbiato con il mondo e mi sono lasciato trascinare in cose che non avrei mai immaginato. Mi unii a un'organizzazione in Europa, cercando un modo per sfuggire al dolore... ma in realtà stavo solo scavando la mia stessa fossa.»

Il vento, fuori dal veicolo, aumentò d'intensità, facendo fremere le fronde degli alberi e portando con sé un fruscio inquietante che sembrava provenire dalle viscere della terra. L'atmosfera, ora, era così carica di tensione che persino l'aria sembrava più densa, come se respirare fosse diventato più difficile.

«Quando sono arrivato a Hallowbridge,» continuò Luca, «pensavo che avrei trovato una nuova vita, lontano da quel mondo. Ma mi sbagliavo. Qui, l'organizzazione aveva radici ancora più profonde, più marce. Ero in trappola e non me ne rendevo conto. Il traffico di armi e droga era solo la punta dell'iceberg. Il vero business... è sempre stato il traffico di esseri umani e soprattutto ragazze.»

Bill lo guardava con crescente orrore mentre la sua mente cercava di assimilare le rivelazioni. L'odore di cuoio invecchiato e fumo di sigaretta impregnava l'abitacolo, mescolandosi all'aroma umido e terroso che entrava dall'esterno, creando un contrasto che rispecchiava perfettamente l'oscurità delle sue parole.

«All'inizio, cercai di non immischiarmi,» continuò, le sue parole ora erano più rapide, come se avesse fretta di liberarsi di quel peso. «Ma non potevo ignorare ciò che vedevo.» Fece un sospiro, «Poi, un agente dell'FBI mi avvicinò. Fu alla vecchia lavanderia vicino al municipio, uno dei pochi posti che all'epoca non erano ancora sotto controllo dell'organizzazione. Mi offrì una via d'uscita in cambio di informazioni.»

Gli occhi di Luca si chiusero per un istante, come se volesse bloccare i ricordi che affioravano. «All'inizio ero titubante. Avevo paura, non solo per me, ma anche per chiunque mi fosse stato vicino. Ma alla fine, accettai. Non avevo altra scelta. Dovevo uscirne.»

Bill non disse nulla, ma il suo sguardo era fisso su Luca, cercando di comprendere il tormento che lo stava consumando.

«La trappola doveva scattare con il rapimento di Giulia Grey,» la sua voce si fece ancora più bassa, quasi un sussurro.

«Era la mia occasione per liberarmi... Ma qualcosa andò storto. Mio padre... Thomas, ci vide. Il piano saltò all'ultimo momento. Tutto ciò che avevo pianificato, tutti i miei sforzi per mettere fine a quell'incubo... furono vani.»

Un lungo silenzio seguì quelle parole, interrotto solo dal suono del vento che sferzava i rami degli alberi. Luca si passò una mano tra i capelli scuri, spettinandoli ulteriormente, prima di continuare.

«All'inizio, quando scoprì che Thomas era mio padre, ammetto che lo avrei voluto morto. Lo odiavo per quello che aveva fatto a mia madre e soprattutto lo incolpavo per tutto quello che mi stava accadendo. Lui all'epoca non sapeva neanche della mia esistenza e a dire il vero io ho scoperto casualmente che lui era mio padre. Ho unito gli indizi che mia madre aveva appuntato nel suo diario e le chiacchere senza fine del suo passato da marinaio che era solito fare al pub dopo una birra. Ma poi quando decisero che doveva morire per aver visto troppo non ce l'ho fatta. Non potevo permettere che lo uccidessero.» Luca prese fiato, «Loro non sapevano che lui era mio padre e io all'epoca godevo di fiducia da parte loro.»

Il viso di Bill si irrigidì. «E cosa hai fatto?» chiese, il tono carico di un'emozione che non riusciva a trattenere.

Luca lo guardò, i suoi occhi pieni di un dolore quasi palpabile. «Cercai di salvarlo. Li convinsi che due sparizioni in così poco tempo sarebbero state sospette e poi Thomas era conosciuto da tutti. Ma l'unico modo che conoscevo... era quello che avevo imparato da loro. Lo drogai... con la stessa sostanza che usavano sulle ragazze. Speravo che lo avrebbe solo confuso, che avrebbe forse dimenticato tutto. Ma sbagliai la dose. Gliene diedi troppa, e.... e gli distrussi la mente.»

Le ultime parole uscirono come un rantolo, soffocate dal rimorso. Luca abbassò lo sguardo, incapace di guardarlo negli occhi. «Non volevo... non volevo che succedesse. Pensavo di poterlo proteggere, ma... ho solo peggiorato tutto.»

Bill si prese un momento per assimilare quella confessione. L'orrore e la compassione si mescolavano nel suo cuore, creando una sensazione che non riusciva a descrivere. Quando parlò di nuovo, la sua voce era più dolce, ma ferma.

«E cosa è successo alla ragazza?» chiese Bill rendendosi conto che il numero di ragazze era probabilmente molto più alto di quello che aveva fino a quel momento saputo.

«La ragazza fu venduta a qualche ricco magnate straniero. Non so altro», rispose con aria rassegnata Luca.

«E Lisa? Cosa è successo a Lisa?» domandò con un'ansia crescente.

Luca scosse la testa, i suoi occhi ritornati duri. «Non ho avuto nulla a che fare con lei,» rispose con fermezza. «Dopo quello che accadde con Thomas, l'organizzazione mi mise da parte. Non mi ritennero più adatto all'azione e mi relegarono alla sola gestione del pub.... il punto di incontro per i traffici. Venni nominato custode del Tempio di Asmodeo ma non avevo più accesso diretto ai loro affari più sporchi. Non so cosa sia successo a Lisa.»

«A dire il vero,» aggiunse Luca, «scoprii che Lisa era sparita dalle chiacchiere al pub e dagli articoli di giornale.» Poi si fermò, come se stesse cercando di scavare nei suoi ricordi.

«In quegli anni assistetti per caso al sacrificio di un'altra povera ragazza... Non so chi fosse, ma sono certo che non era Lisa.»

«Come fai a dirlo?» chiese Bill, turbato.

«Perché alcuni membri dell'organizzazione dissero chiaramente di averla rapita in un altro Stato. Non potei indagare oltre. All'interno dell'organizzazione vige un codice rigidissimo sulla circolazione delle informazioni e, nel mio ruolo, non avevo più accesso a quelle rilevanti, se non in rare occasioni e solo su loro richiesta. Il mio compito era limitato: dovevo assicurarmi che i membri dell'organizzazione avessero sempre tavoli appartati nel pub e, di tanto in tanto, predisporre il Tempio di Asmodeo – il seminterrato che hai visto prima – per le riunioni più importanti dei vertici.»

Fece una pausa, il suo sguardo si indurì. Poi, con un'espressione carica di amarezza e rabbia repressa, aggiunse:

«Ogni volta che accadeva, segnalavo la data all'agente dell'FBI, sperando che finalmente intervenissero. Ma non successe mai niente.»

Le sue parole parvero riecheggiare nell'auto, portando con sé un senso di terrore profondo, un'ombra che oscurò i loro pensieri. Bill lo guardò con attenzione, cercando segni di menzogna, ma trovò solo una stanca sincerità nei suoi occhi.

«Sei sicuro?» chiese, ma sapeva già la risposta.

Luca annuì lentamente, il volto stanco e segnato da anni di segreti. «Te lo giuro. Non ho nulla a che fare con lei, né ho mai preso parte attivamente alla scomparsa delle altre ragazze. Ho già abbastanza rimorsi per quello che è successo a Giulia Grey e per l'altra ragazza che ho visto sacrificare. Un peso del genere... non avrei potuto sopportarlo oltre.»

Il silenzio cadde di nuovo tra di loro, mentre il vento continuava a soffiare, portando con sé l'odore pungente della notte. Entrambi sapevano che quella conversazione era solo l'inizio di qualcosa di molto più grande e pericoloso. Le loro vite erano legate da fili sottili, intrecciati in un tessuto di verità nascoste e bugie sussurrate, e ora, quei fili stavano per essere strappati, uno ad uno.

La luce del sole era ormai un ricordo lontano quando i due uomini decisero che era arrivato il momento di muoversi. Lasciarono l'auto e decisero di raggiungere a piedi la casa di Thomas per aggiornare Claire e pensare alle prossime mosse. Prima però Luca convinse Bill a passare nel nascondiglio dove aveva portato le prove raccolte in tutti questi anni.

«Ci saranno utili, è meglio averle con noi» concordò Bill.

Presero dal portabagagli alcuni effetti personali di Luca e si addentrarono nella foresta. Gli alberi, alti e imponenti, si ergevano come sentinelle silenziose, le loro ombre si allungavano minacciose sotto un cielo che si oscurava rapidamente. Ogni passo che facevano sul tappeto di foglie secche creava un rumore sordo, amplificato dal silenzio profondo della natura circostante. L'aria era intrisa dell'odore umido della terra e del muschio, un profumo che sembrava provenire direttamente dal cuore della foresta, denso e pungente.

Luca avanzava con sicurezza, nonostante l'età che iniziava a farsi sentire. Il suo corpo, ben allenato, si muoveva con una certa pesantezza, ma i suoi movimenti erano precisi, come se conoscesse ogni singolo angolo di quel luogo.

Bill lo seguiva da vicino con il cuore appesantito dalle recenti rivelazioni. Con i suoi trentasette anni portati ancora con una certa leggerezza, sentiva la differenza d'età con Luca come un peso, soprattutto in quella notte così carica di tensione. Cercava di mantenere il passo, ma la mente continuava a vagare, soffermandosi sui dubbi che lo tormentavano. Ogni tanto, alzava lo sguardo verso il cielo, cercando di scacciare quella sensazione di pericolo imminente che non lo abbandonava.

«Quanto manca?» chiese infine con una voce che tradiva una leggera impazienza, ma anche un pizzico di stanchezza. La notte si era fatta fredda e ogni respiro usciva dalla sua bocca sotto forma di piccole nuvole di vapore, visibili alla luce tremolante della torcia che teneva in mano.

Luca si fermò per un momento, voltandosi lentamente verso Bill. Il fascio di luce della torcia di Bill illuminò brevemente il volto segnato del suo nuovo compagno di avventura, mettendo in evidenza le profonde rughe attorno agli occhi e la barba ormai quasi completamente grigia. «Non molto,» rispose Luca, con un tono che tradiva una saggezza acquisita negli anni. «Ci siamo quasi. Solo un po' di pazienza.»

Ripresero il cammino in silenzio, con Luca che guidava attraverso il sentiero sempre più stretto e tortuoso. Gli alberi attorno a loro sembravano stringersi, quasi a volerli intrappolare in un abbraccio soffocante. Le radici affioranti creavano ostacoli imprevedibili e ogni passo richiedeva una concentrazione crescente. Il terreno irregolare li costringeva a procedere con cautela, ma Luca sembrava muoversi con una familiarità che contrastava con la difficoltà del percorso.

Finalmente, dopo quella che parve un'eternità, si fermò bruscamente. Davanti a loro si apriva una piccola radura, dove la terra era spoglia e battuta. Al centro della radura si ergeva una piccola costruzione che sembrava essere una vecchia cappella, un edificio di pietra annerita dal tempo, coperto di edera e quasi inghiottito dalla vegetazione circostante. Il tetto, ormai crollato in più punti, permetteva alla luce della luna di filtrare, gettando ombre spettrali sul pavimento coperto di polvere.

«Eccoci,» disse Luca, il tono della sua voce che non rivelava alcuna emozione. «Questo è il luogo di cui ti ho parlato.»

Bill si avvicinò alla cappella con una certa esitazione, illuminando l'interno con la torcia. Gli affreschi sbiaditi, ormai quasi del tutto scomparsi, rivelavano solo vaghe tracce di un passato dimenticato. L'odore di muffa era intenso, mescolato con quello della pietra umida, creando un'atmosfera soffocante. Ogni passo all'interno di quella struttura abbandonata sembrava amplificato dall'eco, un suono che rimbalzava tra le mura di pietra, rievocando un tempo lontano e misterioso.

Luca si avvicinò a un altare caduto, abbassandosi con un leggero gemito mentre spostava alcuni detriti. Da sotto le macerie emerse una piccola scatola di legno, chiusa con cura. Con un gesto preciso, aprì la scatola, rivelando una serie di documenti ingialliti dal tempo, ordinatamente riposti all'interno. Bill, col cuore in gola, si chinò accanto a lui, mentre Luca iniziava a sfogliare quei fogli fragili.

«Questi documenti contengono tutto ciò che ho raccolto dell'organizzazione,» spiegò. Il tono della sua voce era grave e carico di significato. «Nomi, date, luoghi... ogni dettaglio è qui. Sono le prove che cercavamo e spero la chiave per smascherare tutto.»

Bill prese uno dei fogli e iniziò a scrutare velocemente la calligrafia sbiadita sugli stessi. Ogni parola sembrava carica di un peso insostenibile, come se le vite distrutte dall'organizzazione fossero racchiuse in quelle righe. Il suo sguardo si alzò su Luca, cercando di trovare risposte a tutte le domande che lo tormentavano.

«Perché tenerli qui, nascosti?» chiese infine, incapace di trattenere il dubbio.

Luca sospirò, posando delicatamente il foglio che teneva in mano. «Portarli con me era troppo rischioso,» spiegò. «Questo è uno dei pochi posti dove nessuno avrebbe mai pensato di cercare. E anche se qualcuno lo avesse trovato, chi avrebbe avuto il coraggio di entrare?»

Bill annuì, finalmente afferrando il senso del piano. Eppure, un'inquietudine sottile continuava a serpeggiargli dentro. «Perché mi hai portato qui?» chiese, il dubbio evidente nella sua voce. «E perché proprio adesso?»

Luca lo guardò intensamente, i suoi occhi pieni di una saggezza dolorosa. «Perché non abbiamo più tempo,» rispose con voce bassa e tesa. «Stanno stringendo il cerchio attorno a noi. Se non agiamo subito, sarà troppo tardi. E non parlo solo di noi... ci sono persone là fuori che dipendono da quello che faremo ora.»

Il silenzio calò di nuovo su di loro, un silenzio carico di significato, interrotto solo dal sibilo del vento che passava attraverso le fessure della cappella. La consapevolezza del pericolo imminente si insinuava nei loro cuori, facendosi strada come un veleno lento ma letale.

«Dobbiamo andare,» disse infine Luca, richiudendo la scatola con un gesto deciso. Si alzò lentamente e le sua ginocchia scricchiolarono leggermente sotto il peso degli anni. «Non possiamo rimanere qui a lungo. Questi documenti devono essere portati al sicuro.»

Bill annuì, ma mentre usciva dalla cappella, un movimento tra gli alberi catturò la sua attenzione. Si fermò con il respiro bloccato in gola, mentre cercava di mettere a fuoco la vista nell'oscurità.

«Luca...» sussurrò, mantenendo gli occhi fissi sulla figura indistinta che sembrava osservarli in lontananza.

Luca si voltò, la sua espressione e il suo corpo mostravano chiaramente come l'ansia lo avesse irrigidito all'istante. I suoi occhi, abituati a decifrare ogni segno di pericolo, scrutavano l'oscurità con una concentrazione feroce. La figura rimase immobile per un istante, poi svanì silenziosamente tra gli alberi, come un'ombra sfuggente.

«Siamo stati seguiti,» mormorò Luca, con un tono che non ammetteva repliche. «Dobbiamo muoverci, subito!»

Senza più esitare, si lanciarono di corsa verso l'uscita della radura, mentre l'ansia e l'agitazione montavano, minacciando di prendere il sopravvento. La paura di essere scoperti li spingeva a muoversi più velocemente, ma la foresta sembrava ostacolarli ad ogni passo, con rami e radici che li trattenevano come mani invisibili. Ogni suono nella notte sembrava amplificato nelle loro teste: il fruscio delle foglie, il rumore dei loro passi, il respiro affannoso che usciva dalle loro bocche. Ma un pensiero ossessionante si era ormai insinuato nella mente di Bill: chiunque fosse quell'ombra, era lì per loro. E ora, la loro unica speranza era agire prima che fosse troppo tardi.

Il bosco si estendeva come un labirinto infinito, un intrico di sentieri stretti e oscuri che sembravano portare ovunque e da nessuna parte allo stesso tempo. La notte era ormai completamente calata, e la luna, nascosta dietro a un banco di nuvole, non offriva alcuna guida. L'unica luce a cui potevano affidarsi era quella delle torce, un tenue bagliore che si rifletteva nei loro occhi vigili, ma che al contempo poteva rivelare la loro posizione.

Luca, con la scatola dei documenti stretta sotto il braccio, avanzava con determinazione, nonostante la fatica cominciasse a farsi sentire nelle sue ossa. Sentiva ogni muscolo teso e dolente, ma ignorava il dolore, concentrato solo sull'obiettivo. Ogni passo era diventato una lotta contro il tempo, ogni respiro un ricordo della fragilità della loro situazione. Il viso segnato dal tempo, con la pelle che iniziava a perdere la sua elasticità, tradiva la sua stanchezza, ma i suoi occhi, profondi e scuri, brillavano di una determinazione feroce.

Bill lo seguiva, il cuore martellante nel petto, il respiro pesante. A ogni passo, la sua mente si affollava di pensieri contrastanti: la paura di fallire, il desiderio di capire, la necessità di proteggere ciò che avevano scoperto. Sentiva la presenza di Luca come una guida sicura, ma al tempo stesso, percepiva il peso della responsabilità che ora gravava su di lui. Le gocce di sudore gli rigavano la fronte e il freddo della notte gli penetrava nelle ossa, ma sapeva di non poter rallentare.

Mentre si addentravano sempre più nella foresta, il suono dei loro passi sembrava fondersi con i rumori della natura: il fruscio del vento tra gli alberi, il richiamo lontano di un gufo, il rumore secco di rami che si spezzavano sotto il loro peso. Ma c'era anche qualcos'altro, un rumore che li seguiva, a distanza, come un eco sinistro che si faceva sempre più vicino. Un segnale inequivocabile che non erano soli.

«Li senti anche tu?» mormorò Bill, cercando di non lasciar trapelare il panico nella sua voce.

Luca annuì, senza voltarsi. «Sì. Ci stanno braccando.»

Quelle parole erano cariche di una gravità che Bill percepì come un colpo nello stomaco. Non c'era tempo per il dubbio, né per la paura. Dovevano continuare a muoversi, più velocemente, più silenziosamente. Ma la foresta sembrava cospirare contro di loro, ogni radice era una trappola disseminata sul terreno e ogni ombra una possibile minaccia di morte a cui prestare attenzione.

Finalmente, dopo quello che sembrò un viaggio interminabile, raggiunsero un'altra radura. Era un piccolo spiazzo, circondato da alberi alti e fitti e nel mezzo si trovava un vecchio capanno di legno, quasi nascosto tra la vegetazione. Il tetto era completamente crollato, e le pareti erano ricoperte di muschio e piante rampicanti. Sembrava un vecchio rifugio abbandonato da anni, ma per loro, in quel preciso momento, rappresentava un'ancora di salvezza, un luogo in cui nascondersi almeno per un momento.

«Entro io per primo,» disse Luca, abbassando la voce al limite di un sussurro. «Se è sicuro, ti farò cenno.»

Bill annuì, rimanendo nascosto tra gli alberi mentre Luca si avvicinava con cautela al capanno. Ogni passo era misurato, ogni respiro controllato. Quando raggiunse la porta di legno, la spinse lentamente con una mano, facendo attenzione a non far rumore. Il vecchio legno scricchiolò leggermente, ma non abbastanza da rivelare la loro presenza. Luca entrò con la torcia alzata cercando di scrutare all'interno del capanno.

L'odore di marcio riempì le sue narici, ma non c'era altro. Nessun movimento, nessun segno di vita. Fece un rapido giro della piccola stanza, controllando ogni angolo, ogni possibile nascondiglio. Quando fu sicuro che non c'era pericolo, fece un cenno a Bill di entrare.

Bill si avvicinò rapidamente, ma con la stessa cautela. Una volta dentro, chiuse la porta alle sue spalle e si lasciò cadere contro la parete, cercando di recuperare il fiato.

«Che cosa facciamo ora?» chiese con una voce che tradiva la sua crescente ansia.

Luca posò la scatola su un vecchio tavolo di legno e il rumore sordo del legno contro legno riempì il silenzio.

«Dobbiamo nascondere questi documenti meglio di come ho fatto prima,» disse con determinazione. «Se li trovano, siamo finiti.»

Bill annuì, stava cercando di pensare a una soluzione. Il capanno era piccolo e spoglio, ma forse potevano trovare un luogo sicuro. I suoi occhi si fermarono su un angolo della stanza, dove il pavimento sembrava leggermente sollevato. «Proviamo lì» disse, indicando il punto con un cenno del capo.

Luca seguì lo sguardo di Bill e si avvicinò all'angolo indicato. Con un rapido movimento, spostò le assi del pavimento, rivelando uno spazio vuoto sotto di esse. Era abbastanza profondo da nascondere la scatola e ben nascosto da chiunque non sapesse cosa cercare.

«Perfetto,» disse, con un mezzo sorriso che illuminò brevemente il suo viso stanco. Sistemò con cura la scatola con i documenti nel nascondiglio e riposizionò le assi sopra di essa. Quando fu sicuro che tutto era al suo posto, si rialzò, fissando il suo compagno con uno sguardo serio. «Ora dobbiamo uscire di qui,» il tono della sua voce non lasciava spazio a discussioni. «Non possiamo rischiare che ci trovino.»

Bill annuì, ma qualcosa dentro di lui non riusciva a liberarsi della paura. Con la voce che tremava leggermente chiese «E se ci stessero aspettando fuori?»

Luca lo guardò negli occhi, cercando di trasmettergli un po' della sua determinazione. «Allora dovremo essere più furbi di loro,» rispose. «L'elemento sorpresa è dalla nostra parte. E non dimenticare: siamo addestrati e pronti a tutto e nessuno ci potrà fermare ora.»

Quelle parole, sebbene rassicuranti, non riuscirono a scacciare del tutto l'ansia di Bill. Ma sapeva che non potevano rimanere lì, nascosti come topi in trappola. Dovevano agire e dovevano farlo in fretta.

Riaprirono la porta del capanno con la stessa cautela di prima e si avventurarono di nuovo nella foresta. Ogni ombra sembrava nascondere un pericolo, ogni suono un segnale di allarme. Ma Luca guidava con fermezza, con i suoi movimenti sicuri e precisi, nonostante l'età. Bill lo seguiva da vicino, cercando di ignorare la sensazione di essere osservato.

Dovevano continuare a muoversi, sempre un passo avanti ai loro inseguitori. La loro sopravvivenza dipendeva dalla velocità e dall'astuzia e dalla loro capacità di lasciare il passato dietro di sé, almeno per un momento. Ma entrambi sapevano, in fondo al cuore, che il passato aveva una strana capacità di ritornare e quando lo avrebbe fatto, avrebbero dovuto essere pronti.

CAPITOLO 23

SETTE MESI PRIMA

Sette mesi prima, l'aria di Hallowbridge era ancora più pesante del solito. Le nubi si accumulavano minacciose nel cielo e un senso di inquietudine serpeggiava tra le strade e il bosco che circondava la cittadina. Luca, all'epoca, era un uomo profondamente cambiato, la cui vita era stata segnata da segreti troppo grandi per essere condivisi. A quasi cinquant'anni, portava sulle spalle il peso di una vita vissuta ai margini, sempre un passo avanti alla morte, ma mai davvero al sicuro. Il suo viso rivelava una durezza che solo anni di lotta e dolore potevano forgiare.

Il Tempio di Asmodeo era un luogo che Luca evitava quando possibile. Nonostante ne fosse il custode, l'oscurità che lo permeava lo aveva sempre messo a disagio. Era poco più di un seminterrato, ma ciò che avveniva al suo interno era avvolto nel mistero e nel terrore. Le pareti di pietra grezza trattenevano il freddo, rendendo l'atmosfera all'interno ancora più gelida. Un altare di marmo nero dominava la stanza, circondato da sedie di velluto rosso, logore dal tempo, disposte a formare un cerchio quasi ritualistico.

Quando Luca ricevette la convocazione, un senso di presagio lo avvolse. La missiva era breve, quasi frettolosa e portava la firma di

Alfredo Vázquez, un uomo di poche parole ma dalla reputazione spietata all'interno dell'organizzazione. Vázquez era alto e massiccio, con spalle larghe e mani callose che sembravano fatte per infliggere dolore. I suoi occhi, freddi e calcolatori, non tradivano mai emozioni, rendendo ogni interazione con lui un esercizio di autocontrollo per chiunque. Luca non faceva eccezione.

Quel giorno, mentre si recava al Tempio, sentiva un gelo crescente invadere il suo cuore. Sapeva che qualcosa non andava. Aveva custodito quel luogo per anni, ma era stato raramente convocato per incontri diretti. Quando entrò nella sala, il suo respiro si fece più corto. Il silenzio era quasi opprimente, rotto solo dal ronzio sommesso di una lampada a olio nell'angolo.

Alfredo Vázquez era già lì, seduto su una delle sedie di velluto, le mani intrecciate davanti a sé. Alzò lo sguardo quando Luca entrò, fissandolo con quegli occhi freddi e penetranti. Senza preamboli, gli passò una busta sigillata.

«Nuovi ordini,» disse con la sua voce monotona e priva di emozioni.

Luca prese la busta, cercando di mantenere la calma mentre la apriva. All'interno c'era un documento che gli ordinava di cedere la gestione del pub e di conseguenza del Tempio a un altro custode. Era stato assegnato a un nuovo incarico, un compito che lo avrebbe portato lontano dai suoi abituali affari: le grotte. Sentì un brivido corrergli lungo la schiena. Conosceva bene quelle grotte, le stesse che quasi trent'anni prima avevano visto il rapimento di Giulia Grey. Erano un luogo maledetto, impregnato di ricordi oscuri e sangue versato.

«Firma qui,» ordinò Vázquez, porgendogli un'altra carta. Era l'atto di cessione del The Sea Mood. Luca esitò solo un attimo, poi prese la penna e firmò. Sapeva che opporsi sarebbe stato inutile. Nell'organizzazione, disobbedire significava morire.

Una volta firmato il documento lo condusse fuori dal Tempio e lo fece salire su una vecchia Jeep militare. L'odore di polvere e metallo arrugginito riempì l'abitacolo mentre il motore ruggiva e si allontanarono lungo un sentiero sterrato che si addentrava nel bosco. Il viaggio fu breve, ma carico di tensione. Luca conosceva ogni curva, ogni albero di quella strada, ma quel giorno sembrava tutto diverso. Più minaccioso.

Capì subito che non erano diretti alle grotte.

Quando finalmente raggiunsero una radura nascosta tra gli alberi, Vázquez spense il motore e ordinò loro di scendere. Avrebbero proseguito a piedi. A quel punto, Luca non ebbe più dubbi: qualcosa non andava. Gli anni passati in quella organizzazione gli avevano affinato i sensi e ora sentiva l'odore del pericolo nell'aria, come un predatore che fiuta la preda. Gli occhi di Vázquez si fecero più stretti e Luca vide la sua mano scivolare verso la fondina. Non ci fu tempo per pensare, solo per agire.

In un attimo afferrò un grosso ramo da terra e, con la forza della disperazione, lo scagliò contro la testa di Vázquez, colpendolo con violenza alla tempia. Il colpo fu devastante; l'impatto secco risuonò nell'aria mentre l'uomo crollava a terra come un sacco di patate. Il sangue iniziò a impregnare il terreno, segno che non si sarebbe rialzato. Il respiro di Luca era affannoso, il cuore che batteva all'impazzata. Non c'era stato tempo per riflettere, solo per sopravvivere.

Ma ora che il pericolo immediato era passato, il panico prese il sopravvento. Doveva cancellare ogni traccia di quel momento. Doveva far sparire quell'uomo come se non fosse mai esistito. Si chinò sul corpo e strappò la camicia, esponendo il tatuaggio del sigillo di Asmodeo. Con un coltello affilato, iniziò a rimuoverlo, cercando di cancellare quel marchio, simbolo della loro appartenenza a un mondo di ombre e segreti. Nonostante tutto, non si era mai abituato alla vista del sangue e dovette reprimere un conato di vomito. Ma non poteva fermarsi. Sapeva che, se qualcuno avesse trovato il corpo, quel tatuaggio avrebbe rivelato immediatamente la sua affiliazione.

Mentre lavorava, il sudore gli colava sulla fronte, mischiandosi con il sangue di Vázquez. Sentiva il cuore martellare nelle orecchie e ogni suono nel bosco sembrava amplificato, come se la foresta stessa stesse osservando, giudicando. Quando infine stava per riuscire a completare il suo macabro compito, si accorse di essere stato troppo lento.

Voci. Lontane, ma in avvicinamento. Luca si voltò di scatto, il cuore che sembrava voler esplodere. Senza perdere altro tempo, prese il corpo di Vázquez e lo trascinò verso una fossa naturale, coprendolo rapidamente con rami, foglie e terra. Doveva nasconderlo, almeno temporaneamente, prima che fosse troppo tardi.

Quando fu sicuro che il corpo fosse ben nascosto, si alzò e iniziò a correre attraverso il bosco, che sembrava stringersi sempre di più attorno a lui, come per rallentarne la fuga. Gli alberi sembravano ergersi come guardiani silenziosi, custodi di segreti inconfessabili.

Ritornato alla radura, prese la Jeep e si diresse verso il piccolo lago nascosto nel bosco. Una volta arrivato sulla riva, scese dall'auto lasciando il motore acceso. Raccolse una grossa pietra da terra e la posizionò sull'acceleratore, guardando mentre il veicolo si muoveva lentamente verso l'acqua. La Jeep si inabissò rapidamente nelle acque scure. Il lago, piccolo ma profondo, era un luogo dimenticato da tutti: nessuno vi andava né per pescare né per nuotare, considerato da molti poco più di una pozzanghera.

Poi iniziò a camminare senza fermarsi finché non raggiunse il margine della città. Si fermò di tanto in tanto solo per riprendere un po' di energie, infine si incamminò verso un rifugio sicuro, dove avrebbe potuto pensare. La vita che aveva conosciuto fino a quel momento era finita. Ora, doveva imparare a sopravvivere in un mondo che voleva la sua testa.

Il giorno dopo, Luca si ritrovò ai margini della società, in un limbo tra la vita e la morte, incapace di fidarsi di chiunque, nemmeno del suo contatto all'FBI. Aveva solo una cosa dalla sua parte: la pistola di Vázquez, l'arma che avrebbe potuto salvarlo o condannarlo.

Ma sapeva che non avrebbe potuto fuggire per sempre. Prima o poi, qualcuno avrebbe scoperto la verità. E allora la caccia sarebbe iniziata per davvero.

CAPITOLO 24

LAMBORGHINI URUS

Il sole era ormai alto nel cielo quando Steve tornò alla villa, con il rombo sordo di una Lamborghini Urus che riecheggiava nel silenzio di quel luogo isolato. Era passata solo qualche ora dalla colazione, ma quelle ore avevano portato con sé un'ondata di incertezze e domande senza risposta. Mark, Sarah e David erano rimasti seduti sui gradini dell'ingresso cercando di capire cosa fare e soprattutto domandosi che fine avesse fatto Steve.

Ora, mentre parcheggiava l'auto nel vialetto, cercava di mascherare la sua inquietudine dietro un sorriso forzato.

Sarah fu la prima a parlare quando lo vide entrare. «Dove sei stato?» chiese con tono preoccupato.

Steve sospirò, passando una mano tra i capelli. «Avevo bisogno di schiarirmi le idee,» rispose con nonchalance. «Ho fatto un giro, ho cercato di mettere in ordine i pensieri.»

Mark lo osservò attentamente con gli occhi socchiusi pronto a cogliere le più piccole sfumature. «Con la Lamborghini di tuo padre? Non mi sembra il tipo di auto per un giro di riflessione.»

Steve fece spallucce. «Era lì, a disposizione. Pensavo che un po' di adrenalina mi avrebbe aiutato. Ma non sono arrivato a nessuna conclusione utile.»

L'aria era carica di tensione. C'era qualcosa nel comportamento di Steve che metteva Mark a disagio, ma decise di non insistere. C'erano questioni più urgenti da affrontare.

David, che fino a quel momento era rimasto in silenzio, si schiarì la gola. «Dobbiamo fare qualcosa. Non possiamo restare qui ad aspettare che le cose si risolvano da sole. Dobbiamo scoprire cosa sta succedendo. Magari una birra al The White Queen può aiutarci a capire se è sotto il controllo di questa strana organizzazione o ha solo un pessimo gusto per l'arredamento.»

Sarah annuì. «Dobbiamo capire se il nuovo gestore è coinvolto in tutto questo. Magari sa qualcosa su Luca.»

Mark rifletté un attimo, con la mente che vagava su un altro mistero. «E c'è un'altra cosa che non mi torna,» aggiunse, guardando i suoi amici. «Quel libro che abbiamo trovato nella casa di Thomas... sono sicuro che è identico a quello che ho visto nello studio di Camberdille quando era preside. Ora che è diventato sindaco, il suo coinvolgimento sembra sempre più sospetto. Non possiamo ignorare questo dettaglio. Bill non mi ha creduto ma io sono certo di quello che dico.»

Sarah si alzò in piedi. «Allora è deciso. Andiamo al pub, facciamo qualche domanda e vediamo cosa riusciamo a scoprire. Poi cercheremo di capire il collegamento con il libro.»

La Lamborghini si fece strada con facilità attraverso le vie di Hallowbridge con il ruggito del motore che faceva girare le teste dei passanti. David guardava fuori dal finestrino, ma non smetteva di lanciare frecciatine a Steve. «Sai,» iniziò con un tono ironico, «quest'auto è così lussuosa che mi sorprende non ci siano paparazzi a inseguirci. Forse papà ha pensato che tu avessi bisogno di un piccolo aiutino per farti notare?»

Steve, con un sorriso forzato, non rispose, concentrato sul percorso. Ogni curva sembrava portarli più vicini al cuore oscuro di Hallowbridge. Il loro obiettivo era il The White Queen, un pub che da quando aveva cambiato gestione, aveva sempre più sollevato sospetti tra di loro.

Mark fissava la strada, immerso nei suoi pensieri, mentre Sarah, seduta accanto a lui, lanciava sguardi furtivi in sua direzione. Non riusciva a smettere di pensare a quanto era accaduto la notte precedente. Il modo in cui si erano avvicinati, il calore dei loro corpi che si fondevano nell'oscurità... Eppure, nonostante quel momento di intimità, c'era ora una distanza tra loro che non riusciva a comprendere.

«Mark...» iniziò Sarah, cercando le parole giuste. «Riguardo a ieri sera...»

Mark la interruppe, il tono fermo ma gentile. «Non è il momento. Dobbiamo concentrarci su quello che stiamo per fare.»

Sarah abbassò lo sguardo, delusa, ma non insistette. Steve, che stava guidando, osservò in silenzio il breve scambio tra i due. Un miscuglio di gelosia e frustrazione ribolliva dentro di lui, un tormento che non riusciva più a soffocare. Scelse di tacere, ma il pensiero non lo lasciava in pace, insinuandosi nella sua mente come una spina impossibile da rimuovere.

Arrivati al parcheggio, Mark notò subito qualcosa di strano. Una moto della polizia era parcheggiata vicino al pub, nascosta parzialmente da un albero. Non c'era nessun agente in vista e questo dettaglio lo mise in allerta. «C'è qualcosa che non torna,» sussurrò, senza staccare gli occhi dalla moto. «Perché una moto della polizia è qui a quest'ora e senza nessuno nei paraggi?»

Sarah seguì il suo sguardo, mordendosi il labbro inferiore. «Forse è un agente che è andato a bere e non voleva parcheggiare lì davanti...»

Ma lui scosse la testa, il suo istinto gli diceva che c'era dell'altro. Decisero comunque di entrare, con le spalle coperte l'uno dall'altro. Il pub era avvolto in una penombra soffocante, un odore di tabacco stantio e birra riempiva l'aria, mentre pochi clienti sparsi ai tavoli bevevano in silenzio. Al bancone, un uomo robusto, con capelli grigi corti e una cicatrice sotto l'occhio sinistro, li osservava con diffidenza. Era Nicholas Calligros, il nuovo gestore. Il suo sguardo, occhi piccoli e freddi come quelli di un predatore, li seguì mentre si avvicinavano.

«Cosa vi porto?» chiese senza alcun calore, asciugando un bicchiere con un vecchio straccio.

Steve prese l'iniziativa, avvicinandosi con un sorriso cordiale. «Birre per tutti, grazie. E magari un po' di compagnia.»

Calligros sollevò un sopracciglio, ma non disse nulla mentre versava le bevande. Gli amici si accomodarono al bancone, sorseggiando lentamente, cercando di studiare il nuovo gestore senza destare sospetti.

Dopo qualche minuto di silenzio, Mark decise di rompere il ghiaccio. «Questo posto ha cambiato un po' di cose da quando è sotto la tua gestione,» disse, cercando di mantenere un tono casuale. «Il vecchio gestore, Luca, era molto diverso.»

Calligros si fermò, il bicchiere a mezz'aria. «Luca?» ripeté, con un tono neutro. «Non so niente di lui. Quando ho preso in gestione il pub, era già sparito. Nessuno mi ha detto dove sia andato.»

La risposta di quell'uomo era troppo fredda, troppo rapida. Sarah lo notò subito, scambiando uno sguardo con Mark.

«Davvero? Nessuno sa nulla di lui?» incalzò, cercando di sondare la reazione dell'uomo.

216

Calligros posò il bicchiere con un colpo secco sul bancone. «Ho detto che non so niente. Se siete qui per bere, bene. Altrimenti, la porta è quella.»

La tensione nell'aria divenne palpabile. Mark sentì un brivido lungo la schiena, una sensazione di pericolo imminente. Sapeva che dovevano andarsene prima di attirare troppo l'attenzione. Fece un cenno agli altri e, senza aggiungere altro, si alzarono per uscire.

Mentre si dirigevano verso la porta, però, qualcosa catturò nuovamente l'attenzione di Mark. Sopra il camino, in una cornice di legno scuro, c'era il quadro che aveva già visto. Era il dipinto che aveva notato durante la loro prima visita al pub, un'opera che sembrava emanare un'aura inquietante. Ma ora, osservandolo meglio, il déjà-vu lo colpì come un fulmine. Quel quadro... lo aveva già visto altrove, ma dove?

Usciti dal pub, l'aria fresca della sera li avvolse, portando con sé una sensazione di sollievo. Ma l'inquietudine persisteva.

«Quel quadro...» mormorò Mark, più a sé stesso che agli altri. «Devo ricordare dove l'ho visto.»

Sarah lo guardò, preoccupata. «Che cosa intendi?»

Mark scosse la testa. «Non ne sono sicuro, ma potrebbe essere importante. C'è qualcosa in quel quadro che non mi è mai piaciuta.»

Steve, rimasto in silenzio fino a quel momento, decise infine di intervenire. «Se sei convinto che esista un legame, non possiamo ignorarlo,» disse con una voce carica di sarcasmo. «Magari quel quadro è davvero collegato a tutto ciò che sta accadendo e noi abbiamo l'obbligo morale di scoprirlo. Forse è proprio lui che rapisce le ragazze.»

David rimase sorpreso nel sentire il suo amico usare quel tono verso Mark, ma poteva intuire la motivazione e il conseguente stato d'animo del suo amico. Per stemperare la tensione si affrettò ad aggiungere «Bene, allora andiamo a cercare informazioni nei libri di Thomas, di sicuro troveremo anche notizie su quel brutto quadro.»

Sarah annuì, ma i suoi pensieri erano altrove. La tensione tra lei e Mark era palpabile e sapeva che non poteva continuare così. Decise di affrontare la questione, ma non era sicura di come farlo.

Mentre si avvicinavano all'auto, Steve si avvicinò a Sarah con il cuore che gli batteva forte. «Sarah, aspetta un attimo,» iniziò, cercando di trovare il coraggio per dire ciò che aveva tenuto dentro per troppo tempo.

Lei si fermò, guardandolo con curiosità. «Che c'è, Steve?»

Steve prese un respiro profondo, cercando di prendere il coraggio che fino a quel momento non aveva mai avuto. «Volevo solo dirti...»

«Dirmi cosa Steve?» chiese con dolcezza Sarah.

L'amico fece un profondo respiro. «Ho sempre avuto un debole per te. Non l'ho mai detto prima perché... beh, pensavo che tu avessi ben altri pensieri. Ma dopo tutto questo tempo... non potevo più tenerlo per me.»

Sarah lo fissò, sorpresa dalla confessione. Non si era mai resa conto dei sentimenti di Steve e, ora, con tutto quello che stava succedendo, non sapeva come rispondere.

«Scusami, mi cogli alla sprovvista. Non voglio sembrarti indelicata o altro, ma questo non è il momento giusto per certe cose,» disse infine, cercando di essere gentile ma ferma. «Abbiamo cose più importanti a cui pensare.»

«Hai ragione,» mormorò. «Perdonami. Non avrei dovuto...» abbassò lo sguardo, ferito ma cercando di nasconderlo. Sarah lo interruppe, posandogli una mano sulla spalla. «Non devi scusarti. Siamo tutti sotto pressione. Ma dobbiamo restare uniti e concentrati.»

Steve annuì, ma l'amarezza della delusione era evidente nei suoi occhi. Si allontanò lentamente, unendosi agli altri che già discutevano del prossimo passo da compiere. Il gruppo si preparava ad affrontare una ricerca che prometteva di essere lunga e piena di pericoli. Salirono in macchina e si diressero verso la casa di Thomas.

CAPITOLO 25

LE COPPIE

Bill e Luca si muovevano in fretta, i loro passi erano silenziosi tra le ombre del bosco. Le prime luci dell'alba filtravano tra i rami, creando spettrali lame di luce nella fitta vegetazione. Con il cuore in gola, avanzavano senza sosta, consapevoli che ogni secondo perso poteva segnare la loro fine. I loro inseguitori erano vicini, ma con determinazione e astuzia, cercavano disperatamente di sfuggire, zigzagando tra gli alberi come ombre nella nebbia.

Entrambi avevano una buona conoscenza di quel luogo e dopo alcune ore di depistaggio decisero di cambiare volutamente direzione.

Finalmente raggiunsero la casa di Thomas. Nascosta tra gli alberi e avvolta da una vegetazione ormai incolta, appariva come un rifugio sicuro.

Prima di entrare stettero diverso tempo nascosti in silenzio per assicurarsi di essere soli.

Bill scrutava la casa da lontano e poté notare che le luci erano spente, così come il camino. Con soddisfazione pensò a come Claire era stata brava a non cedere alla tentazione di avere il conforto di una luce e il calore di un fuoco. Il suo sguardo poi si spostò verso il luogo dove avevano nascosto l'auto e constatò che tutto era in ordine.

Certi di aver depistato i loro inseguitori decisero di avvicinarsi alla casa, ma quando Bill aprì la porta, capì subito che qualcosa non andava. Claire non era lì.

«Claire?» chiamò Bill con voce strozzata, ma l'unica risposta fu l'eco delle sue parole tra i muri spogli della casa.

Luca scrutava l'oscurità all'interno, con i muscoli tesi come corde pronte a scattare. «Sicuro che era qui?» chiese con un tono carico di una preoccupazione malcelata.

Bill si passò una mano tra i capelli, mentre il cuore gli batteva così forte nel petto da fargli quasi male. L'angoscia e la preoccupazione lo attanagliavano.

«Era qui. Quando sono andato via con lei c'era il Dr. Reynolds,» ammise. «Pensavo fosse al sicuro in questo luogo.»

La reazione di Luca fu immediata. «Reynolds?» ripeté, incredulo. «Bill, Reynolds non fa parte dell'organizzazione ma è uno schifoso mercenario che vende informazioni al miglior offerente. Se ha capito che tu e Claire siete in qualche modo preziosi, non ci avrà pensato due volte a vendervi al miglior offerente.»

Le parole di Luca colpirono Bill come un colpo in pieno petto. Tutto ciò che pensava di sapere crollò sotto il peso di quella rivelazione. La fretta di Reynolds nel fornirgli informazioni ora appariva in una luce completamente diversa, una luce che rivelava la sua brama di denaro e potere. Il pensiero che potesse aver venduto Claire a qualcuno lo fece rabbrividire.

«Porca puttana!» urlò. «Probabilmente quello schifoso ha contattato Cattellan sapendo che ero stato sospeso.»

Improvvisamente, il rumore di un motore potente ruppe il silenzio della notte.

221

«Non siamo soli,» sussurrò Bill, guardando Luca con occhi spalancati.

«Nascondiamoci,» ordinò Luca, trascinandolo dietro un angolo buio della casa. Il rombo dell'auto si avvicinava e le loro menti lavoravano freneticamente. Era troppo rischioso rimanere allo scoperto, ma allo stesso tempo, non potevano permettersi di perdere questa opportunità. Luca estrasse la pistola dalla fondina sotto la giacca, pronto a difendersi nel caso fossero i Figli di Asmodeo.

Sentirono passi di diverse persone avvicinarsi alla casa e ad un certo punto la porta della casa si aprì con un cigolio sinistro. Nel buio apparve la sagoma di un uomo. Luca era sul punto di sparare, il dito già sul grilletto, quando Bill lo fermò con una mano. «Aspetta!»

I due emersero dall'ombra, lasciando David e gli altri per un attimo senza fiato.

«Cosa diavolo ci fate qui?» chiese Bill, sorpreso e sospettoso allo stesso tempo. «Vi stavamo conficcando un proiettile in testa brutte teste di cazzo!» tuonò Bill furibondo.

Sarah, Mark, David e Steve erano rimasti pietrificati sul ciglio della porta, non si aspettavano di vedere il loro vecchio amico nella casa di Thomas e soprattutto in compagnia di Luca.

«Bill? Luca?» domandò quasi balbettando David.

«Luca aiutami a legare questi quattro dementi» sbraitò Bill. «Non ho tempo da perdere con loro, dobbiamo trovare Claire.»

«Claire?» sussurrò Sarah a Mark.

Luca tenendo la pistola saldamente nella mano invitò gli ospiti a seguirlo e li legò alle sedie nella cucina abbandonata.

Il freddo cemento sotto i piedi e l'odore di muffa avvolgevano la stanza. Le luci deboli creavano ombre che si allungavano sulle pareti, mentre gli occhi di tutti cercavano risposte nel buio.

«Chi vi ha mandati?» chiese Luca, fissando Mark con uno sguardo penetrante. «Fate parte dell'organizzazione?» incalzò, puntandogli la pistola in faccia.

«Che organizzazione? Intendi i Figli di Asmodeo?» ribatté Mark, oscillando tra rabbia e stupore.

«Esatto. E vedi di non mentire.»

«Noi? Noi di sicuro no... Ma a dire il vero pensavamo che tu fossi uno di loro... e a questo punto anche Bill.» rispose Steve, irritato.

Luca strinse la mascella. «Se non fate parte dei Figli di Asmodeo, che cazzo ci fate qui? Perché ci avete seguito?»

«Perché sono degli snob ficcanaso che si divertono a giocare a fare i detective...» intervenne Bill con un ghigno. «Guardali bene in faccia, ti sembrano tipi da far parte di qualcosa di più pericoloso del club del libro?» aggiunse, divertito.

Steve non si lasciò intimidire. «Intanto noi abbiamo scoperto qualcosa. A differenza tua.»

Sarah, che fino a quel momento aveva osservato in silenzio quella scena di patetica mascolinità, alzò le mani e sbuffò. «Ehi, ehi, ragazzi... ma se ci calmiamo tutti, non è meglio?»

David annuì con una smorfia. «Sì, anche perché sono stanco di essere ammanettato o legato.»

Bill sbuffò, incrociando le braccia. «Ok, allora parlate. Ditemi tutto quello che sapete o, giuro su Dio, vi chiudo in cella e butto via la chiave!»

Questa volta, i quattro amici non ebbero più esitazioni. Raccontarono ogni dettaglio senza filtri, e man mano che le parole scorrevano, la tensione nella stanza si allentò, lasciando spazio a una nuova comprensione reciproca.

Bill e Luca compresero che forse, mettendo insieme tutti i pezzi, avrebbero ottenuto un quadro più completo. Tra le informazioni

223

fornite da Singer, la visita al pub, le rivelazioni contenute nel diario di Thomas e il possibile tradimento di Reynolds, si era creato tra loro un legame inaspettato.

Ora condividevano una causa comune.

La scomparsa di Claire incombeva su tutti come un'ombra minacciosa. E sapevano che solo collaborando avrebbero avuto una possibilità di salvarla.

Nel frattempo, Mark lottava con i suoi pensieri. Ogni indizio che avevano raccolto finora sembrava un pezzo di un puzzle incompleto, frammenti di una verità che ancora gli sfuggiva. Il quadro nel pub, la figura che aveva intravisto durante la notte precedente, i comportamenti ambigui di David e Steve... Tutto sembrava intrecciato in un intricato complotto, ma lui non riusciva a vedere il quadro completo.

Luca fece un passo avanti, interrompendo il flusso di pensieri di Mark. «Bill hai detto che Camberdille ha parlato al telefono con un certo Henry? Pensavo che c'è la possibilità concreta che si tratti del preside Henry Greenwood.»

«In effetti se c'è qualcuno che conosce tutte le ragazze di questa città, è lui... e potrebbe essere collegato a questa rete di complicità.» Concordò Bill.

«Quel bastardo, ha chiesto ad Henry di trovargli un nuovo nome.»

Il gruppo si guardò negli occhi, comprendendo la gravità della situazione. Non c'era più spazio per esitazioni. Gli intrecci stavano diventando molti e il tempo a loro disposizione poco.

«Dobbiamo farci aiutare dai tuoi amici, più siamo e più sarà facile seguire le tracce. Dobbiamo trovare Claire ed impedire che prendano un'altra ragazza.»

Bill, all'inizio riluttante, non poté fare a meno di concordare con la proposta di Luca. I suoi ex amici in fondo erano riusciti in qualche modo a recuperare quasi le sue stesse informazioni. Forse li aveva sottovalutati, in fondo potevano tornare utili.

Dopo una breve discussione decisero di dividersi per agire il più rapidamente possibile. Steve e Sarah avrebbero cercato risposte dal sindaco, sfruttando l'influenza della famiglia di Steve; Luca e Mark avrebbero perlustrato il bosco, seguendo le tracce di cui Luca era a conoscenza per capire se le grotte erano ancora un luogo di prigionia; mentre Bill e David avrebbero visitato il Dr. Reynolds e poi il preside Greenwood, decisi a svelare la rete di complicità che soffocava Hallowbridge.

Mentre ciascuno si preparava ad affrontare la propria missione, una sensazione di inevitabilità li avvolgeva. Sapevano che un passo falso poteva significare la fine, non solo per Claire, ma per tutti loro.

225

CAPITOLO 26

STEVE E SARAH

La Lamborghini di Steve si muoveva agile tra le strade semideserte e il rombo del motore riempiva il silenzio tra lui e Sarah. Steve non poteva fare a meno di lanciare occhiate furtive all'amica, seduta accanto a lui. La luce del mattino si rifletteva sui suoi capelli neri, creando riflessi che lo facevano impazzire. Ogni dettaglio di lei, dai lineamenti delicati al modo in cui si mordeva leggermente il labbro inferiore quando era pensierosa, gli accendeva un desiderio insopprimibile.

Non riusciva più a trattenersi. Il silenzio tra loro era diventato insostenibile, un peso opprimente che gli schiacciava il petto. Doveva dire qualcosa, fare qualcosa.

«Sarah,» iniziò, con un tono più morbido del solito, cercando di catturare la sua attenzione. «Siamo soli adesso... in auto... nessuno ci può disturbare.»

Sarah girò appena il viso verso di lui, gli occhi ancora fissi sulla strada davanti. «Sì, Steve? Cosa c'è?» rispose con voce fredda, come se avesse già intuito dove voleva arrivare.

Steve sentì la tensione salire. Non voleva essere respinto, non di nuovo. Ma l'attrazione che provava per lei era troppo forte per essere ignorata. «Sai, abbiamo passato tante cose insieme,» continuò, cercando di mantenere il tono leggero. «Non riesco a smettere di pensare... che magari... potremmo essere... qualcosa di più.»

Sarah non distolse lo sguardo dalla strada, ma lui notò il modo in cui le sue mani si strinsero sul cruscotto. «Steve, non iniziare,» disse in tono fermo. «Non è il momento per questo tipo di discorsi.»

Ma lui non si arrese. La frustrazione e il desiderio avevano preso il sopravvento. «Perché non potrebbe essere il momento? Perché continui a guardare altrove? Non capisco cosa trovi in Mark, uno come lui... non ti merita.»

«E tu come fai a sapere di me e Mark?» chiese Sarah all'improvviso, la sua voce tagliente come una lama.

Steve tentennò, sorpreso dalla domanda diretta. «Ho... ho sentito delle voci, niente di più,» rispose, cercando di abbozzare una scusa.

Sarah lo guardò con una rabbia contenuta. «Ora basta. Questi discorsi non porteranno da nessuna parte. Sei solo frustrato e stanco come tutti noi.» Poi, con un sospiro, chiuse l'argomento. «Ti giustifico solo perché siamo sotto stress.»

Il cuore di Steve sembrava voler scoppiare. Il rifiuto bruciava come un marchio e, per un istante, desiderò urlarle in faccia tutto quello che aveva tenuto dentro per anni. Ma si trattenne, lasciando che il silenzio si impossessasse di nuovo dell'auto.

Respirò profondamente, cercando di recuperare la calma.

«Sai,» disse infine con la voce carica di amarezza, «non capirò mai come tu possa preferire lui a me. Ma immagino che alcune cose non si possano cambiare.»

Sarah non rispose. Lo sguardo fisso sulla strada, come se volesse mettere una distanza infinita tra di loro. Steve si rese conto che ogni parola che avrebbe aggiunto sarebbe stata inutile. Il silenzio divenne un muro invalicabile e nessuno dei due osò più romperlo fino a quando non raggiunsero il municipio.

L'edificio del municipio si ergeva imponente davanti a loro, un monolito in mattoni che rifletteva la luce del mattino. Steve parcheggiò l'auto e spense il motore. Il silenzio calò pesantemente su di loro, mentre scendevano dalla macchina senza scambiarsi una parola. La tensione nell'aria era palpabile e sentivano che qualcosa di oscuro li stava aspettando dentro quell'edificio.

Furono accolti da una donna anziana, dal volto severo e i capelli grigi raccolti in uno chignon. La sua presenza rigida e formale sembrava un residuo di un'epoca passata. Li fermò con un gesto deciso della mano.

«Buongiorno,» disse con tono distante, lo sguardo che passava freddamente dall'uno all'altra. «In cosa posso aiutarvi?»

«Vorremmo vedere il sindaco Camberdille,» rispose Steve, cercando di mantenere la calma.

La donna li scrutò per un istante, valutandoli con occhi stretti. «Mi dispiace, ma il sindaco non riceve senza appuntamento,» replicò in tono tagliente. «Vi suggerisco di tornare un altro giorno.»

Steve sentì l'irritazione crescere dentro di sé. Ogni ostacolo lo faceva ribollire di frustrazione, ma sapeva che doveva mantenere la calma. Fece un respiro profondo, poi si avvicinò alla donna, abbassando la voce come se volesse condividere un segreto. «Le consiglio di riferire al sindaco che è Harrington a volerlo vedere,» disse, con una calma pericolosa. «E le assicuro che se scopre che lei ha rifiutato, ne pagherà le conseguenze.»

La donna sbiancò leggermente, le labbra si serrarono in una linea sottile. Senza dire altro, si allontanò per fare una chiamata, lasciando i due amici ad attendere nell'atrio.

«È disgustoso, non trovi?» mormorò, avvicinandosi a Sarah mentre aspettava. «Come i soldi possano generare terrore e aprire qualsiasi porta.»

Lei non rispose, ma lanciò uno sguardo fugace verso l'amico, come a misurare le sue parole.

L'attesa fu breve. La donna tornò quasi subito e li invitò a seguirla, con una deferenza forzata. Il sindaco Camberdille li avrebbe ricevuti immediatamente.

L'ufficio del sindaco era impressionante, ben diverso da quello che si erano immaginati. Era la prima volta che si trovavano lì e l'imponenza della stanza li colpì. Le pareti erano ricoperte di pannelli in legno scuro e le librerie si alzavano alte fino al soffitto, piene di volumi che parlavano di leggi, storia e politica. L'atmosfera era soffocante, come se il peso delle decisioni prese lì dentro gravasse ancora nell'aria.

Al centro della stanza, una grande scrivania di mogano dominava lo spazio, dietro la quale sedeva il sindaco.

Camberdille era un uomo di mezza età, dal volto segnato e lo sguardo stanco, ma con una luce pericolosa negli occhi che quando era preside non avevano mai visto.

Quando i suoi occhi incontrarono quelli di Steve, una scintilla di sorpresa attraversò il suo sguardo. «Steve Harrington,» disse, con una nota di ironia nella voce. «Mi aspettavo tuo padre, Arthur. E tu, Sarah Spencer... quanto tempo è passato. Ti ricordo reginetta del liceo e ora ti ritrovo una donna di successo, devo dire.»

Sarah abbozzò un sorriso, ma l'agitazione era palpabile nei suoi occhi. Si guardò attorno, cercando di trovare un punto d'appoggio in quell'ufficio estraneo, ma lo sguardo le cadde su un quadro appeso alla parete vicino alla porta dalla quale erano entrati. Rimase immobile per un istante, il respiro le si fermò in gola. Era identico a quello visto al pub, ma con una cornice diversa. Forse la posizione, forse l'atmosfera del pub, lo avevano fatto sembrare più grande, ma quel dettaglio che l'aveva colpita la prima volta era ancora lì: lo sguardo inquietante del volto ritratto, come se osservasse direttamente dentro la sua anima.

«Cosa posso fare per voi?» chiese il sindaco con il tono apparentemente cortese, ma con lo sguardo che tradiva un interesse diverso. «Devo avvertirvi che il mio tempo è limitato.» Si affrettò a precisare. «Non voglio essere scortese, ma i miei servigi sono per i cittadini di Hallowbridge e, se non sbaglio, voi non lo siete più,» aggiunse con un sorriso sottilmente velenoso.

Steve sapeva che quella era la loro occasione e non poteva permettersi errori. «La ringrazio per averci ricevuto, sindaco,» iniziò, con tono rispettoso. «So che non ci vediamo da molto, ma mi permetta di ricordarle che se oggi siamo qui, forse, è anche grazie alle generose donazioni della mia famiglia.»

Camberdille cambiò espressione, il volto si distese in una maschera di finta cordialità. «Mi scuso se in qualche modo vi ho offeso,» disse, inclinando leggermente la testa. «Non era mia intenzione. Qual è quindi la ragione di questa visita?»

Steve e Sarah si scambiarono un'occhiata d'intesa, entrambi consapevoli di essere entrati in un gioco pericoloso senza avere un vero piano. Sarah sentì la gola seccarsi mentre cercava di mantenere la calma. Doveva improvvisare.

«Vorremmo sapere... cosa è successo ad Amanda,» iniziò Sarah, ma la sua voce tradì un'incertezza che Steve captò immediatamente e lo portò a intervenire tempestivamente.

Le prese la mano e la strinse con una forza che sembrava volerle trasferire il suo coraggio.

«Cara, forse è opportuno che ti spieghi meglio o il sindaco non capirà,» disse, interrompendola con dolcezza.

«La mia fidanzata è un po' agitata. Ha sentito parlare di questa povera ragazza e questo le ha ricordato la sparizione di Lisa. La nostra amica del liceo.»

Sarah, che inizialmente lo aveva guardato con sorpresa, decise di assecondarlo, lasciandosi guidare dalla sua sicurezza. Steve continuò e, per la prima volta, lei lo vide prendere il controllo della situazione con una calma glaciale.

«Beh, se è tutto qui ciò che volevate chiedermi...» Camberdille fece una pausa significativa. «Mi dispiace che vi siate presi la briga di venire fino a qui, ma non ho alcuna informazione su questa ragazza.» Il sindaco li liquidò con fredda indifferenza.

«Non dovrei condividere certe informazioni, ma visto il rapporto con la famiglia Harrington, posso dirvi che molto probabilmente è scappata. Lo sceriffo ha appena chiuso le indagini. Ovviamente, se ci saranno novità, mi ricorderò di avvisarvi,» concluse con un sorriso ironico.

Steve sapeva che erano finiti in un vicolo cieco e decise di cambiare strategia ed andare all'attacco.

«Caro sindaco, parliamoci chiaro,» disse abbassando leggermente la voce. «Eviterò di girarci intorno. La verità è che siamo venuti qui perché vogliamo capire quali problemi ci sono con la... consegna che avevamo concordato.»

L'espressione di Camberdille si fece più dura. «Consegna?» domandò con tono sorpreso non capendo dove volesse arrivare.

«Esatto», proseguì Steve. «La consegna della cocaina che dovevo ritirare oggi.»

«Steve», Camberdille pronunciò il suo nome come se avesse un sapore amaro in bocca. «Credo che tu stia camminando su un terreno pericoloso.»

«Pericoloso o no oggi dovevo ricevere una consegna e invece ho ricevuto un sms con scritto *"Problemi".*»

Sarah sgranò gli occhi, ma poi cercò di reggere il gioco ed aggiunse, «Abbiamo bisogno di chiarimenti.»

Il sindaco rimase in silenzio per un istante, poi rispose, «Con tutto il rispetto per te e la tua famiglia, non mi sembra né il posto né il momento per queste idiozie.»

Steve non si fece intimidire. «Non mi sottovalutate. Non sono stupido. So che nulla si muove in questa città senza che lei lo sappia. E parlare con un tirapiedi non è all'altezza del mio rango. Io parlo solo con i miei pari.»

Il sindaco si alzò dalla sedia con un movimento fluido e rapido, i suoi occhi si piantarono in quelli di Steve con un'intensità che fece venire la pelle d'oca a Sarah.

«Mio pari? Non scherziamo! Forse averti graziato vent'anni fa ti ha fatto montare la testa.»

Sarah non stava più seguendo il ragionamento di Camberdille ma osservando l'amico capì che lui era consapevole delle parole che erano state appena pronunciate.

Camberdille continuò, «Mi sembra che tu abbia dimenticato una cosa molto importante,» disse a bassa voce, la sua mano che si mosse veloce verso il cassetto della scrivania. «Se oggi sei qui, è solo perché tuo padre non si è arreso all'inevitabile ed ha barattato la tua vita con ingenti somme di denaro. Ma quello che il caro vecchio Arthur non sa è che i soldi non possono cambiare il destino e le regole del gioco.»

Steve era confuso e non ebbe nemmeno il tempo di reagire.

Il sindaco estrasse una pistola dal cassetto e la puntò verso di loro mentre il suo volto si contrasse in un'espressione di feroce determinazione.

«Un figlio per un figlio. È solo questione di tempo e pazienza.»

Sarah non stava capendo cosa stesse succedendo. Il suo corpo si era irrigidito dalla paura e il suo respiro era diventato affannoso. La paura la stava bloccando e non poteva permetterselo.

«Vedi Steve, il tributo noi alla fine lo abbiamo preso lo stesso. Il tuo caro papà pensava di tenercelo nascosto.» Camberdille aveva un sorriso sadico che gli illuminava il volto come un demone all'opera. «Ma a questo punto credo che sia arrivato il momento di prenderci un bonus e finire ciò che è stato lasciato in sospeso. Il tuo tempo è scaduto.» Sentenziò.

«E non preoccuparti,» concluse il sindaco, il sorriso si allargò in una smorfia di pura crudeltà. «Ci prenderemo cura della tua fidanzata... lo farò personalmente.»

Continuando a puntare la pistola verso di loro, prese il telefono e fece una chiamata.

«Ralph, vieni immediatamente in municipio, abbiamo due questioni urgenti da risolvere.»

Sarah cercò di soffocare il panico che le attanagliava la mente. Ma prima che potesse fare qualcosa, vide Steve lanciarsi su Camberdille, cercando di disarmarlo.

«Scappa!» le urlò, mentre i due uomini lottavano furiosamente, rotolando a terra.

Sarah però rimase paralizzata per un istante, il terrore la teneva inchiodata sul posto.

Steve lottava con tutte le sue forze per strappare la pistola dalle mani del sindaco, ma con la coda dell'occhio notò che Sarah era ancora immobile. Si voltò di scatto e le urlò di nuovo di scappare.

Il rumore di uno sparo rimbombò nella stanza. Il tempo sembrò fermarsi mentre Sarah vedeva il sangue che cominciava a macchiare la camicia di Steve. Qualcosa dentro di lei scattò, un istinto primordiale di sopravvivenza. Con un movimento disperato, si lanciò verso la porta e istintivamente afferrò il quadro, strappandolo dalla parete con un gesto furioso. Sentiva il cuore battere all'impazzata mentre il tessuto della cornice si lacerava tra le sue mani.

Con il quadro stretto contro il petto, corse fuori dall'ufficio senza voltarsi. L'anziana segretaria che era accorsa al rumore dello sparo era all'ingresso della stanza e urlò quando vide il sangue e i due uomini sdraiati a terra. Ma lei non si fermò. Uscì dall'edificio con il fiato che le bruciava nei polmoni. Non aveva il tempo di pensare. La Lamborghini era lì, davanti ai suoi occhi, ma le chiavi erano rimaste con Steve.

Il terrore la colse, sapendo che lo sceriffo Ralph Cattellan sarebbe arrivato presto. Non c'era tempo, doveva fuggire. Si lanciò verso il bosco con passi rapidi e disperati. L'ombra degli alberi l'accolse, avvolgendola in un abbraccio oscuro mentre correva, il fiato corto e il cuore che sembrava esploderle nel petto.

Non si fermò, non osò voltarsi. Sapeva che dietro di lei c'era solo il pericolo e l'unica cosa che poteva fare era andare avanti, sperando di trovare una via d'uscita in quel labirinto di ombre e paure.

CAPITOLO 27
LUCA E MARK

Erano trascorse molte ore da quando Luca e Mark si erano addentrati nel bosco alla ricerca delle grotte usate come nascondiglio dai Figli di Asmodeo. Ora, il sole era alto nel cielo, irradiando una luce brillante che filtrava tra le fronde degli alberi, gettando ombre nette e definendo ogni dettaglio del sottobosco. Il calore del sole faceva scintillare le foglie verdi e l'aria era densa dell'odore terroso e umido del bosco.

Luca e Mark avanzavano in silenzio lungo il sentiero stretto, circondati da alberi che si ergevano come antichi guardiani, con le loro fronde rigogliose che si estendevano verso l'alto, accogliendo la luce del sole. Ogni passo che facevano sollevava una leggera nube di polvere e foglie secche, il suono dei loro passi era un ritmo costante e rassicurante, ma al tempo stesso spezzava il silenzio solenne che li circondava.

Il caldo si faceva sentire e il sudore cominciava a imperlare la fronte di entrambi, mentre l'adrenalina continuava a pompare, spingendoli avanti nonostante la fatica. Il bosco, che di notte poteva apparire minaccioso, alla luce del sole mostrava un'atmosfera diversa, ma non per questo meno inquietante. L'aria era sempre carica di tensione, come se l'ombra dei Figli di Asmodeo potesse materializzarsi da un momento all'altro. Ogni ombra, ogni fruscio del vento tra le foglie sembrava un segnale, un indizio che li avvicinava sempre di più al loro obiettivo e al pericolo che sapevano di dover affrontare.

Luca camminava davanti, con gli occhi fissi sul sentiero. Ogni suo passo, misurato e deciso, sembrava voler dimostrare la sua ferrea determinazione. Ma anche lui sentiva un nodo allo stomaco, un'inquietudine che non riusciva a scacciare. Aveva percorso quel sentiero centinaia di volte, eppure ora sembrava straniero, come se il bosco stesso fosse cambiato, divenuto più oscuro, più pericoloso.

«Siamo sicuri che il nascondiglio sia ancora lì?» chiese Mark, rompendo il silenzio con una voce carica di tensione.

Luca si fermò per un attimo, guardandosi intorno come per cercare di captare qualcosa che potesse confermare o smentire i suoi sospetti. «Non lo so. Ma se c'è ancora, lo troveremo.» Le sue parole erano determinate, ma l'incertezza nel tono tradiva la paura che si annidava nel suo cuore.

Mentre proseguivano, una sensazione crescente di essere osservati li avvolse come una nebbia soffocante. Mark deglutì mentre il sudore freddo gli colava lungo la schiena. Scrutava Luca, cercando in lui la sicurezza di cui aveva disperatamente bisogno, ma tutto ciò che vide fu la stessa tensione che si rifletteva nei propri occhi.

Improvvisamente un fruscio tra i cespugli li fece fermare di colpo. Mark sentì il cuore balzargli in gola e i suoi occhi si mossero freneticamente alla ricerca della fonte del rumore. Anche Luca si era irrigidito, i muscoli tesi come corde pronte a spezzarsi. Si scambiarono uno sguardo carico di terrore.

«Siamo seguiti,» sussurrò Luca, con un tono di voce appena udibile, come se il suono stesso potesse attirare l'attenzione di chiunque li stesse braccando. Mark deglutì a fatica. «Chi potrebbe essere? Forse sono gli stessi che seguivano te e Bill?»

Luca annuì lentamente, i suoi occhi erano spalancati dal terrore. «Può essere, ma non importa chi siano. Se ci prendono, siamo morti.» Le sue parole non avevano bisogno di spiegazioni. Il terrore che si leggeva sul suo volto parlava da solo.

Senza ulteriori esitazioni, Luca indicò un sentiero laterale, quasi invisibile tra la fitta vegetazione. Senza dire nulla, si avviarono in quella direzione, cercando di fare meno rumore possibile. Il sentiero era angusto, le piante cresciute in modo selvaggio li graffiavano e li intralciavano, come se il bosco stesso cercasse di rallentarli. Ogni passo era un'ardua lotta contro la natura, ma l'adrenalina li spingeva avanti.

Mentre correvano, col fiato corto e il cuore che batteva all'impazzata, un ricordo doloroso travolse Mark, come un'ondata inaspettata. Era la notte in cui Lisa era scomparsa. Dopo averla vista fuggire da scuola, aveva cercato disperatamente di seguirla, ma l'aveva persa tra le strade buie del paese. Sentiva il cuore martellare non solo per la paura di perderla, ma anche per il rimorso che lo soffocava. Aveva tradito la sua fiducia cedendo alle attenzioni di Sarah e ora desiderava solo trovarla, confessare il suo errore e implorare il suo perdono.

Non sapendo dove cercarla si diresse alla casa degli zii di Lisa, sperava che fosse tornata lì. Bussò alla porta più volte, ma non ci fu risposta.

"Strano," pensò, aggrottando la fronte. Si sedette sui gradini di legno della veranda, e il tempo sembrò fermarsi mentre attendeva invano. Ogni minuto che passava, il suo cuore si faceva più pesante, la disperazione cresceva e il rimorso diventava insopportabile. Dopo

un'eternità, senza alcun segno di Lisa o dei suoi zii, la sua mente cominciò a vacillare.

Ricordò le pillole che Steve gli aveva dato, quelle che ogni tanto prendeva per sfuggire alla realtà. Non le aveva mai amate davvero, ma quella sera, il dolore e il rimorso erano troppo da sopportare senza un aiuto. Prese una pillola, sperando che alleviasse almeno un po' quella sofferenza, la deglutì e mentre la sostanza iniziava a fare effetto, sentì la sua mente alleggerirsi, svuotandosi dai pensieri dolorosi.

Ma con quel sollievo arrivò anche un senso di inquietudine. Doveva fare qualcosa, qualunque cosa, per non impazzire nell'attesa.

Si alzò e si avviò verso il bosco, seguendo un impulso oscuro e inspiegabile. Vagò per ore, o almeno così gli sembrò, finché non si trovò davanti a un sentiero familiare. Il bosco lo avvolgeva in un abbraccio minaccioso, ogni ombra pareva nascondere qualcosa di terribile. Poi la sentì: una melodia, quasi impercettibile, un canto in una lingua sconosciuta che lo attirava come una calamita. Seguì il suono fino a una radura. Il cuore gli balzò in gola quando vide un falò acceso, con le fiamme che si alzavano verso il cielo scuro. Attorno al fuoco riconobbe lo zio di Lisa, insieme ad altre due persone che non aveva mai visto. Tutti erano concentrati in quello che sembrava un rituale. La luce tremolante proiettava ombre danzanti sul terreno, che seguivano il ritmo della melodia, rendendo la scena ancora più surreale e inquietante.

Poi, man mano che i suoi occhi si abituavano all'oscurità distorta dalla luce del falò, notò una figura legata a un palo e, accanto a essa, quella che sembrava essere la zia di Lisa. Strinse gli occhi per vedere meglio.

«Steve?» sussurrò incredulo. Il suo amico era lì, legato, con lo sguardo perso nel vuoto, rivolto al cielo. Un'ondata di panico lo attraversò, paralizzandolo dall'orrore. Perché il suo amico era legato e privo di sensi e cosa stavano facendo quelle persone con quel rituale? La mente di Mark si divise tra la parte razionale, che conosceva già la risposta e quella irrazionale, che cercava disperatamente soluzioni alternative. Mentre la sua mente lottava per trovare una spiegazione accettabile, improvvisamente, dall'oscurità emerse una nuova figura: Lisa.

La vide avvicinarsi alla zia, discutendo animatamente con lei, per poi dirigersi verso lo zio, che però sembrava ignorarla del tutto. Anche da lontano, Mark percepiva la rabbia e la disperazione nella voce di Lisa, ma tutti intorno a lei rimanevano indifferenti, proseguendo imperturbabili con il loro rituale.

Infine tutto accadde in un lampo. Un'auto si avvicinò e i fari accecanti illuminarono la scena. Mark sentì urla confuse, seguite da diversi spari che rimbalzavano tra gli alberi. Il suono lo fece rabbrividire. Quando i fari si spensero, i corpi degli zii di Lisa giacevano a terra insieme agli altri due sconosciuti ma Steve e Lisa erano scomparsi. Il panico lo travolse. Non riusciva a capire cosa fosse appena successo, ma una cosa era chiara: doveva scappare. Senza esitare, si girò e corse via dalla radura, spinto dal terrore corse senza tregua fino a raggiungere casa sua. Chiuse la porta alle sue spalle, respirando affannosamente e si lasciò scivolare a terra, tremante e sconvolto.

Il giorno seguente, si svegliò con la testa pesante, come se l'intera notte fosse stata solo un terribile incubo. Ma i ricordi erano troppo vividi per essere frutto della sua immaginazione. Decise di saltare la scuola e tornare alla radura per capire se ciò che aveva visto era reale o solo un'allucinazione causata dalla droga. Si avventurò di nuovo nel bosco, con i nervi a fior di pelle e dopo un tempo che gli sembrò infinito, ritrovò il luogo. Ma ciò che vide lo sconvolse: la radura era vuota. Nessun cadavere, nessun falò, nessun segno del rituale. Era come se nulla fosse mai accaduto. Anche il palo a cui Steve era stato legato era scomparso.

«C'è qualcosa di terribilmente sbagliato qui...» sussurrò, con il terrore che cresceva dentro di lui. Crollò in ginocchio, la mente in un vortice di confusione. «È impossibile... Non può essere stato solo un sogno,» sussurrò. «Era così reale.» Ma i fatti sembrava smentirlo. Tutto era stato cancellato, come se non fosse mai esistito.

Ritornò a scuola, cercando di ignorare il vortice di pensieri che lo tormentavano. Passò la giornata con la testa bassa, evitando il contatto visivo con chiunque. Non poteva raccontare a nessuno quello che aveva visto; lo avrebbero preso per pazzo. La sua mente era un campo di battaglia, mentre cercava di discernere la realtà dalla follia.

Dopo la scuola incontrò David e Sarah, ma né Steve né Lisa si fecero vedere. Chiese ai suoi amici se li avessero visti, ma nessuno sapeva nulla. Decisero quindi di passare da casa di Steve, dato che era la più vicina alla scuola, e poi di andare a vedere a casa degli zii di Lisa.

Bussarono a casa di Steve e sua madre aprì la porta.

Marta Canville, la madre di Steve, che Mark era ormai abituato a vedere sempre persa nell'alcol, quella mattina aveva un'espressione cupa e attenta. Disse loro che il figlio era a casa, ma malato. Non era stato bene durante la notte e ora stava riposando, quindi avrebbero dovuto aspettare per vederlo.

Il cuore di Mark si alleggerì un po'. Forse anche Lisa era solo malata e tutto quello che aveva vissuto era stato solo un brutto sogno.

Quando arrivarono da Lisa, però, non trovarono nessuno.

Mark sentì che qualcosa non andava, forse non aveva sognato, ma chi gli avrebbe mai creduto?

Preoccupato convinse i suoi amici che era necessario recarsi dalla polizia, ma il vice sceriffo Cattellan li liquidò in fretta. Non potevano avviare un'indagine solo perché una ragazzina non si era presentata a scuola e se anche gli zii erano assenti, probabilmente erano semplicemente andati fuori città.

Mark avrebbe voluto raccontare tutto ciò che aveva visto, o che pensava di aver visto, ma doveva scegliere le parole con attenzione. Non poteva condividere quella versione dei fatti: era già incredibile di per sé e inoltre si trovava sotto l'effetto delle droghe. Se fosse venuto fuori che le aveva assunte, avrebbe rischiato di perdere la borsa di studio e questo non poteva permetterselo. Inoltre, a smentire i suoi ricordi, c'era Steve a casa ammalato...

Il vice sceriffo lo fissò per un lungo istante, poi gli appoggiò una mano sulla spalla. «Stai tranquillo, ragazzo. Se dovessero emergere fatti anomali, indagheremo.» Le parole di quell'uomo, sebbene gentili, erano intrise di scetticismo.

Qualche giorno dopo, Steve tornò a scuola e raccontò agli amici di essersi sentito male dopo aver preso una delle sue pillole della "buona notte". Disse di aver probabilmente dormito per tre giorni interi, perché non ricordava nulla, solo di aver avuto incubi e di essersi risvegliato con un brutto mal di testa e una fame insaziabile.

Mark provò, in uno dei pochi momenti in cui Sarah e David non erano presenti ad avvicinarsi a lui, chiedendogli se ricordasse qualcosa degli zii di Lisa o della radura, ma Steve lo prese per pazzo.

«Mi sa che anche tu devi smettere con quella roba,» sentenziò.

I tre amici attesero invano il ritorno di Lisa per diverse settimane, ma lei non tornò mai più e le loro vite, per qualche motivo, cambiarono per sempre.

Il rumore di un ramo spezzato riportò Mark alla realtà. Erano ancora nel bosco, ancora inseguiti. Il cuore gli martellava nel petto, ma ora sentiva una nuova determinazione crescere dentro di sé. Si voltò a guardare Luca, che lo osservava con uno sguardo preoccupato.

«Non possiamo fermarci,» disse Luca, con la voce carica di urgenza.

«Lo so,» rispose Mark con tono fermo. «Ma questa volta non scapperò. Non lascerò che tutto finisca come quella notte.»

Luca lo fissò per un istante, non capendo a cosa si riferisse, poi annuì. «Hai ragione. Troveremo quel nascondiglio e metteremo fine a tutto questo, una volta per tutte.» E così continuarono a correre, con il bosco che si chiudeva sempre più attorno a loro, ma con una nuova forza che li spingeva avanti. Il pericolo era reale, ma per la prima volta da molto tempo, Mark sentiva di avere il controllo su ciò che sarebbe accaduto.

Il sentiero diventava sempre più impervio, con rocce affilate che emergevano dal terreno, costringendoli a procedere con estrema cautela. L'aria calda e umida faceva sì che il sudore impregnasse i loro vestiti, appiccicandosi alla pelle. La fatica iniziava a farsi sentire e ogni respiro era diventato una lotta, con i polmoni che bruciavano per lo sforzo.

«Sei sicuro di voler continuare?» chiese Luca, fermandosi per un momento per osservare il viso di Mark, che era pallido e segnato dalla stanchezza. «Possiamo ancora tornare indietro.»

Mark scosse la testa con una determinazione feroce, gli occhi fissi su Luca. «Non possiamo fermarci adesso. Siamo troppo vicini alla verità. Non importa cosa ci aspetta laggiù, dobbiamo scoprire cosa sta succedendo.» Sebbene la sua voce tremasse leggermente, c'era una forza inaspettata che guidava le sue parole, una risolutezza che non permetteva esitazioni.

Luca annuì lentamente, ma il dubbio continuava a tormentarlo, come un tarlo che gli rosicchiava l'anima. Sapeva che Mark aveva ragione, ma la paura dell'ignoto lo faceva vacillare. Tuttavia, non poteva lasciarlo affrontare quella follia da solo e così proseguirono, con il cuore pesante. La discesa li portò infine davanti a un'entrata nascosta nella roccia, un'apertura oscura che sembrava un portale verso un altro mondo, un luogo dimenticato dal tempo e dagli uomini. Il cuore di Mark accelerò mentre si avvicinavano, il battito era così forte da sembrare voler sfondare il petto. Senza esitazione, entrarono nella grotta.

Il buio li inghiottì all'istante, mentre l'aria gelida delle grotte li stringeva in un abbraccio spettrale. L'oscurità, densa e palpabile, sembrava avvolgerli come un manto di pece. Accesero le torce: i fasci di luce squarciavano l'ombra come lame affilate, ma non bastavano a dissipare la minaccia che percepivano come concreta e imminente. Il silenzio era assoluto, rotto solo dal suono ovattato dei loro passi sulla pietra umida e dal respiro affannoso che rimbalzava, inquietante, tra le pareti della caverna.

Mark sentiva crescere dentro di sé una tensione insopportabile, come un peso invisibile che gli schiacciava il petto, rendendo ogni respiro un'impresa.

Proseguirono lungo il corridoio stretto e tortuoso, le pareti della grotta si stringevano attorno a loro come le fauci di un mostro pronto a divorarli. Poi, improvvisamente, un rumore davanti a loro spezzò il silenzio, un suono sordo e sinistro, come di qualcosa di pesante che si muoveva nell'oscurità. Si fermarono di colpo, le torce tremolanti nelle loro mani, i corpi irrigiditi dal terrore.

«Cos'è stato?» sussurrò Luca con la voce incrinata dalla paura. Il terrore era evidente nei suoi occhi, il sangue gli si era gelato nelle vene. Mark non rispose, concentrato a individuare la provenienza del suono, ma era difficile percepire qualcosa quando il cuore martellava impazzito nelle orecchie. L'adrenalina lo spingeva a reagire, ma la mente era paralizzata dall'incertezza: fuggire o affrontare ciò che li aspettava?

Avanzarono con cautela, i sensi tesi come corde di violino, pronti a spezzarsi. Poi, all'improvviso, due figure emersero dall'oscurità, armate e minacciose. I loro volti sembravano scolpiti nella pietra, inespressivi e freddi come la morte.

Mark e Luca si bloccarono, sapevano a cosa erano andati incontro, ma in quel momento non erano pronti ad affrontarlo.

Le torce illuminavano appena i contorni dei due uomini, i cui occhi brillavano di una luce crudele.

«Chi siete?» chiese uno degli uomini con voce roca e minacciosa. «Cosa ci fate qui?»

Mark cercò di rispondere, ma la paura gli serrò la gola come una morsa d'acciaio. Era come essere intrappolati in un incubo da cui non c'era via d'uscita. Sentiva lo sguardo di Luca su di lui, un richiamo disperato per una risposta, ma la sua mente era vuota, incapace di formulare un pensiero coerente.

I due uomini si avvicinarono, le armi puntate su di loro. «Parlate, o farete una brutta fine,» minacciò l'altro, un ghigno crudele che distorse i suoi lineamenti.

Mark si fece forza, trovando finalmente la voce. «Siamo solo... esploratori. Non sapevamo che questa fosse una proprietà privata...» Cercò di mantenere la calma, ma la voce tradiva il panico che lo attanagliava. L'uomo lo fissò per un attimo, poi scoppiò a ridere, una risata vuota e senza gioia.

«Esploratori, eh? Non sembrate il tipo. Ma non importa. Siete arrivati troppo lontano. E ora non potete più tornare indietro.» La sua voce era carica di una sentenza che non lasciava spazio alla speranza.

Mark capì immediatamente la gravità della loro situazione. «Lasciateci andare, non diremo nulla a nessuno. Possiamo dimenticare di essere mai stati qui,» implorò, cercando disperatamente una via d'uscita. Ma lo sguardo degli uomini era freddo, privo di qualsiasi traccia di compassione. Si scambiarono un'occhiata, un'intesa muta che decideva il loro destino.

Luca, rimasto qualche passo indietro, sperava di non essere riconosciuto. Sapeva che la loro situazione era già disperata, ma se avessero scoperto che tra loro c'era un traditore dei Figli di Asmodeo, la loro fine sarebbe stata immediata. Tuttavia, uno degli uomini iniziò a fissarlo intensamente, come cercando di ricordare dove lo avesse già visto.

«Tu... tu sei quel bastardo di Iellamo!» ringhiò dopo un momento di esitazione.

In quell'istante, la situazione precipitò. Luca, con una freddezza che mai avrebbe creduto di possedere, estrasse la vecchia pistola di Vázquez ed esplose diversi colpi. Uno degli uomini crollò a terra, colpito in pieno petto, mentre l'altro riuscì a evitare i proiettili.

Il superstite non esitò: afferrò il fucile e si preparò a fare fuoco. Mark, guidato dall'istinto di sopravvivenza, gli si lanciò addosso, riuscendo a spingere via l'uomo proprio mentre il colpo partiva. I due caddero contro una roccia appuntita alle loro spalle, il rumore dello sparo rimbombò nella grotta.

Mark rimase stordito per un istante, il suono dello sparo ancora nelle orecchie, il corpo sopra l'uomo immobile. Quando si tirò su di scatto, pronto a riprendere la lotta, vide che l'uomo era disteso a terra, il collo spezzato nell'impatto. Alla vista del corpo senza vita, un conato di vomito lo scosse.

Luca lo raggiunse e lo aiutò a rimettersi in piedi. Grazie all'intervento di Mark, il proiettile lo aveva solo sfiorato sulla spalla, procurandogli un taglio superficiale. Luca si fermò un attimo a riflettere e un sorriso soddisfatto gli illuminò il volto. «L'ironia della sorte ha voluto che facessimo noi il lavoro sporco che dovevano fare quei farabutti. Questi due erano comunque condannati a morire.»

«Ora però dobbiamo stare attenti all'uomo che hanno mandato per ucciderli. Non penso che ci ringrazierà,» replicò Mark con il respiro ancora affannoso.

«Invece sì,» una voce gelida risuonò alle loro spalle, facendoli sussultare.

Si girarono di scatto e videro lo sceriffo Ralph Cattellan puntare un grosso fucile contro di loro. La sua espressione era quella di un predatore che ha finalmente catturato la sua preda.

«Ora sdraiatevi a terra e tu, Iellamo, butta la pistola,» ordinò con tono duro. I due, con i corpi tesi per la paura, non ebbero altra scelta che obbedire.

«Oggi deve essere la mia giornata fortunata,» continuò Cattellan con un ghigno soddisfatto. «Avete fatto il lavoro sporco e mi avete pure creato l'alibi perfetto.» Sorrise compiaciuto. «Non mi resta che uccidervi e andare a festeggiare mentre attendo la mia ricompensa.»

«Ralph, non sei stanco di sporcarti le mani?» chiese Luca, cercando di guadagnare tempo.

«E perché mai? Mi limito a qualche piccolo lavoretto e, se tutto va bene, dal mese prossimo mi godrò la mia pensione,» rispose lo sceriffo, con una sicurezza che trasudava arroganza.

«Pensione?» Luca lo incalzò, la sua voce intrisa di sarcasmo.

«Davvero pensi che ti lasceranno vivere la bella vita, concederti il lusso di andare in qualche locale ad ubriacarti e magari preso dall'euforia lasciarti sfuggire qualcosa? Sei proprio più tonto di quanto abbia mai pensato!»

Gli occhi dello sceriffo si strinsero in una fessura di pura rabbia. «Come osi parlarmi così, schifoso traditore!» ruggì, colpendolo con un calcio allo stomaco. Luca si piegò in due, il dolore lo attraversò come una scarica elettrica, ma il suo sguardo non vacillò.

«Io mi sono guadagnato la mia libertà con la dedizione alla causa,» sibilò lo sceriffo, con il volto contorto dalla collera.

Luca si riprese, le mani strette a pugno, il dolore trasformato in un ardente disprezzo.

«E pensi che aver avuto la meglio su qualche ragazzina ti renda un uomo?» ringhiò Mark, con la voce che vibrava di una furia appena contenuta.

Lo sceriffo Cattellan alzò un sopracciglio, il disprezzo evidente nel suo tono tagliente. «Voi non sapete proprio niente,» rispose con freddezza. «E non devo certo dar conto a voi.»

Sorrise in un modo così crudele che un lampo di malvagità apparve nei suoi occhi. «Ma visto che sono un signore, vi lascerò scegliere: morire girati di spalle o guardando in faccia la canna del mio fucile?» Fece un passo avanti, minaccioso, come un predatore che si diverte a giocare con la sua preda.

Luca si fece avanti, con lo sguardo fisso in quello del suo carnefice. «Inizia da me allora,» la sua voce era ferma, decisa. «Guardami negli occhi mentre lo fai, se ne hai il coraggio.» Con un movimento lento e deliberato, si alzò, piegandosi poi in ginocchio di fronte a Cattellan. Il sorriso divertito dello sceriffo si allargò, quasi compiaciuto, mentre avvicinava la canna del fucile alla fronte di

Luca. «Poveretto,» disse con disprezzo. «Se pensi che non lo farò, rimarrai molto deluso.»

Ma Luca non mostrò paura. Anzi, sul suo viso si dipinse un sorriso enigmatico, quasi di sfida. «Cosa hai da ridere, verme?» chiese Cattellan, irritato dalla sua calma.

«Sei proprio uno stupido,» ribatté Luca e con una velocità fulminea che sorprese persino Mark, afferrò la canna del fucile, deviandola di lato mentre con l'altra mano, in un movimento fluido, affondò un coltello nel fianco dello sceriffo. Cattellan spalancò gli occhi, il respiro mozzato, incapace di reagire.

Mark scattò in avanti, afferrando il fucile caduto dalle mani dello sceriffo. Luca, ancora inginocchiato, ora lo fissava con un sorriso feroce. «Adesso, caro sceriffo, chi è che non ride più?» chiese con voce intrisa di sarcasmo.

Cattellan giaceva a terra, troppo debole per rialzarsi. Luca, indifferente ai suoi lamenti di dolore, si avvicinò senza esitare, il volto duro come la pietra.

«Ho delle domande da farti,» disse con voce gelida. «E ti avverto: se le tue risposte non mi piaceranno, pregherai che siano i Figli di Asmodeo a trovarti per finire il lavoro.»

Mark aiutò Cattellan a sedersi contro la parete di pietra della grotta, il suo volto era pallido per la perdita di sangue ed aveva il respiro affannoso.

«Ora tocca a te, Mark,» disse Luca, sedendosi di fronte a lui e con il fucile puntato sul viso dello sceriffo. «Chiedi tutto ciò che vuoi al nostro amico e se non ti piace la risposta, basta un cenno.»

Mark annuì, fissando Cattellan con occhi carichi di determinazione e odio.

248

«Senza girarci troppo intorno, dimmi cosa avete fatto a Lisa, Camila e Amanda. E vedi di non mentire,» intimò, la sua voce bassa e pericolosa.

Lo sceriffo rise, ma il suono era amaro, distorto dalla sofferenza. «Lisa, Camila e Amanda? È questo che vuoi sapere? E a te cosa importa?» rispose con una smorfia di dolore.

«Lisa era... era mia amica, bastardo,» ribatté Mark con la voce incrinata dall'emozione.

«E Camila era la sorella di Steve Harrington.»

Cattellan sogghignò, un ghigno malvagio che fece gelare il sangue a Mark. «Harrington...» disse lentamente, assaporando il nome.

«Proprio una bella famiglia...»

Mark serrò i denti, la pazienza che gli scivolava tra le dita. «Cosa vuoi dire?» chiese con la rabbia che iniziava a farsi strada nella sua voce.

«Gli Harrington sono una delle famiglie al vertice dell'organizzazione, povero stolto,» sputò sangue, mentre un altro spasmo di dolore lo attraversava. «E tu pensi di poterli sconfiggere?»

«Arthur e Steve fanno parte dei Figli di Asmodeo?» intervenne Luca, vedendo che Mark era rimasto paralizzato dall'informazione ricevuta.

«Steve e Arthur...» Cattellan ridacchiò, ma il suono si tramutò rapidamente in un gemito di dolore. «Loro sono le pecore nere della famiglia. Steve era destinato a essere un sacrificio, l'erede che non doveva esistere. Macchiava la purezza del sangue degli Harrington.»

Mark sentì il mondo crollargli addosso. «Cosa vuoi dire?» sussurrò, ma lo sceriffo non si fermò.

«Qualcuno deve aver avvertito Arthur. Vero Iellamo?» lo sceriffo fissò Luca con aria di disgusto. «Il padre ha mosso cielo e terra per salvare suo figlio e ha mandato all'aria i nostri piani. Ha pagato mercenari, ha corrotto chiunque potesse trovare il figlio... e alla fine ha ritrovato Steve, riportandolo a casa.»

Cattellan scosse la testa, il viso deformato dal dolore e dalla rabbia. «Ma nel farlo, hanno fatto l'errore più grande, hanno ucciso Elias Barrow, il figlio dell'altra famiglia che guida l'organizzazione e ferito gravemente gli altri discendenti delle altre famiglie.»

Mark sgranò gli occhi. «Elias Barrow? Lo zio di Lisa? è stato ucciso... allora era vero...» balbettò quasi incredulo.

«Esatto,» rispose lo sceriffo, con un sorriso diabolico. «La famiglia Barrow è una delle più antiche e devota al culto di Asmodeo. Fidati quando ti dico che non hanno mai trovato pace fino a quando non hanno scoperto che Camila Lith era in realtà la figlia di Arthur Harrington.»

«Un figlio per un figlio» è la legge di Asmodeo dalla quale non si può scappare.

Cattellan sputò ancora a terra, il sangue mischiato alla saliva. «Ci hanno ordinato di rapirla e poi è stata portata via. Di più non so.»

Mark sentì il cuore stringersi. «Quindi anche Lisa in realtà era una Barrow? Il suo cognome è... era Smith... Non capisco. Che fine ha fatto?»

«Non lo so,» rispose Cattellan, il respiro ormai affannoso. «Di questa Lisa non so nulla.»

«E Amanda?» chiese Mark, ma dentro di sé già temeva la risposta.

«Amanda... Amanda è morta,» disse lo sceriffo, con una risata grottesca. «Sembrerà strano, ma ha fatto tutto da sola... è scappata... ed è caduta in un precipizio. Il destino ha fatto il suo corso...»

Cattellan si accasciò infine, mentre il suo corpo, lentamente, si rilassava dalla rigidità causata dal dolore della ferita e la vita lo abbandonava.

250

CAPITOLO 28

BILL E DAVID

Il vecchio Maggiolino avanzava lungo la strada deserta, con l'asfalto che si distendeva nero e infinito davanti a loro. Il motore borbottava sommesso, come una bestia addormentata pronta a risvegliarsi. All'interno del veicolo, l'atmosfera era carica di tensione, quasi palpabile, come se ogni molecola d'aria fosse satura di una violenza pronta a esplodere.

Bill aveva recuperato l'auto di Claire, che era rimasta nascosta vicino alla casa di Thomas e ora stringeva il volante con tale forza che sembrava potesse spezzarlo da un momento all'altro. Il suo sguardo era fisso sulla strada, ma nei suoi occhi c'era qualcosa di diverso, un'ombra che non era mai stata lì prima. La sua mente era una tempesta, ogni pensiero un fulmine che squarciava l'oscurità dei suoi dubbi, della sua rabbia. Claire era scomparsa e quella realtà gli bruciava dentro come un tizzone ardente. La sua solita calma, la sua capacità di controllarsi, erano svanite, lasciando posto a un uomo che sembrava pronto a tutto.

David sedeva accanto a lui, silenzioso, ma non indifferente. Poteva sentire l'ira di Bill, come un calore che si irradiava dal suo corpo e sapeva che il suo amico stava percorrendo un sentiero pericoloso. Ogni tanto, lanciava occhiate furtive verso di lui, cercando un segno, un'indicazione che fosse ancora lo stesso uomo che conosceva. Ma ciò che vedeva era un volto indurito, un uomo che stava per oltrepassare un limite da cui non sarebbe tornato indietro.

Arrivarono all'obitorio, un edificio grigio e anonimo. Le luci al neon all'interno emanavano un bagliore freddo e innaturale, trasformando il luogo in un regno di ombre e spettri. L'odore all'interno, una miscela di disinfettante e formalina, era così penetrante che sembrava incollarsi alla pelle, impregnando i vestiti e i polmoni. David rabbrividì leggermente, il suo respiro diventò più superficiale mentre si addentravano nei corridoi deserti.

Il Dr. Reynolds era lì, nel suo laboratorio. Prima di scendere verso l'obitorio, Bill aveva chiesto conferma a Susan, l'infermiera di turno che, ogni volta che lo vedeva, non riusciva a togliergli gli occhi di dosso. Lui lo sapeva bene e, anche se di solito non ne approfittava, questa volta decise di sfruttare la situazione.

«Certo, vice sceriffo Evans, il Dr. Reynolds è nel laboratorio in questo momento. Vuole che lo avvisi?» chiese la giovane infermiera con un tono delicato.

«Chiamami pure Bill,» rispose lui con un sorriso, «Ormai ci vediamo così spesso che possiamo anche darci del tu, Susan.» Alle sue parole, l'infermiera arrossì leggermente.

«Preferisco fargli una sorpresa,» continuò. «Anzi, ti chiedo un favore, se non ti è di troppo disturbo.»

«No, no, vice sceriffo... ehm... Bill, volentieri,» si affrettò a rispondere Susan.

«Non far scendere nessuno finché io e il Dr. Reynolds non abbiamo finito. Sono questioni molto riservate.»

«Assolutamente, Bill, non temere. Conta su di me,» rispose Susan, assumendo un'aria soddisfatta mentre si posizionava come un guardiano davanti all'ingresso.

Il Dottor Anthony Reynolds era un uomo magro, con il volto scavato e gli occhi infossati, come se ogni notte passata in quel luogo gli avesse succhiato via un po' di vita. Il suo camice bianco era pulito, ma portava le tracce invisibili del lavoro che faceva: un sentore di morte che non poteva essere lavato via. Quando li vide entrare, cercò di sorridere, ma il suo tentativo fallì miseramente. Il suo volto si contrasse in un'espressione che era più vicina al terrore che alla cortesia.

«Vice sceriffo...» iniziò, ma la sua voce tremava e la sicurezza che cercava di proiettare si infranse contro lo sguardo implacabile di Bill.

«Siamo qui per delle risposte, Reynolds,» tagliò corto Bill, la sua voce era fredda come il gelo invernale. «Non voglio giochetti. Dov'è Claire?»

Reynolds sapeva che non poteva permettersi di esitare, ma la paura era troppo forte. Tentò di rispondere, di trovare le parole giuste, ma ciò che uscì dalla sua bocca furono solo frasi sconnesse, vuote, che non avevano alcuna sostanza. Bill lo fissò, il volto impassibile, ma dentro di sé sentiva una furia montare, una rabbia cieca che non riusciva più a contenere.

Quando Reynolds cercò di tergiversare ancora, Bill scattò come un fulmine. In un attimo, afferrò un bisturi dal tavolo degli strumenti. Il metallo scintillò debolmente nella luce fredda della stanza e, prima che Reynolds potesse reagire, glielo conficcò nella mano destra con una precisione spaventosa. Il grido di dolore di Reynolds riempì la stanza, un urlo soffocato che riecheggiò contro le pareti sterili.

«Parla, maledetto,» ringhiò Bill, la sua voce ora carica di una minaccia palpabile. «Dov'è Claire?»

Reynolds, con il volto contorto dal dolore, cominciò a balbettare. Le sue parole venivano fuori spezzate, interrotte dai gemiti di sofferenza. «Non lo so... lei è scomparsa subito dopo che te ne sei andato... non so dove sia andata, lo giuro!»

«Quindi non ci hai venduto?» chiese con aria sempre più minacciosa.

«No, no, no... cosa dici?» urlò Reynolds con le lacrime agli occhi per il dolore.

Ma Bill non era convinto delle parole di Reynolds e spinse ancora più in fondo la lama.

«Va bene, basta ti prego, ti dico tutto... basta! Ho solo contattato Cattellan... gli ho detto dove eravate tu e Claire... sapevo che ti stava cercando. Ma di Claire non so nulla, ti prego, credimi!»

Bill sentiva la frustrazione crescere dentro di sé, come un'onda pronta a travolgerlo. Quell'uomo era un verme, un vile venditore di informazioni, ma non certo il tipo da sacrificarsi per mantenere un segreto. La macchia di urina sui suoi pantaloni era la prova evidente che il terrore di morire lo aveva fatto crollare, costringendolo a sputare tutto.

Ma se Claire non era stata presa da Cattellan, allora dov'era? La domanda rimbombava nella mente di Bill, spingendolo sull'orlo della disperazione.

Tentò di nuovo di chiamare Claire, ma tutto ciò che ricevette in risposta fu il freddo messaggio della segreteria telefonica. La disperazione lo stava lentamente corrodendo, trasformando ogni respiro in un fardello.

David, che fino a quel momento era rimasto in disparte, si avvicinò all'amico, ponendo una mano sulla sua spalla. «Bill, basta così. Non otterrai altro da lui. Dobbiamo andare.»

Bill esitò un momento, il respiro ancora affannoso, poi lasciò cadere il bisturi. Il metallo tintinnò contro il pavimento, riecheggiando nell'aria silenziosa come una nota funebre. Reynolds si accasciò, la mano sanguinante stretta contro il petto, il volto pallido e rigato di sudore.

«Greenwood,» mormorò Bill, il nome sibilato tra i denti come una promessa di morte. Senza ulteriori parole, uscì dall'obitorio, il corpo rigido, come se ogni passo lo portasse più vicino a un destino inevitabile.

David lo seguì senza fare domande. Sapeva che l'amico era sull'orlo di qualcosa di terribile, ma sapeva anche che non avrebbe potuto fermarlo. Quando salirono di nuovo in macchina, il silenzio tra loro era denso.

Mentre l'auto percorreva la strada verso la scuola, il mondo sembrava essersi fermato. Bill guidava come un uomo posseduto, ogni pensiero concentrato sulla sua prossima mossa.

Improvvisamente, il telefono di David squillò, un suono che spezzò quell'aria densa di rabbia e vendetta che si respirava all'interno dell'auto. Sobbalzò leggermente, colto di sorpresa. Era Sarah e la sua voce era tesa, quasi isterica.

«David, oh mio Dio... grazie al cielo. Dove diavolo siete tutti? Mark ha il telefono non raggiungibile e pure tu non rispondevi!» gridò, il panico evidente in ogni parola.

David cercò di calmarla, usando un tono che tentava di essere rassicurante. «Sarah, calmati. Eravamo all'obitorio, lì i telefoni non prendono. Che succede?»

Dall'altra parte della linea, Sarah sembrava ancora in preda al panico. La sua voce era spezzata, come se stesse lottando per mantenere il controllo. «Steve... c'è stata una colluttazione con

Camberdille... sono scappata... ora sono nascosta nel bosco, non so come tornare!»

Bill, ascoltando la conversazione, fece un'inversione a U, le ruote dell'auto che stridettero sull'asfalto, come un urlo disperato nella notte. «Dove si trova?» chiese con voce ferma e decisa.

David indicò a Sarah di rimanere nascosta, poi spiegò rapidamente la situazione a Bill. Non c'era bisogno di discussioni. In un tacito accordo, decisero di recuperare Sarah prima di affrontare Greenwood. La furia di Bill si trasformò in una fredda determinazione; sapeva che il preside non sarebbe andato da nessuna parte.

Quando trovarono Sarah, era rannicchiata sotto un grande albero, il viso rigato di lacrime e gli occhi spalancati dal terrore. Tremava per la paura che l'aveva attanagliata. David uscì dall'auto e, senza dire una parola, la aiutò a salire. Una volta dentro, Sarah sembrava cercare conforto stringendo un oggetto tra le braccia.

David notò il quadro che lei portava con sé e non poté fare a meno di sorridere, cercando di alleviare la tensione. «Sembra che tu abbia un debole per portare via qualcosa ovunque vai, Sarah.»

Lei lo guardò, ancora sconvolta, ma si sforzò di rispondere con un sorriso debole. «Non potevo lasciarlo lì... sentivo che era importante.»

«David, Steve è... è stato ferito. Gli ha sparato... Camberdille voleva ucciderci e lui lo ha affrontato», mentre pronunciava queste parole Sarah non riusciva a trattenere le lacrime.

Bill prese il cellulare e chiamò il suo ex collega, l'agente Robert Jones.

«Robert sono Bill, ho saputo che c'è stata una sparatoria al municipio.»

«Lo sai che non potrei parlarne...», Robert tentennò, «comunque è un bel casino. Il tuo ex amico non era messo bene, lo stanno portando in ospedale. Il sindaco per fortuna sta bene. Ora siamo alla ricerca della sua complice. Di più non posso dirti.»

«Grazie Robert», volevo solo accertarmi che non ci fossero vittime.

Bill, che aveva fretta di concludere quanto iniziato si voltò verso di loro. «Steve è in ospedale. Lei sta bene?» chiese, più come un'affermazione che come una domanda. Voleva sapere che Sarah era fuori pericolo, che poteva concentrarsi di nuovo su ciò che doveva fare.

David annuì. «Sta bene, ma dobbiamo sbrigarci.»

Ripresero la strada verso la scuola, dove sapevano che li attendeva il confronto con Greenwood. L'edificio si stagliava contro il cielo velato da nuvole cariche di pioggia, un'ombra scura e minacciosa che sembrava osservare tutto con occhi indifferenti.

Bill scese dall'auto e raccomandò a David e Sarah di rimanere nascosti all'interno del veicolo. Mentre attraversava i corridoi della scuola, nessuno parve insospettirsi. Perfino la segretaria del preside, vedendolo, si limitò a un sorriso formale. Dopotutto, per Bill era normale visitare il preside e altre strutture cittadine come parte delle sue mansioni.

Non appena entrò nell'ufficio del preside, non perse tempo con i convenevoli. Greenwood lo fissò, sorpreso, e l'incertezza dipinta sul suo volto si trasformò rapidamente in paura.

«Vice sceriffo... che ci fai qui? Non dovresti...»

Ma Bill lo interruppe con un gesto brusco. «So tutto dell'organizzazione, Greenwood. Ora dimmi che nome hai dato a Camberdille.»

Henry Greenwood sbiancò, la sua compostezza crollò come un castello di carte. Tentò di giustificarsi, balbettando parole che cercavano di guadagnare tempo, di spiegare, ma Bill non voleva ascoltare. Non più.

Quando il preside cercò di muovere la mano verso il cassetto della scrivania, Bill agì senza esitazione. In un movimento fluido e rapido, afferrò il braccio del preside, lo forzò indietro e disarmò l'uomo, strappandogli la pistola dalle mani. L'uomo emise un gemito di dolore, mentre il suo braccio veniva piegato con una forza tale che sembrava sul punto di spezzarsi.

«Dimmi la verità, ora!» sibilò Bill, la sua voce bassa e velenosa, come una minaccia che non ammetteva repliche.

Greenwood, terrorizzato, confessò, le parole che uscivano in un fiume inarrestabile. «Ho detto Amanda Rossi... e Rose Johnson. Ho dato i loro nomi a Camberdille. Ma ti prego... non farmi del male...»

«Rose Johnson. Dov'è?» chiese stringendo ancora di più il braccio del preside.

«La consegna è prevista per le otto di sera... probabilmente è già stata presa... Non lo so! Non lo so!»

Bill non allentò la presa. «E chi è il terzo uomo? Quello che si è incontrato con Cattellan e Camberdille. Chi è?»

Greenwood scosse la testa, il panico negli occhi.

«Non lo so... è un nuovo membro, ma non l'ho mai visto... solo Camberdille e Cattellan lo conoscono!»

Bill lo fissò, cercando di capire se stesse dicendo la verità. Alla fine, lasciò andare il braccio di Greenwood, che cadde mollemente sul bracciolo della sedia. L'uomo sembrava aver perso ogni speranza, il viso pallido e rigato di sudore.

«Dov'è il loro luogo d'incontro?» chiese senza degnarlo di uno sguardo, la sua pazienza ormai esaurita.

«Nella radura... vicino alle grotte,» rispose Greenwood, quasi in un sussurro.

Bill si girò e, senza esitare, afferrò il rotolo di nastro adesivo da pacco che giaceva sulla scrivania. Con movimenti rapidi e decisi, legò le mani del preside dietro la schiena, serrando le fasce di plastica finché non si assicurarono saldamente attorno ai polsi dell'uomo. Greenwood non si oppose, sapendo che ogni resistenza sarebbe stata inutile. Lo trascinò fuori dall'ufficio, il suono dei passi che echeggiava nei corridoi deserti della scuola, un rintocco funereo che segnava la fine della sua libertà.

L'aria all'esterno era calda, priva di vento, carica di una tensione che sembrava inghiottire ogni cosa. Bill fece accomodare bruscamente Greenwood nel sedile posteriore dell'auto, poi si voltò verso David e Sarah, i quali, nonostante tutto, si sentivano ora parte di una rete sempre più intricata di segreti e verità pericolose.

«Torniamo a casa di Thomas,» disse Bill con voce ferma e senza esitazioni.

David annuì nervosamente e mentre l'auto si allontanava dalla scuola, il pensiero di ciò che li attendeva li avvolgeva come un manto di tenebre, opprimente e inevitabile. Nella quiete dell'abitacolo, l'unica cosa certa era che il gioco si stava avvicinando alla sua fine e nessuno poteva sapere come sarebbe finita.

CAPITOLO 29

DAEMONIUM CAVEA

La casa di Thomas si stagliava solitaria contro l'orizzonte, avvolta in un silenzio funereo. Le ombre del pomeriggio si allungavano come dita ossute, avvolgendo l'edificio in un manto di oscurità che sembrava respirare vita propria. I muri, che un tempo avevano custodito solo la tranquillità di una vita passata, ora sembravano pulsare di un'inquietudine sinistra, come se avessero assorbito il terrore dei suoi nuovi abitanti.

Bill parcheggiò l'auto con un gesto brusco, spegnendo il motore. Le sue mani, ancora scosse dalla rabbia e dalla frustrazione, si aggrappavano al volante come se temessero di lasciarsi andare. Accanto a lui, David osservava la casa con uno sguardo fisso, mentre dietro, Sarah teneva d'occhio Greenwood che aveva iniziato a tremare violentemente alla vista della casa.

«Abbiamo quattro ore,» disse Bill con voce bassa e tesa. «Quattro ore prima che consegnino Rose.»

David e Sarah annuirono, ma le loro menti erano già oltre, cercando di anticipare i prossimi passi. Sapevano che il tempo era contro di loro e ogni minuto che passava li avvicinava a un destino che non avrebbero potuto evitare.

Entrarono nella casa, il pavimento scricchiolava sotto i loro piedi come se l'intero edificio fosse sul punto di cedere sotto il peso dei segreti che erano stati rivelati. L'aria era fredda, satura di un'energia inquieta che sembrava respirare con loro. Si radunarono nel salotto, dove le luci fioche conferivano al luogo un'aura di minaccia tangibile.

Bill prese il telefono e compose rapidamente il numero dell'agente Robert. L'attesa parve interminabile, il suono monotono della chiamata che squillava come un metronomo, scandendo il tempo che scorreva inesorabile.

«Robert, sono Bill. Hai aggiornamenti su Steve?» La sua voce tradiva un'urgenza che non riusciva a nascondere.

«La ferita è grave, ma dovrebbe cavarsela,» rispose Robert telegraficamente, la sua voce era quasi un bisbiglio come se non volesse farsi sentire dalle persone intorno a lui. «L'intervento è andato bene, ma ci vorrà tempo...» Bill inspirò profondamente, come se cercasse di radunare le sue forze.

«Robert, ascoltami bene. So che Steve è un sospettato, ma non fare avvicinare nessuno alla sua stanza. C'è il pericolo concreto che qualcuno possa volerlo morto. Non appena avrò modo ti spiegherò tutto. Ti chiedo di fidarti di me.»

«Certo, conta su di me. Quello che ti ha fatto Ralph non cambia la stima che ho per te. Ti aggiorno non appena ho novità.»

«Grazie, Robert.» Poi posò il telefono e chiuse gli occhi per un istante, permettendo che un'ondata di sollievo lo attraversasse, sebbene incompleta. Steve era vivo, ma il suo pensiero tornava a Claire, una domanda senza risposta che continuava a tormentarlo.

Un'ora dopo, la casa era piena di movimenti febbrili. Luca e Mark erano arrivati, portando con sé un'energia nervosa e frenetica. Si scambiarono informazioni rapidamente, come soldati sul campo di battaglia. Ogni dettaglio era prezioso, ogni indizio una possibile chiave per aprire la porta dell'incubo in cui erano intrappolati.

Mark parlava con una velocità che rifletteva l'urgenza del momento. «Abbiamo scoperto che una delle famiglie più potenti dell'organizzazione... sono i Barrow. E c'è di più...» Si fermò, osservando Bill con uno sguardo che tradiva il peso della rivelazione.

Bill si irrigidì, il cuore che accelerava in un battere di ali di farfalla. «Barrow?» chiese, la sua voce un sussurro che sembrava già conoscere la risposta.

Mark annuì. «Sì. Claire Barrow... probabilmente fa parte di quella famiglia, Bill.»

Il mondo parve crollare addosso a Bill. Ogni certezza che aveva, ogni verità che credeva di conoscere, si frantumò come vetro. Claire... la donna che amava, la donna che aveva cercato disperatamente di proteggere, faceva parte dell'organizzazione che stavano combattendo. Il sangue gli pulsava nelle orecchie, un tamburo che batteva un ritmo funebre.

«No....» sussurrò, scuotendo la testa. «Non può essere vero... ci deve essere una spiegazione...»

David posò una mano sulla spalla di Bill, il tocco leggero ma fermo, come un'ancora in un mare tempestoso. «Dobbiamo considerare tutte le possibilità. Anche le più difficili.»

Ma Bill non riusciva a capacitarsi. E Lisa? Che fine ha fatto? Se non era stata presa dall'organizzazione, era stata uccisa dai mercenari? E chi aveva continuato a drogare Thomas in tutti questi anni?

Mentre le domande si affollavano nella sua mente, Sarah e David osservavano il quadro che lei aveva recuperato. Un'opera che Sarah aveva sempre detestato, un intrico di linee e colori che sembrava respirare malevolenza. David prese il quadro, sollevandolo all'altezza del viso di Sarah per permetterle di vederlo meglio.

Solo in quel momento, un dettaglio emerse dalla tela: dietro la pittura, nascosto tra le fibre, si intravedeva un disegno. David spalancò gli occhi. «Guarda qui.»

Dietro la tela c'era un triangolo equilatero, ai cui vertici erano annotate tre lettere: H-B-S.

Al centro, era raffigurata una creatura incappucciata con artigli affilati, un'ombra che sembrava uscire dalla tela per ghermire chi la guardava. Sotto, una scritta in latino: «Daemonium Cavea.»

Sarah trattenne il respiro. «Cosa diavolo vuol dire?»

David la fissò, il cuore che martellava come un tamburo di guerra, il suono rimbombante nelle sue orecchie. «Non lo so... non sei tu quella che conosce il latino?»

«Sì, sì, David, conosco la traduzione: "La Gabbia del Demone" o qualcosa del genere, ma non capisco a cosa si riferisce.»

L'amico la guardò, perplesso. «Quale Demone? Non bastano questi pazzi dei Figli di Asmodeo?»

«E che ne so io. Magari si riferisce ad Asmodeo o è una frase in codice per altro,» rispose Sarah con tono stanco e carico di delusione.

Mark li osservava in silenzio e all'improvviso un lampo di intuizione attraversò la sua mente. «Aspettate... ora ricordo dove ho visto questo quadro prima. Oltre che nel pub, era appeso nella casa di Arthur Harrington.»

Bill si girò verso Greenwood, che fino a quel momento era stato in un angolo seduto a terra, con la testa fra le gambe, come se volesse nascondersi da tutto. «Henry, tu ne sai qualcosa?» ringhiò Bill.

Greenwood alzò la testa come se fosse stato svegliato dal suo torpore, fissò per qualche secondo la stanza come a volersi sincerare di dove fosse e poi, guardando Bill, bisbigliò: «Non so nulla... mi avete portato nella tana del diavolo... io non voglio morire, non voglio morire...»

Bill decise di ignorare i lamenti di Greenwood e si rivolse a Mark. «Abbiamo ancora tempo. Recuperate questi maledetti quadri, cerchiamo di capire se hanno qualche indizio che può aiutarci.»

Mark e David si scambiarono uno sguardo, un tacito accordo. «Prendiamo la tua macchina, Bill. Sarah, resta qui. Sei ricercata dalla polizia, non possiamo rischiare.»

Sarah protestò debolmente, ma alla fine acconsentì. Sapeva che la sua presenza avrebbe potuto metterli tutti in pericolo.

Mark e David partirono a tutta velocità. Arrivati alla villa degli Harrington, trovarono Jenkins ad accoglierli alla porta. Il padre di Steve li attendeva all'interno del suo studio e quando vide che il figlio non era con loro, il suo volto cambiò espressione, come se avesse già intuito.

«Steve... come sta?» chiese, con una voce rotta.

David rispose velocemente, aggiornandolo su quanto accaduto e sulle condizioni del figlio. Arthur chiuse gli occhi, lasciando che una lacrima scivolasse lungo la sua guancia rugosa. Poi si voltò verso di loro. «Capisco. Cosa vi porta qui?»

Mark non perse tempo. «Il quadro. Dobbiamo prenderlo.»

Vennero condotti lungo il corridoio ornato di dipinti antichi. Il quadro era appeso alla parete, come una reliquia maledetta. Mark lo fissò per qualche attimo e poi lo staccò con delicatezza, Arthur non fece alcuna obiezione.

«Tenetelo,» disse l'uomo anziano con voce flebile. «È un cimelio di famiglia, ma l'ho sempre odiato.»

David lo girò e dietro la tela vide subito che c'erano delle date annotate. Le ultime due erano familiari: il giorno in cui Lisa era

264

scomparsa e Steve era stato rapito e la data di oggi. Ma la cosa più inquietante era che la prima data risaliva al 1704, e l'ultima al 2124.

Mark scattò una foto con il telefono, il cuore che batteva all'impazzata. «Dobbiamo andare.»

Salirono in macchina e corsero al pub, cercando di mantenere un basso profilo. Il locale era immerso in un'atmosfera densa di fumo e risate rauche. Sapevano dove dovevano andare e senza esitazioni si avvicinarono al camino, dove era appeso il quadro che aveva inquietato Mark fin da quando era ragazzo. David, con un'abile mossa, finse di inciampare, aggrappandosi al quadro che cadde a terra con un tonfo sordo.

Calligros, il proprietario del pub, li fissò con occhi minacciosi. «Che diavolo pensate di fare?»

Mark si voltò verso di lui, mantenendo la calma. «Scusa, amico. Sistemiamo subito tutto, non si è fatto nulla.»

Con un gesto rapido, prese il quadro da terra, lo girò e scattò una serie di foto. Calligros si avvicinò, ma loro lo rimisero al suo posto e scapparono via.

Saliti in macchina, guardarono le foto. Molte erano sfuocate e parziali, ma per fortuna su alcune si poteva leggere con chiarezza un testo scritto in una lingua sconosciuta. Mark tentò di leggere qualche parola, ma non aveva assolutamente idea di che lingua fosse. Un pensiero però gli balenò nella testa... e se quella lingua... quel testo... fosse stato il rituale che aveva sentito la notte in cui lo zio di Lisa fu ucciso?

Tornarono alla casa di Thomas, dove li aspettavano gli altri, pronti a muoversi.

L'orologio sul muro segnava le 7. Mancava solo un'ora.

Greenwood che era ancora legato e con lo sguardo perso nel vuoto, sembrava non avere più nulla da dire.

Mentre stavano per uscire Sarah notò che Luca si era allontanato. Lo vide al telefono, la voce bassa e concitata. Il sospetto le serpeggiò dentro e il pensiero che qualcosa stesse sfuggendo al loro controllo divenne sempre più forte.

Il tempo stava per scadere e il velo che separava il loro mondo da quello dei Figli di Asmodeo si stava per squarciare definitivamente.

CAPITOLO 30

IL RITUALE

Prima di dirigersi verso la radura accanto alle grotte, Bill fece una deviazione. Guidò la macchina fino a casa sua, una fermata che a qualcuno sembrò inopportuna, ma ciò che doveva fare era essenziale.

Era un'abitazione solitaria e ormai trascurata che si stagliava contro il cielo opaco del tardo pomeriggio. Le finestre impolverate riflettevano debolmente la luce morente, mentre una brezza leggera sollevava foglie secche, facendole danzare sulla strada deserta. Quando scese dall'auto, una fitta di malinconia gli serrò il petto, mescolandosi alla determinazione che lo aveva condotto lì.

Spingendo la porta d'ingresso, un cigolio lamentoso risuonò nell'aria, come se la casa stessa protestasse per essere stata trascurata. Bill attraversò il corridoio, ignorando i cumuli di polvere e il disordine che testimoniavano la sua assenza. Sapeva di non avere molto tempo, ma il compito che doveva svolgere non poteva essere rimandato.

Raggiunse il salone, dove un vecchio tappeto sbiadito copriva parte del pavimento in legno. Si inginocchiò, sollevandolo con una lentezza quasi reverenziale. Sotto di esso, la botola nascosta era perfettamente mimetizzata, quasi invisibile a un occhio non attento. Con un gesto deciso, Bill la aprì, rivelando un piccolo arsenale segreto: pistole, fucili, munizioni e una vecchia telecamera. Ogni oggetto in quel nascondiglio portava con sé il peso di ricordi oscuri e decisioni difficili. Bill prese tutto ciò che poteva portare, caricò le armi nel bagagliaio e, prima di andarsene, lanciò un ultimo sguardo alla casa che era sempre stata il suo rifugio.

Poco dopo, Bill e i suoi compagni giunsero a destinazione. Si fermarono a qualche centinaio di metri dalla radura. La luce del sole stava svanendo, tingendo il cielo con sfumature di arancione e rosso, come se la natura stessa stesse presagendo il sangue che sarebbe stato versato.

Nascosero l'auto tra la fitta vegetazione, facendo attenzione a non lasciare tracce visibili. Ogni mossa era calcolata, ogni passo misurato. Bill distribuì le armi ai suoi compagni, una per ciascuno. La sua voce era un sussurro basso e teso, quasi soffocato dall'urgenza della situazione.

«Non possiamo fidarci di nessuno. Dobbiamo essere pronti a tutto.»

Sarah con le mani tremanti, strinse l'arma con una determinazione disperata, mentre Luca, con la calma di chi ha già affrontato situazioni estreme, controllava il caricatore della sua pistola con movimenti rapidi e precisi. Mark e David cercavano di mantenere la calma, anche se il nervosismo era evidente nei loro occhi. Entrambi sapevano che quella notte avrebbe cambiato tutto.

Bill si allontanò leggermente dal gruppo per piazzare la telecamera. Si muoveva tra gli alberi con la stessa silenziosa determinazione di un predatore, cercando di trovare un punto ideale da cui riprendere la radura senza essere scoperto. Una volta posizionata la telecamera, ben nascosta tra i cespugli, sussurrò a sé stesso. «Dobbiamo avere delle prove. Se tutto va male, la prima cosa che distruggeranno saranno i nostri cellulari.»

Il sole era ormai calato, lasciando il mondo avvolto in un crepuscolo inquietante. Le ombre si allungavano, creando figure spettrali tra gli alberi e l'aria sembrava densa di una tensione quasi palpabile. Ogni suono, dal fruscio delle foglie al canto lontano di un uccello notturno, sembrava amplificato, contribuendo a creare un'atmosfera surreale e opprimente.

Improvvisamente, i fari di una berlina grigio scuro squarciarono la penombra, avvicinandosi lentamente alla radura. L'auto si fermò al margine e dall'abitacolo uscì un uomo in completo scuro. La distanza rendeva difficile distinguere i dettagli, ma Bill ebbe un brivido. Era quasi certo che fosse lo stesso uomo che aveva visto al Tempio di Asmodeo.

Con un movimento fluido, la portiera posteriore della berlina si aprì e ne uscì Robert Camberdille, zoppicante e visibilmente debilitato. Sarah trattenne il fiato, il cuore accelerato dal terrore.

«Quel maledetto... Non può essere qui... non di nuovo,» pensò, mentre l'uomo faceva un cenno all'altro individuo. Questi si affrettò ad aprire l'altra portiera e tirò fuori con forza una ragazza. Era terrorizzata, i suoi occhi spalancati riflettevano un terrore primordiale.

«Rose...» sussurrò Bill, riconoscendo la ragazza afroamericana. Il contrasto tra la sua pelle scura e il pallore innaturale del viso era inquietante. I suoi capelli crespi erano raccolti in una coda disordinata, segno del caos che la circondava. Il suo corpo tremava in preda a un terrore incontrollabile, mentre si dimenava disperatamente, lottando invano per sfuggire alla stretta implacabile dell'uomo.

Il rombo di altre auto in arrivo ruppe definitivamente la quiete di quel luogo. Tre veicoli si avvicinarono lentamente, fermandosi in modo da formare un semicerchio attorno alla radura.

La prima era un SUV nero, imponente e minaccioso come una bestia pronta a scattare. I fari del veicolo sembravano occhi scrutatori nella notte, pronti a scovare ogni segreto nascosto tra le ombre. Dal lato del guidatore scese un uomo massiccio, la testa rasata e il viso impassibile. Indossava un abito talmente stretto da mettere in evidenza ogni muscolo, come se stesse per esplodere sotto la tensione. La sua mano si posò quasi istintivamente sulla fondina della pistola mentre apriva la portiera posteriore. Ne uscì un uomo sulla cinquantina, in doppio petto, con un sigaro tra le labbra. Il suo sguardo era annoiato, come se tutto ciò fosse solo una fastidiosa formalità.

La seconda auto, una Bentley Bentayga color ruggine, emanava un'aura di lusso discreto e riservato, il genere di veicolo che solo pochi eletti potevano permettersi. Dal posto di guida scese un uomo anziano, con l'aspetto di un vecchio maggiordomo. Con un gesto elegante si sistemò l'uniforme, poi aprì con cura la portiera posteriore. Quello che uscì da lì fece gelare il sangue nelle vene di Bill: Era Claire.

Il suo cuore sprofondò nell'oscurità del dubbio e della delusione. Claire, con la sua solita eleganza, sembrava lontana, come se fosse completamente immersa in un mondo tutto suo, distante anni luce dalla follia che la circondava.

L'ultima auto era una Rolls-Royce, scura e potente, con la carrozzeria lucida che sembrava assorbire la poca luce rimasta, emanando un'aura quasi sinistra. Dall'auto scese una donna in uniforme, che aprì con grazia la portiera posteriore. Ne uscì un uomo che, a un primo sguardo, sembrava Steve.

«Oh mio Dio, è Steve!» esclamò David, quasi balbettando per il terrore e l'incredulità.

«Non può essere lui... È in ospedale...» mormorò Sarah, sentendo un gelo scorrere lungo la schiena.

«Avviciniamoci lentamente,» ordinò Bill, la voce forzatamente calma, mentre cercava di mantenere il controllo della situazione. «Tenetevi pronti a tutto.»

Con passi cauti e silenziosi, si avvicinarono, consapevoli che da quel momento in poi non potevano commettere nessun errore.

La radura, illuminata dai fari delle auto, sembrava trasformarsi in un teatro dell'orrore. Rose fu portata al centro e incatenata a un palo, il terrore nei suoi occhi era un richiamo muto di disperazione. Claire e i due uomini si mossero lentamente verso Rose, assumendo delle posizioni precise, creando una figura geometrica nel centro della radura.

«Stanno formando un triangolo...» sussurrò Mark, il tono carico di una paura che lo stava paralizzando.

Improvvisamente, i tre iniziarono a recitare parole in una lingua antica e incomprensibile, un rituale oscuro che riempì l'aria di un'energia malvagia. Mark si fermò di colpo. I ricordi di quella notte di vent'anni fa lo travolsero come un'onda. Il panico serrò la sua gola, immobilizzandolo.

David vedendo il suo amico in difficoltà, si fece avanti per sostenerlo, ma non si accorse di una grossa radice sporgente dal terreno. Inciampò e cadde rovinosamente addosso a Mark, emettendo un rumore sordo e inconfondibile. Le guardie, immediatamente allertate, si voltarono di scatto verso il bosco, poi, con un gesto rapido e deciso, si mossero verso di loro. Il rituale continuava indisturbato, immerso in un'atmosfera di inquietante serenità.

Mark e David si rialzarono velocemente, nonostante l'ansia e l'agitazione minacciassero di paralizzarli. Cercarono disperatamente un nascondiglio e si rifugiarono dietro un albero, sperando di non essere stati visti. Non lontano, Luca e Sarah osservarono la scena con preoccupazione, pronti a intervenire se necessario, mentre Bill sembrava essersi volatilizzato.

Camberdille, ancora appoggiato all'auto e visibilmente scosso, osservava la scena con un misto di terrore e fascinazione. I suoi occhi erano incollati sui tre membri delle famiglie più influenti dell'organizzazione che conducevano il rituale. Erano passati dieci anni dall'ultima volta che aveva assistito a qualcosa di simile, eppure l'orrore era rimasto intatto.

L'ultima volta era stata una condanna a morte. La giovane Camila Lith aveva pagato con la vita i peccati del padre. «Un figlio per un figlio,» continuava a ripetersi nella testa Camberdille, come per giustificare quell'atrocità.

All'epoca, non sapeva che il destino della ragazza fosse già segnato. Pensava che, come le altre ragazze, sarebbe stata data in sposa a un membro elitario dell'organizzazione. Ma non fu così. Quella scena di crudele violenza era rimasta impressa nella sua memoria: prima la drogarono, poi la colpirono ripetutamente e infine la pugnalarono sette volte, in rappresentanza dei peccati capitali che doveva espiare come «figlia del peccato,» infine il suo corpo fu purificato attraverso il fuoco. Era una chiara dimostrazione della ferocia dei Figli di Asmodeo.

Quei ricordi erano tra le immagini più cruente che avesse mai visto, ma anche una testimonianza della fanatica devozione che quelle persone avevano.

Nella copia del libro dei rituali, consegnatogli all'ingresso nell'organizzazione e che aveva letto più volte durante il suo mandato da preside, era inciso un avvertimento solenne: ogni dieci anni, tre membri delle famiglie più potenti dovevano eseguire un rituale per imprigionare il demone e impedirgli di accrescere la sua forza. Quelle famiglie, ovunque nel mondo, erano sempre identificate dalle lettere H, B e S.

A Hallowbridge, queste lettere si manifestavano nei nomi degli Harrington, dei Barrow e degli Smith, conferendo loro un destino ineluttabile e carico di responsabilità.

Il rituale veniva eseguito in diverse parti del mondo, là dove apparivano i segni del male. Alcuni lo chiamavano "Il Sussurratore", altri "Il Diavolo delle Foreste", e altri ancora "Il Corruttore delle Anime". Il nome cambiava, ma la sua pericolosità restava costante: distruggeva le menti e si impossessava delle vite.

Camberdille aveva sempre pensato che fossero storie inventate dai Figli di Asmodeo per incutere timore e accrescere il loro potere, come se non ne avessero già abbastanza...

Non aveva mai osato esternare la sua opinione. Sapeva che erano ovunque e sembrava che nessuno potesse opporsi a loro.

I suoi pensieri furono improvvisamente interrotti dalla sensazione gelida del metallo contro la sua testa. Cercò di girarsi e vide Bill, con un sorriso freddo, puntargli la pistola alla tempia. Con un movimento rapido, Bill gli tappò la bocca e lo spinse dentro l'auto.

«Robert Camberdille,» iniziò Bill con una voce glaciale, «è bene che tu sappia che non ho più nulla da perdere. Se rispondi male o provi a fare il furbo, la mia faccia sarà l'ultima cosa che vedrai.»

Camberdille, preso alla sprovvista, annuì con la testa, paralizzato dal terrore.

«Bene,» continuò Bill, senza distogliere lo sguardo. «Chi sono quegli uomini nella radura?»

«Sono... sono i Figli di Asmodeo...» rispose il vecchio sindaco.

«Cazzo, lo so chi sono quei fottuti pazzi!» lo interruppe Bill, il tono carico di frustrazione. «Voglio i loro veri nomi.»

Camberdille sogghignò, il sangue gli colava dalle labbra spaccate, un segno indelebile dello scontro con Steve avvenuto ore prima. «Saperli non ti servirà a nulla... morirai prima ancora di poterli rivelare a qualcuno.»

Bill, esasperato, gli sferrò un colpo violento con il calcio della pistola, frantumandogli alcuni denti. «Parla, o giuro che il prossimo colpo sarà l'ultimo...»

Camberdille, respirando a fatica, sputò sangue prima di pronunciare i nomi. «Che tu sia maledetto... sono Claire Barrow, Ethan Smith e Carl Harrington...»

«E l'uomo che ti ha accompagnato? Rispondi in fretta!»

«È Michael Pérez... il sostituto di Alfredo Vázquez, dovresti sapere chi era...» balbettò con il terrore negli occhi.

«Ultima domanda e vedi di darmi una risposta che mi piaccia. Lisa Smith. Dov'è? È coinvolta in tutto questo?»

«Lisa Smith?» Sorrise malignamente prima di rispondere, «Sapevo che avresti chiesto di lei, sciocco sentimentale. Certo che è coinvolta. Sei proprio uno stupido. Lei era una Smith. Era la vera erede, ma è sparita.»

Nel frattempo, le guardie perlustravano la radura e la tensione nell'aria cresceva sempre di più. Le quattro guardie si erano ormai avvicinate al nascondiglio dei due amici. L'uomo massiccio dalla testa rasata e il vecchio maggiordomo estrassero la pistola con un movimento fluido, pronti a sparare al minimo segno di pericolo. Si avvicinarono alla posizione di Mark e David con il viso impassibile. Ogni loro passo rimbombava come un colpo di martello nel petto dei due amici, che si scambiarono uno sguardo disperato. David tremava visibilmente, mentre Mark cercava di rassicurarlo con un cenno del capo, anche se entrambi sapevano che era solo questione di tempo prima di essere scoperti.

Il loro respiro si fece sempre più affannoso mentre il gigante e il maggiordomo si avvicinavano. A pochi passi da loro, si fermarono, scrutando l'oscurità. Il tempo sembrò dilatarsi all'infinito. David chiuse gli occhi, tentando invano di controllare l'ansia che lo stava divorando dall'interno. Non c'era scampo.

«Non ce la faccio, Mark... Non ce la faccio...» balbettò, incapace di mantenere la calma.

Mark, con un gesto disperato, cercò di zittirlo, stringendogli il braccio con forza, ma era troppo tardi. Il maggiordomo aveva sentito tutto. Con un movimento rapido, sollevò la pistola, pronto a sparare.

All'improvviso, uno sparo risuonò nella notte. L'autista di Claire, l'anziano maggiordomo, crollò a terra e tutti gli occhi si voltarono verso sinistra, dove Luca, con la pistola ancora fumante, aveva appena sparato per salvare Mark e David. Non aveva altra scelta. Ora, però, si trovava nei guai: aveva rivelato la sua posizione e messo in pericolo anche Sarah. Senza pensarci troppo, fece cenno alla donna di nascondersi e iniziò a correre, sperando di attirare l'attenzione delle tre guardie rimaste che lo seguirono senza esitare.

Intanto, Harrington, Barrow e Smith proseguivano il rituale, come se fossero avvolti in una bolla separata dalla realtà circostante. Le parole antiche riecheggiavano nella radura, cariche di potere e malvagità.

Rose, legata e impotente, lanciava sguardi disperati intorno a sé, ma nessuno sembrava prestarle attenzione. Il suo respiro si faceva sempre più affannoso e le lacrime le rigavano il volto. «Qualcuno mi aiuti... per favore...» mormorò tra i singhiozzi, ma la sua voce si perse nel vento.

Luca, però, non era più il ragazzo agile di un tempo e si rese conto che le sue speranze di fuggire erano poche. Riuscì a distrarre i nemici e ad allontanarli dal gruppo, ma ora era fermo, con il fiato corto e la pistola stretta tra le mani. Si girò, pronto a combattere e sparò. Le guardie, addestrate e spietate, non si fecero attendere. I colpi di pistola risuonarono numerosi, poi calò il silenzio.

Sarah vide in lontananza il corpo di Luca crollare al suolo e un nodo le serrò la gola mentre tratteneva un urlo disperato. Le lacrime le offuscarono la vista, ma fu costretta a girarsi verso gli assalitori, proprio mentre il più grosso di loro si accasciava, colpito al petto. Luca si era sacrificato per loro, regalando un'ultima, disperata possibilità. Erano rimaste solo due guardie: la donna e Michael Pérez. Ignorarono il compagno ferito e si avvicinarono al corpo di Luca, premendo il grilletto senza esitazione. Un colpo secco risuonò nell'aria mentre il proiettile si conficcava nel suo volto ormai privo di vita.

Si guardarono intorno, incerti sul da farsi, poi si mossero con cautela verso il nascondiglio di Mark e David. L'aria era tesa, carica di minaccia. Ma all'improvviso, un altro sparo squarciò il silenzio della radura.

Si voltarono di scatto e videro Ethan Smith inginocchiato a terra con il sangue che gli scorreva lungo la gamba.

Poco distante, Bill teneva la pistola puntata alla testa di Claire Barrow. Con il cuore in gola, aveva sfruttato le ombre per avvicinarsi a lei, aspettando pazientemente il momento giusto. Quando le guardie si erano distratte inseguendo Luca, con gli occhi dei Figli di Asmodeo concentrati su Rose e sul rituale in corso, capì che non avrebbe avuto un'altra occasione.

Con una calma innaturale, si mosse lentamente verso Claire, la pistola stretta tra le mani. La sua mente era lucida, concentrata su un solo obiettivo: fermare quella follia. Era a pochi passi da lei quando Claire si voltò all'improvviso, come se avesse percepito la sua presenza. I loro sguardi si incrociarono, un istante eterno sospeso nel tempo.

«Claire... fermati... non è troppo tardi...» sussurrò, la voce tremante ma carica di una disperata speranza.

Lei lo fissò, il viso pallido come cera, ma con occhi gelidi di incrollabile determinazione. «È troppo tardi. Lo è sempre stato. Non puoi capire...»

«Fermati o sarò costretto a sparare,» le intimò.

Claire, però, si voltò e riprese il rituale. Fu allora che Bill esplose un colpo, ferendo Ethan Smith alla gamba. Il suo grido attirò l'attenzione di tutti. Bill sapeva di aver perso il vantaggio della sorpresa, ma mantenne la pistola puntata verso Claire.

Urlò alle guardie di gettare le armi, minacciando di ucciderla, ma rimasero impassibili in attesa di nuovi ordini. Claire lo fissò negli occhi e gli disse con voce ferma, «Non sai cosa stai facendo. Scappa finché sei in tempo.»

Carl Harrington, vedendo il rituale interrotto, si girò verso l'intruso. «Chi è questo povero stolto? E come osa?» domandò, con un misto di irritazione e disprezzo.

Bill lo ignorò e si rivolse a Claire, la voce rotta dal dolore. «Come hai potuto fare questo? Io ti amavo... e ora che tutto sembrava potesse funzionare...»

Claire abbassò lo sguardo, le parole cariche di tristezza. «Bill... ti ho supplicato di venire con me in Europa... volevo fuggire da tutto questo... ma non si può fuggire dal proprio destino. Ti amo e lo sai... ma non posso... non posso più tornare indietro.»

Fece un segno con la mano e le due guardie ripresero la ricerca di Mark e David.

Claire, Carl, ed Ethan, nonostante la ferita alla gamba, ripresero il rituale, ignorando la presenza di Bill. Quest'ultimo, sopraffatto dalla disperazione, si sentiva come intrappolato in un incubo.

"Perché non si fermano? Perché questa follia?" pensò. Si sentì mancare le forze e si inginocchiò al suolo.

Improvvisamente, una fitta acuta gli attraversò la schiena. Non si era reso conto che Camberdille era sceso dall'auto e lo aveva seguito. Ora, con un ghigno feroce, gli aveva conficcato un coltello nella schiena. Claire lo guardò con orrore, le labbra tremanti. «Bill...» sussurrò, come se il suo nome fosse l'unica parola che riuscisse a pronunciare. Ma Camberdille, con un tono gelido e autoritario, si rivolse a lei: «Non c'è tempo per le lacrime. Completa il rituale!»

Mark e David, nascosti poco distante, assistettero all'intera scena. Il loro cuore si spezzò. Non potevano più restare passivi. Con un'ultima occhiata l'uno all'altro, decisero di agire.

«Non possiamo lasciarlo morire così,» disse Mark con voce ferma e decisa. David annuì, stringendo la pistola. «Insieme,» rispose. Scattarono fuori dal nascondiglio, puntando le armi verso i due assalitori che si stavano avvicinando. «Fermi!» gridò Mark, cercando di mantenere la mano ferma mentre mirava a Pérez. L'uomo, impassibile, li fissò con uno sguardo sprezzante.

«Ragazzini... vi siete già condannati. Non sapete contro chi state combattendo.» Bill, disteso a terra, con le forze che lo stavano abbandonando rapidamente, notò ciò che stava accadendo. Non poteva lasciarli morire. Con un ultimo, disperato sforzo, allungò la mano verso la pistola caduta accanto a lui. Le dita tremanti, sporche di sangue, afferrarono l'arma. Con un grido soffocato dal dolore, sollevò la pistola e sparò due colpi. Il primo colpì in pieno viso Camberdille, il secondo risuonò nella notte e Pérez crollò a terra, colpito al petto.

Un silenzio irreale avvolse la radura.

L'ultima guardia rimasta, sorpresa e furiosa, si voltò verso Bill, ma prima che potesse fare qualsiasi mossa, Mark e David aprirono il fuoco. La donna, agile e pronta, tentò di schivare i colpi, ma fu colpita al fianco. Crollò a terra con un gemito, cercando disperatamente di raggiungere la pistola che gli era sfuggita, rimbalzando sul terreno.

Sarah, vedendo finalmente un'occasione, corse verso Bill, tentando disperatamente di fermare l'emorragia.

«Non mollare... ti prego...» sussurrò, con le lacrime che le rigavano il volto. Ma il respiro del loro amico si faceva sempre più debole e lei sapeva che forse non c'era più nulla da fare.

Claire interruppe il rituale e si avvicinò lentamente al corpo di Bill, il fiato corto, la mente annebbiata dal dolore. «Non doveva finire così... Non doveva finire così...» mormorava tra i singhiozzi, la voce spezzata dalla disperazione, come se il mondo intero fosse crollato intorno a lei. I suoi occhi vagavano smarriti, incapaci di accettare l'orrore che aveva davanti.

Anche Mark, accorso rapidamente, si avvicinò a Claire puntandole contro la pistola. Il suo viso era una maschera di dolore e rabbia.

«Tu... tu e la tua famiglia... pagherete per tutto questo.»

Claire alzò lo sguardo, gli occhi pieni di disperazione e follia. «Non capisci, vero? Non potete fermarli. Nessuno può.»

Mark la afferrò per un braccio, costringendola a rialzarsi. «Non importa cosa credi. Troveremo un modo.» La spinse verso il centro della radura, dove Rose, ancora legata e terrorizzata, li osservava con occhi spalancati. «Siamo ancora in tempo,» disse Mark, più a sé stesso che agli altri. «Troveremo un modo.»

Nel frattempo, David aveva recuperato la pistola dell'ultima guardia sopravvissuta e la teneva sotto tiro.

All'improvviso, un boato sconvolse la momentanea quiete della radura, facendo tremare il terreno e interrompendo il silenzio irreale che aveva avvolto la scena. Il rumore di elicotteri e di motori ruggenti riempì l'aria e un fascio di luce accecante piombò dall'alto, illuminando l'intero luogo come se fosse giorno. Le cime degli alberi si piegarono al vento generato dalle pale degli elicotteri, mentre il frastuono cresceva d'intensità, avvolgendo tutto e tutti in una morsa di pura adrenalina. Nel giro di pochi minuti, decine di camionette della polizia e dell'FBI irruppero nella radura da ogni lato, le loro luci lampeggianti dipingevano il bosco di rosso e blu. Gli pneumatici sollevavano zolle di terra e foglie morte, creando un turbinio di polvere e detriti. Il suono delle sirene, unito al frastuono degli elicotteri, rimbombava nei timpani, un ruggito incessante che sembrava provenire da ogni direzione. Una ventina di agenti delle forze speciali, con indosso giubbotti antiproiettile e caschi neri, si riversarono fuori dai veicoli, muovendosi con una precisione e una rapidità spaventosa. Sembravano apparire dal nulla, figure scure e minacciose che si muovevano come un'ombra collettiva, dirette verso il gruppo con una determinazione implacabile. Le loro armi automatiche erano puntate, i laser rosso sangue che tagliavano la nebbia, trovando ogni bersaglio con inquietante facilità.

«Gettate le armi! Ora!» tuonò uno degli agenti con una voce resa ancora più potente dal megafono. Le parole riecheggiarono nella radura, sovrastando anche il frastuono degli elicotteri, rendendo impossibile qualsiasi esitazione. Il caos esplose in una serie di reazioni incontrollate.

Claire, con il volto rigato dalle lacrime, alzò le mani, lasciandosi cadere a terra con un tonfo sordo. Mark, colpito dalla sorpresa, si girò verso David, cercando nei suoi occhi una risposta, ma non trovò nulla se non la stessa confusione che lo stava travolgendo. Sarah, ancora accanto al corpo morente di Bill, sembrava congelata, incapace di processare quanto stava accadendo, mentre i suoi occhi vagavano tra la folla di agenti e il volto pallido di Bill.

La radura, che fino a un momento prima era stata una scena di disperazione e sangue, ora era diventata un campo di battaglia assordante, illuminato da riflettori che cancellavano ogni ombra. Gli agenti si muovevano rapidi, ammanettando chiunque trovassero sul loro cammino, uomini e donne venivano immobilizzati con una precisione militare, gettati a terra e privati delle loro armi.

«Stai ferma! Mani dietro la testa!» gridò un altro agente, afferrando l'ultima guardia ancora in vita e sbattendola contro il suolo con una forza tale che il suo viso si contorse in una smorfia di dolore. Gli occhi della donna, pieni di rabbia e paura, si muovevano febbrilmente, cercando un modo per sfuggire, ma non c'era scampo. Le manette scattarono ai suoi polsi con un suono metallico, inesorabile.

Mark sentì le mani degli agenti afferrarlo, stringendogli i polsi con una forza che gli tolse il fiato. Cercò di resistere, ma era come lottare contro un muro di cemento. Sentì la pistola scivolargli via dalle dita, colpire il terreno e rotolare via, lontana. Gli occhi di David erano fissi su di lui, lo sguardo pieno di impotenza. Non c'era più tempo, non c'era più nulla da fare.

«Non possiamo fermarli... Non adesso...» mormorò David, la voce soffocata dall'angoscia mentre veniva trascinato via dagli agenti. Il frastuono sembrava distorcere il tempo, ogni secondo era un'eternità in cui ognuno di loro veniva separato, perso di vista nell'oscurità tagliata solo dalle luci stroboscopiche e dai fari degli elicotteri. Era tutto così rapido, così caotico, che per un attimo sembrò che il mondo intero stesse crollando.

Claire, immobilizzata, fu spinta a terra, il viso premuto contro il suolo freddo e umido. Il suo cuore batteva all'impazzata mentre sentiva gli agenti ammanettarla.

"Non doveva finire così", continuava a ripetere tra sé e sé, mentre il caos le vorticosava intorno. E poi, nel mezzo di tutto quel pandemonio, il silenzio calò all'improvviso, come un macigno. Gli spari erano cessati, i comandi degli agenti divenuti solo un brusio lontano. Le figure di coloro che avevano combattuto, amato e tradito si perdevano nell'ombra, ciascuno separato dall'altro, come se fossero tutti pezzi di un puzzle che non avrebbe mai trovato una soluzione.

Quella notte di follia sembrava non voler finire. Ogni battito di cuore, ogni respiro affannato si mescolava con la consapevolezza che nulla sarebbe stato più lo stesso.

CAPITOLO 31

LA FINE DEI GIOCHI

David, Mark e Sarah erano seduti su sedie metalliche, fredde come l'atmosfera che li circondava. Il silenzio era rotto solo dal ticchettio dell'orologio sulla parete, scandendo i secondi in modo quasi crudele. Gli ultimi giorni erano stati un inferno: il terrore, le perdite e il peso delle decisioni prese avevano lasciato il loro segno su ognuno di loro.

Ora, nel comando dell'FBI, aspettavano con impazienza, ma anche con un certo timore, l'arrivo dell'agente speciale Richard Johnson.

Quando finalmente la porta si aprì, l'uomo che entrò era alto, con un portamento autoritario e occhi che sembravano capaci di vedere oltre le apparenze. Si fermò davanti a loro, appoggiando un fascicolo spesso sul tavolo di metallo, senza dire una parola.

«Agente speciale Richard Johnson,» si presentò infine, la sua voce profonda riecheggiava nella stanza. «Ero il contatto di Luca Iellamo.»

Un sussurro di shock attraversò il trio. Sarah si voltò verso David, cercando conferma nei suoi occhi, mentre Mark stringeva i pugni, cercando di mantenere il controllo.

«Luca ci ha contattato ieri sera, intorno alle sette,» continuò Johnson, senza dare loro il tempo di digerire la notizia. «Ci ha chiesto aiuto, ma non è stato semplice mettere insieme una task force e raggiungere la vostra posizione.»

La tensione nella stanza aumentò.

«E.... dov'è Luca adesso?» chiese David, la sua voce tradiva una nota di speranza, quasi implorante.

Johnson abbassò lo sguardo, prendendosi un momento prima di rispondere. «Mi dispiace, ma Luca non ce l'ha fatta. È morto prima del nostro arrivo.»

L'aria nella stanza sembrò diventare pesante come il piombo. Sarah si coprì la bocca con una mano, soffocando un singhiozzo, mentre Mark lasciò che la testa gli cadesse tra le mani. Per un lungo istante, nessuno parlò. La perdita di Luca era come una ferita aperta, che ora veniva svelata con una crudezza devastante.

David, sempre il più razionale in quel momento, trovò la forza di formulare la domanda successiva. «E i nostri amici? Come stanno?» Johnson lo guardò con occhi pieni di comprensione.

«Steve Harrington è in ospedale. È sotto osservazione, ma i medici sono fiduciosi che si riprenderà. Per Bill Evans, però, la situazione è molto più critica. Ha perso molto sangue e ha subito un intervento delicato. I medici non hanno ancora sciolto la prognosi.»

Sarah si ritrasse istintivamente, come se il peso di quella notizia fosse troppo da sopportare. «E le guardie? E quei pazzi dei Figli di Asmodeo?»

«Tre delle guardie sono morte,» rispose Johnson, con tono fermo ma compassionevole. «L'ultima, una donna, si rifiuta di parlare. Ma troveremo il modo sia di identificarla che di farla collaborare. Abbiate fiducia.» Fece una pausa, poi riprese a parlare. «Per quanto riguarda Claire Barrow, Ethan Smith e Carl Harrington, sono attualmente detenuti in una struttura riservata.»

«La ragazza? Sta bene?» chiese infine Mark, con un filo di speranza nella voce.

«Fisicamente sì,» rispose l'agente con tono misurato. «Ma avrà bisogno di tempo e cure per superare quello che ha vissuto. Una cosa, però, è certa: se è ancora viva, è anche merito vostro.»

«Sembra essere l'unica buona notizia della giornata» borbottò David.

«Non proprio,» continuò Johnson. «Abbiamo recuperato tutta la documentazione nascosta da Luca e, grazie al video registrato dalla telecamera che avete posizionato, abbiamo prove sufficienti per incriminarli.» L'agente prese un respiro profondo, poi li fissò uno ad uno negli occhi. «Le vostre testimonianze fanno parte dell'accordo per il vostro rilascio. Questa volta vi è andata bene, ma non vi consiglio di sfidare ancora la sorte.»

David, Sarah e Mark si scambiarono uno sguardo carico di consapevolezza: sapevano di aver agito d'impulso, mettendo a rischio le loro vite e quelle dei loro amici e che avevano appena scalfito la superficie. Erano coscienti che l'organizzazione criminale era molto più vasta e pericolosa di quanto avessero immaginato.

«Forse abbiamo allontanato questa minaccia da Hallowbridge,» disse Mark con un filo di voce, «ma non abbiamo fermato l'intera macchina. Ci sono ancora troppe domande senza risposta.»

L'agente Johnson annuì lentamente. «Avete ragione, ma ora lasciate fare a noi. Grazie a voi, abbiamo finalmente inferto un colpo decisivo. Non è la fine, ma è un inizio. E, cosa più importante, avete salvato Rose.»

Alcune settimane dopo

L'ospedale era un edificio freddo e impersonale, con le pareti bianche e l'odore pungente di disinfettante nell'aria. Steve, pallido ma visibilmente sollevato, uscì dalla porta principale, zoppicando leggermente ma finalmente libero. Il sole splendeva alto nel cielo e l'aria fresca sembrava un balsamo dopo giorni di reclusione.

Nonostante il temporaneo ritorno alle loro vite, David, Sarah e Mark si erano ritrovati nuovamente a Hallowbridge per accogliere l'amico, appena dimesso dall'ospedale. Si riunirono tutti nella villa degli Harrington, un luogo che racchiudeva in sé un intreccio di ricordi di pace e di terrore. Arthur, ormai costretto su una sedia a rotelle, era con loro, la sua salute sempre più fragile.

Dopo un pranzo piacevole, scandito da conversazioni leggere, decisero di fare una passeggiata. Avevano atteso il ritorno di Steve per essere tutti insieme.

«Portiamogli dei fiori,» suggerì Sarah con un tono fermo, che non lasciava spazio a repliche. Il gruppo si incamminò verso il cimitero, un luogo sacro e silenzioso, dove il tempo sembrava essersi fermato. Con delicatezza, posarono i fiori sulle lapidi di Lisa Smith e Camila Lith. Sebbene i loro corpi non fossero mai stati trovati, i quattro amici avevano sentito il bisogno di creare un luogo dove poterle onorare e lasciare riposare in pace.

Ognuno di loro si prese un momento per riflettere, per dire addio. La gravità di ciò che avevano vissuto li legava in un vincolo invisibile, ma indissolubile.

«Non dimenticherò mai quello che è successo,» sussurrò David, quasi per sé stesso, mentre fissava la lapide di Lisa. «Ma dobbiamo andare avanti.»

Poi decisero di andare a trovare per l'ultimo saluto, prima di ripartire, anche l'altro loro amico, Bill.

Mentre si dirigevano verso l'auto, Sarah si affiancò a Steve. «Ho una domanda che mi tormenta da un po',» disse.

«Dimmi pure, Sarah,» rispose Steve, quasi sorpreso.

«Quella storia nell'ufficio di Camberdille... era vera?» chiese a bassa voce.

«Quale storia, Sarah?» ribatté Steve.

«Un po' tutto. Il sacrificio, il messaggio che avevi ricevuto...»

«Come ho già detto, non ricordo nulla di quella notte. Se è davvero successo, mi hanno drogato. Ricordi che sono stato male per giorni?»

«E la storia del messaggio con scritto "Problemi"?»

«Quella l'ho inventata, Sarah. Ti pare che andavo a comprare la droga da Camberdille? Ho improvvisato.» Disse Steve quasi divertito. «Hai deciso di diventare una detective?» infine domandò con un sorriso.

«No, no, scusami. Sono solo successe troppe cose assurde e la mia mente fatica ancora ad accettarle,» rispose Sarah, ricambiando il sorriso.

Arrivati all'ospedale chiesero informazioni per la stanza di Bill Evans. Era ancora ricoverato ma iniziava a mostrare segni di miglioramento. Quando vide i suoi amici, il suo volto si illuminò di una luce che non vedevano da tempo.

«Come stai, amico?» chiese Steve, sedendosi accanto al letto.

Con un debole sorriso sulle labbra Bill si sforzò di rispondere. «Meglio di quanto meriterei, forse.»

David si avvicinò e gli posò una mano sulla spalla. Ormai, era diventato una sorta di rituale tra loro. «Ci dispiace amico. Non avremmo dovuto lasciarti solo per tutti questi anni. Hai dimostrato di essere più forte e determinato di tutti noi.»

«E sei stato, senza dubbio, un ragazzo e ora un uomo migliore di quanto noi potremmo mai aspirare a essere,» aggiunse Mark.

Steve, David e Sarah annuirono all'unisono, confermando con il loro gesto le parole di Mark.

Bill un po' sorpreso sorrise. «Non preoccupatevi. Ho fatto solo quello che dovevo fare.»

Passarono un po' di tempo insieme chiacchierando dei tempi della scuola e di possibili progetti futuri e poi si salutarono, consapevoli che qualcosa era cambiato per sempre.

Uscendo dall'ospedale, si separarono per prendere i rispettivi taxi, sapendo che quella poteva essere l'ultima volta in cui i loro destini si sarebbero incrociati. O almeno, così credevano.

«Promettimi che mi chiamerai,» disse Sarah a Mark, abbracciandolo.

Mark la guardò negli occhi, cercando di imprimere quel momento nella sua memoria. «Te lo prometto.»

Barcellona

Il sole calava sull'orizzonte di Barcellona, tingendo il cielo di sfumature calde di arancione e rosa. Le onde si infrangevano dolcemente sulla riva, mentre i gabbiani volteggiavano sopra, lanciando grida acute nell'aria. Sulla spiaggia, un gruppo di bambini giocava tra le onde, riempiendo l'atmosfera di risate e spensieratezza.

Su uno yacht ancorato poco lontano, una donna elegantemente vestita si trovava sul ponte superiore, con lo sguardo perso verso l'orizzonte. Indossava un ampio cappello bianco che le copriva parte del volto e occhiali da sole neri che celavano i suoi occhi. Il suo copricostume bianco ondeggiava leggermente al vento, riflettendo la luce del tramonto.

Un cameriere apparve discreto al suo fianco, porgendole un vassoio d'argento con sopra una busta. «Signora, è arrivata questa per lei.»

La donna prese la busta, ringraziando con un lieve cenno del capo. Aprì la lettera con movimenti lenti e deliberati, il fruscio della carta l'unico suono udibile. Mentre leggeva, il suo volto rimase impassibile, ma le labbra si serrarono impercettibilmente.

Una bambina dai capelli dorati, raccolti in trecce, corse verso di lei e si gettò tra le sue braccia. «Mamma, mamma! Questo posto è bellissimo! Mi piace tanto qui!»

La donna abbassò lo sguardo sulla figlia e il suo volto si addolcì. Le accarezzò delicatamente la testa, baciandole la fronte. «È bello ovunque ci sia la famiglia, amore mio. Vai a giocare con la tata, tornerò presto da te.»

La bambina corse via ridendo, mentre la donna continuava a fissare l'orizzonte, ora con un'espressione indecifrabile.

Poco lontano, un uomo in una camicia di lino bianca e occhiali da sole scuri sorseggiava un mojito, osservandola con un sorriso. «Tutto bene, cara? Sembri preoccupata.» La donna si voltò lentamente verso di lui, il suo sorriso dolce ma distante. «Solo qualche affare da sbrigare, niente di cui preoccuparsi.»

L'uomo alzò un sopracciglio, incuriosito. «Affari? Pensavo fossimo qui per rilassarci.» Lei sospirò, abbassando lo sguardo sulla lettera che teneva ancora in mano.

«Dobbiamo tornare negli Stati Uniti,» disse infine, con una voce calma ma velata di dispiacere. «C'è una questione urgente che richiede la mia attenzione.»

L'uomo si raddrizzò, posando il bicchiere sul tavolino accanto a lui. «Negli Stati Uniti? Non sarà per via di quel... problema?»

La donna annuì, ripiegando con cura la lettera e rimettendola nella busta. «Sì, temo di sì.»

L'uomo si alzò e le si avvicinò. La tensione, fino a quel momento contenuta, iniziava a manifestarsi. «Non pensavo che ci avrebbero raggiunto così in fretta,» disse, prendendole la mano e stringendola. «Ma siamo insieme in questo, come sempre.»

Lei lo guardò negli occhi, lasciando che un sorriso rassicurante si dipingesse sulle sue labbra. «Sì, insieme. Sempre.»

Lo yacht iniziò a virare lentamente, puntando verso il mare aperto. La città di Barcellona, con le sue luci scintillanti e la sua vita frenetica, si allontanava sempre di più. La donna si tolse gli occhiali da sole, rivelando occhi verde smeraldo, freddi e calcolatori. Il suo sorriso si affievolì mentre continuava a fissare l'orizzonte, mentre il sole scompariva nelle acque del Mediterraneo.

Non c'era più traccia dell'affettuosa madre e moglie di pochi minuti prima. Ora, ciò che rimaneva era una figura risoluta e determinata, pronta a fare ciò che era necessario.

Nessuno, osservando quella scena, avrebbe mai immaginato che la donna apparentemente innocua fosse il vero burattinaio dietro tutto ciò che era accaduto. Ma questo lo sapevano solo in pochi. Il suo segreto era al sicuro, almeno per ora.

Mentre l'oscurità avvolgeva lo yacht, la tensione nell'aria era quasi tangibile. Rimase in silenzio per molti minuti, poi, come per esorcizzare i suoi pensieri, pronunciò i loro nomi come un mantra: «*Steve Harrington, David Bradley, Sarah Spencer.*»

Carissimo/a lettore/lettrice,

sei arrivato/a fino all'ultima pagina, hai vissuto questa storia, hai seguito i personaggi tra ombre, misteri e rivelazioni... e adesso è il momento di dire la tua!

Se questo libro ti ha emozionato, sorpreso, tenuto con il fiato sospeso o semplicemente fatto compagnia, ti chiedo un piccolo favore: **lascia una recensione!**
Puoi scriverla su **Amazon, Goodreads o ovunque tu preferisca.** Non serve un trattato, bastano poche parole sincere.
Il self-publishing vive di passaparola, e ogni recensione aiuta tantissimo a far scoprire questo libro ad altri lettori.

Se ti è piaciuto, **spargi la voce!** Consiglialo, condividilo, gridalo dai tetti (ok, magari non proprio dai tetti, ma hai capito 😊).
Ogni parola conta più di quanto immagini.
Quale personaggio ti ha colpito di più? Quale scena ti ha lasciato/a senza fiato? Mi piacerebbe saperlo!

Se invece qualcosa non ti ha convinto, **grazie comunque per avergli dato una possibilità.** Ogni critica costruttiva è preziosa: **se hai spunti, suggerimenti o riflessioni, sarò felice di leggerli.**
Scrivere è un viaggio e ogni lettore/lettrice lo rende più ricco.

Qualunque sia la tua opinione, grazie davvero per il tempo che hai dedicato a questa storia. Sei parte di questa avventura più di quanto immagini.

A presto e... buone letture!
Con gratitudine e un pizzico di emozione,

Antonio Terzo

FOLLOW ME

I MISTERI DI HALLOWBRIDGE

Sommario

«Alla fine sei servito.»
«È stata una scelta saggia non uccidersi subito.»

Printed in Great Britain
by Amazon